KB251810

이 남자가 사는 법

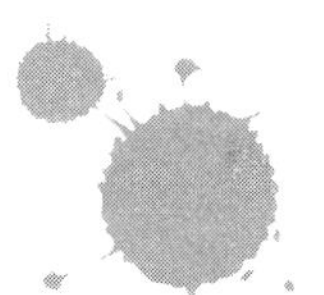

Part I 암중암(暗中暗)

이 남자가 사는 법 1
엽태호 장편 소설

초판 1쇄 찍은 날 § 2004년 12월 27일
초판 1쇄 펴낸 날 § 2005년 1월 7일

지은이 § 엽태호
펴낸이 § 서경석

편집장 § 문혜영
편집책임 § 최하나
편집 § 장상수 · 김민정
마케팅 § 정필 · 강양원 · 이선구 · 홍현경

펴낸곳 § 도서출판 청어람
등록번호 § 제1081-1-89호
등록일자 § 1999. 5. 31
어람번호 § 제1-0568호

주소 § 경기도 부천시 원미구 심곡1동 350-1 남성B/D 3F (우) 420-011
전화 § 032-656-4452 팩스 § 032-656-4453
http://www.chungeoram.com
E-mail § eoram99@chollian.net

ⓒ 엽태호, 2004

ISBN 89-5831-369-2 04810
ISBN 89-5831-368-4 (SET)

엽태호 장편소설

①

이 남자가 사는 법

Part I 암중암(暗中暗)

도서출판 청어람

Part I 암중암(暗中暗)

|목차|

서장   7

제1장 사기(詐欺)   9

제2장 형제(兄弟)   47

제3장 출도(出道)   77

제4장 영역(營域)   107

제5장 단초(端初)   141

제6장 귀족(貴族)   173

제7장 암영(暗營)   207

제8장 연공(連攻)   241

제9장 이합(離合)   277

서장 序章

끝없이 펼쳐진 태평양의 검푸른 바다 위로 그 남자가 우뚝 서 있다. 지는 태양을 등진 채 지평선 너머의 대륙을 응시하는 강인한 시선과 꾹 다문 입술에서 그만의 굳은 의지가 느껴진다.

쏴아아―!

검푸른 파도의 물결이 자신을 바라봐 달라고 아양을 떨며 그 남자의 발을 적신다. 그러나 그의 무정함에 곧 발길을 돌려 시커먼 실루엣 밑으로 떨어져 나간다.

얼마나 시간이 지났을까.

달의 인력에 물러난 물결 뒤로 사내가 발 디딘, 잘 빠진 유선형의 거대한 물체가 차츰 그 위용의 일부를 드러낸다.

웅웅웅웅웅!

그 남자를 부르는 낮은 기계음을 울리고, 그는 신선한 태평양의 공기를 폐 안 한가득 담아 쥔다.

“이젠 우리 차례다!”

그 남자와 함께 태평양 한가운데 불쑥 생겨났던 검은 섬이 깊고 어두운 바다 속으로 사라진다. 그 남자의 존재를 말해 주듯이…….

■ 제1장

사기(詐欺)

사기
詐欺

숨이 턱턱 막힐 정도로 불볕을 토해내던 태양이 지평선 너머로 사라진 지 한참이나 지난 시간이었다. 태양을 피해 밤을 기다렸지만 열대야가 그 자리를 대신하였다.

그나마 더위를 한풀 꺾어주는 시원한 강바람이 불어오는 한강 고수부지에는 열대야를 피해 나온 사람들이 삼삼오오 모여 있었다.

가족들끼리 돗자리를 깔고 앉아 담소를 나누며 아이스박스에 넣어온 시원한 수박을 먹는 모습은 흔히 볼 수 있는 광경이었다.

조금만 움직여도 땀방울이 흘러내리는 후텁지근한 날씨에도 천진한 웃음을 머금은 아이들은 더위도 잊은 채 부지런히 공을 쫓아 뛰어다녔다.

강둑에 앉아 미풍에 머리카락을 맡기던 김대경은 감흥없이 한강에 비친 가로등불을 바라보았다.

“후우!”

긴 한숨을 토하며 소주병을 들어 입에 대었으나 다시 내려놓았다. 병이 바닥을 보이고 있었다. 빈병을 대충 던져 놓고는 옷가방을 베고 누웠다. 하늘이 다리에 가려 별은 보이지 않았다.

그러나 그런 것에 신경 쓸 정신이 없었다. 술에 취한 것도 아니었고, 다만 살길이 막막했기 때문이다.

“큭큭, 멍청한 놈. 또 당했어.”

웃을 일이 아니었는데 웃음이 나왔다.

무지했다기보다는 미숙했다는 말이 맞을 것이다. 18년을 지리산에서 보냈다. 짧지 않은 삶 동안 사람들과 어울려 살아본 적이 없었다. 사회에 첫발을 내디딘 것과 진배없었다.

사회를 접한 건 18년이라는 삶 속에서 일주일도 되지 않는다. 그것도 산속에서 살게 만들었던 원흉의 감시 아래에서.

사회에 대한 지식은 책 속의 세상밖에 없었다. 간접 경험, 현실과는 확연히 달랐다.

그 미친놈에게 벗어나 사회로 나오기 위해 이 년을 준비했다.

그러나 사회는 따뜻하게 맞아주지 않았다. 길들여진 노예와 같은 18년의 삶에 대한 보상으로 가지고 온 정착 자금을 눈 뜬 채 강탈당했다.

일억 원. 돈의 관념이 아직 자리잡지 못했지만 거금이라는 건 안다. 당장 먹고살 푼돈은 있었다. 그러나……

자조적인 웃음을 뱉은 김대경은 몸을 일으켰다. 사회에 대해 너무 몰랐다. 하지만 다시는 타인에 의해 휘둘려지는 인생을 살지 않을 것이다.

"사람 잘못 보았다. 난 당하고만은 살지 않아."

통통통!

툭!

어린아이 머리만한 고무공이 어지럽게 널린 소주병 사이에 놓여 있었다. 고개를 든 김대경은 예닐곱 살 정도로 보이는 아이가 서 있는 모습을 보았다.

"아빠!"

다리 사이로 공을 빠뜨린 꼬마가 울상이 되어 이 세상에서 가장 든든한 존재인 아버지를 찾았다.

30대 중반쯤으로 보이는 금테 안경을 낀 사내가 아이의 목소리를 듣고는 득달같이 달려왔다.

"왜? 왜? 어디 다쳤어?"

"공."

아이의 손이 가리키는 곳엔 소주병이 보였고, 그 사이에 장신의 사내가 서 있었다. 180센티는 되어 보이는 훤칠한 키에 넓은 어깨를 가진 청년은 반팔 티셔츠를 입고 있었는데, 울퉁불퉁하지는 않지만 장신에 어울리는 단단한 근육을 자랑하고 있었다.

가방을 들쳐 메고 다가오는 청년의 손에는 공이 들려 있었다. 청년은 아이에게 공을 내밀었다.

하지만 아이는 선뜻 공을 받아 들지 못했다.

무표정한 얼굴이 무섭게 보였을 것이다. 선이 굵은 이목구비에 짙은 눈썹, 호안의 청년이었지만 눈빛은 맑았다. 사내답게 생긴 강인한 얼굴이다.

"어서 '감사합니다' 해야지."

아버지가 다독이며 말하자 아이가 쭈뼛쭈뼛 공을 받아 들었다.

"감사합니다."

청년은 고개를 끄덕이는 것으로 대꾸를 하고는 지나쳐 갔다.

신림동에서 10년째 부동산을 하고 있는 이덕팔은 요즘 같은 불황이면 차라리 가게 문을 닫는 게 낫다는 말을 입에 달고 살았는데, 얼마 전부터는 이 말이 쏙 들어갔다.

들도 보도 못한 무술 도장을 열겠다고 찾아온 어수룩한 촌놈이 재신(財神)이었던 것이다.

경제가 불황인데도 대기업에서는 서울대에 많은 투자를 하였다. 인재를 확보하기 위한 포석이었다. 그에 따라 캠퍼스의 확장 공사가 한창이었고, 이미 기업체에서 매입해 대학에 기증한 철거 예정 건물을 촌놈에게 넘기는 것은 아이에게 사탕을 뺏는 일보다 쉬운 일이었다.

신림동 토박이였던 이덕팔에게는 논다는 친구들도 많았고, 그 또한 소싯적에 어깨에 힘 좀 주고 돌아다녔던 경력이 있었다. 건물의 등기부등본이 뭔지도 모르는 촌놈을 놓칠 그가 아니었다.

막노동을 하며 하루하루 살아가는 친구 하나를 내세워 계약을 하고 잔금까지 치루는 데 불과 이틀도 걸리지 않았다. 이미 비어 있는 건물이었고, 이 주일 뒤면 철거가 예정되어 있었던 것이다.

일억 원을 꿀꺽한 이덕팔은 헐레벌떡 뛰어오는 촌놈에게 자신도 사기꾼에게 걸려 복비도 받지 못했다며 입을 열기도 전에 하소연을 늘어놓았고, 덩치만 큰 촌놈은 허탈한 표정이 되어 물러갔다. 그런데 어디서 무슨 말을 들었는지 돈을 찾겠다며 다시 온다고 했다.

법적으로 아무런 하자도 없었고, 저런 세상 물정 모르는 촌놈을 해결할 방법을 잘 알고 있어 이미 조치를 취해놓은 상태였다.

두 평 남짓한 복덕방 안에는 세 사람이 앉아 있었는데, 꼭 찬 느낌이었다. 그 말고도 짧은 머리에 험상궂은 건장한 두 사내가 있었다. 흑곰을 연상케 하는 사내가 냉커피를 내려놓았다.

"덕팔 형, 언제 온대?"

"아, 조금 기다려. 올 시간이 됐으니깐. 쳇! 촌놈이 주제를 알아야지. 어디서 깽판을 부려?"

"정말 형은 모르는 일이유?"

난색을 표한 이덕팔이 사내에게 손사래를 쳤다.

"허허, 정말이라니깐. 경찰을 불러도 되는데 경찰서에 들락거리는 게 번거로워서 그래. 짭새들이랑 별로 친하지도 않고. 동생들이 겁만 줘서 돌려보내 줘. 내 근사하게 한턱 쏠 테니까."

해결사 사무실에서 행동대장 노릇을 하고 있는 조민재는 잠깐 쉬러 집에 들어오자마자 이덕팔을 만났다. 한 시간이면 되는 간단한 일이기에 술값이라도 버는 심정으로 복덕방에 나와 있었다.

손목을 들어 시계를 보자 시침이 9시를 가리켰다. 그때 드르륵 소리가 나며 미닫이 문이 열렸다.

늘 그렇듯 영업용으로 순식간에 팍 인상을 구긴 조민재가 고개를 들었다. 다음 순간 그는 눈을 조금 크게 떴다.

남자다운 인상이다. 열여덟 살밖에 안 된 어린 놈이라 들었지만 20대 초, 중반 정도로 보였다.

180센티는 되어 보이는 장신에 조금은 마른 듯했지만, 단단한 근육질에 손발이 길어 싸움꾼으로 타고난 체질이었다.

자신들이 있는 것을 보고도 본체만체 무시한 청년은 성큼 이덕팔에게 다가가 손을 내밀었다.

"내 돈 일억 원을 주시오."

순간 당황한 이덕팔이 덩치들의 눈치를 보며 말했다.

"허허, 자네나 나나 사기꾼에게 걸려들었다고."

얼굴을 굳힌 김대경이 말을 잘랐다.

"이미 몇 달 전부터 비어 있는 건물이라고 들었어. 철거가 예정되어 있다고. 부동산을 하는 당신이 모를 리 없지."

"아니, 대가리에 피도 안 마른 놈이 싸래기밥만 처먹고 살았나? 어디다 대고 반말 짓거리야!"

조민재에게 얼마 안 되는 푼돈이라 얘기한 이덕팔은 연신 그들의 눈치를 보며 버럭 소리를 질렀다.

"어린 놈이 불쌍해서 순순히 넘어가려 했더니 안 되겠어!"

그러면서 이덕팔이 조민재를 보았다. 이제 나서달라는 신호였다. 그러나 입꼬리를 말아 올리며 웃는 조민재를 보자 가슴이 철렁 내려앉았다.

조민재는 술값이나 벌 일이라 여겼는데 일억 원이라 했다. 채무를 대신 받아주면 반은 해결사의 몫이다. 이제 술값이 문제가 아니라 오천만 원짜리 일이다. 아니, 일억 원의 일이 될 수도 있다.

뜻하지 않은 큰 건수가 생긴 그는 즐거운 마음으로 무거운 몸을 일으켰다. 187센티의 키에 120kg이 나가는 거구다.

"어이, 꼬마야. 사정은 딱한데 번지수를 잘못 짚었다. 사기 치고 도망간 놈을 찾아야지 불쌍한 우리 형님한테 와서 떼를 쓰면 되나? 이 형님이 차비라도 줄 테니 집에 가라. 웅! 어린 놈이 그런 큰돈을 가지고 다니니 일이 생기는 거야.”

조민재와 그에 버금가는 거구가 끼어들었지만 김대경은 전혀 위축되지 않았다.

“당신들은 상관할 바가 아니오.”

“허허, 말투 하고는. 괜히 혼나지 말고 좋은 말로 할 때 가, 이 씨발 놈아!”

사회 경험이 일천한 김대경이라도 돌아가는 분위기를 파악하지 못할 정도로 멍청하지는 않았다. 오히려 눈치만 보고 살았기에 상황 변화에는 민감한 편이었다. 이덕팔은 돈 대신에 저들을 준비한 것이다.

쓴웃음을 지은 김대경이 이덕팔을 한 번 노려보고는 조민재에게 몸을 돌렸다. 앞을 막는 장애물이 있으면 부숴 버리면 된다. 돌아가는 것은 배우지 못했다. 또한 자신은 억울한 일을 당한 것이고 일체의 잘못도 없다.

“허허, 이놈 봐라? 지금 덤비…….”

조민재는 말을 멈추어야 했다. 탁자 위로 뛰어오른 김대경의 발이 밑에서부터 수직으로 차 올라왔다.

덜컥!

조민재는 턱에 강렬한 충격을 받고는 그대로 뒤로 넘어갔다. 슬쩍 허리를 튼 김대경은 와락 덮쳐 오는 또 다른 사내의 태클을 풀쩍 뛰어 피하고는 그대로 정수리를 수도로 내려쳤다.

빡!

조민재가 소파에 늘어지고 다른 한 명이 탁자에 엎어진 것은 이덕팔이 눈 한 번 껌벅거리지 않은 사이에 벌어졌다.

냉소를 흘린 김대경은 몸을 돌려 덜덜 떨고 있는 이덕팔을 노려보았
다.

"돈 내놔."

"지, 지금은 없어. 내, 내일 다시 오게. 그, 그때는 분명히 돌려줌
세."

"도망치면 죽어."

시퍼런 불꽃을 토해 내는 시선을 이기지 못한 이덕팔은 털썩 주저앉
았다.

"이런 병신들!"

와장창!

턱이 깨져 붕대를 머리에 두르고 있는 조민재에게 진기수가 재떨이
를 집어 던졌다.

"그래, 산만한 두 놈이 젖비린내 나는 애송이한테 깨지고 와? 나가
죽어, 이 새끼들아!"

일이 물밀듯이 밀려들어 일손이 딸려 죽을 지경인데 애들을 데리고
다녀야 할 조민재가 병신이 되어 돌아왔다.

폭력과 협박을 수단으로 채무자를 잡아 돈을 받아내는 그들에게는
한덩치와 살벌한 인상이 영업 수단 중의 하나이다. 저런 병신 몰골로
는 일을 할 수가 없다.

진기수가 잡아먹을 듯 노려보다가 혀를 찼다.

"열여덟 살이라더만."

살살 눈치를 보며 조민재가 조심스럽게 답했다.

"형님, 말이 그렇지 어린애가 아닙니다. 솔직히 날아오는 발을 보지

도 못했는데……."

"이런 거지 같은 새끼가 뚫린 입이라고 잘도 지껄이네? 꺼져! 꼴도 보기 싫으니깐 병원에 누워 있어!"

진기수는 버럭 소리치고는 몸까지 돌려 버렸다.

"입원까지는 안 해도……."

어병한 반문에 진기수는 빠르게 책상을 훑었다. 무언가 던질 만한 것을 찾았으나 걸리는 게 없자 한숨을 쉬었다.

"이게 정말! 어휴! 밥값은 해야 할 거 아냐!"

말뜻을 알아들은 조민재는 서둘러 사무실을 나갔다.

김대경은 다음날 이덕팔을 찾아갔다. 미리 잠복하고 있던 경찰들에게 연행되어 경찰서에 와 있다.

탁탁탁!

컴퓨터 자판을 손가락 두 개로 두드리고 있는 사내가 물었다.

"이름?"

"김대경입니다."

조폭이라고 해도 믿을 것 같은 인상의 형사가 고개도 들지 않은 채 계속 사무적으로 질문했다.

"나이?"

"열여덟입니다."

"뭐?"

그때서야 형사는 처음으로 고개를 들었다. 폭행 치사와 영업 방해로 고소가 들어와, 청년을 연행해 조서를 꾸미던 김태수 형사는 깜짝 놀랐다. 이십대 중반쯤으로 봤는데 아직 미성년이었다.

"아따 그놈, 고생을 많이 했나 보네? 그건 그렇고, 주민등록증은 있어?"

"여기."

김태수는 주민등록증을 받아 사진과 얼굴을 번갈아 보았다.

"맞긴 맞는데, 주소가 전라북도 정읍이라……."

"지리산에서 자랐습니다."

"동향이구먼. 이런 자리라서 좀 그렇지만, 어쨌든 반갑네. 부모님은 그곳에 계신가?"

경찰서에 들어올 때부터 무표정한 얼굴을 유지하던 김대경이 처음으로 표정 변화를 보였다. 아련한 그리움이 떠오르는 그런 표정이 아니라 떨떠름한 감을 씹은 듯한 얼굴이다.

"없습니다."

"허어, 고아란 말이냐? 그럼 그 일억 원이란 거금은 어디서 났어?"

우물쭈물하던 김대경이 대답했다.

"아버지가 주고 떠났습니다."

반사적으로 손을 치켜들었던 김태수가 손을 내리면서 말했다.

"어휴, 이걸 그냥 확! 여기가 어디라고 장난질이야! 부모가 없다면서!"

"친아버지가 아닙니다. 주워서 키웠다고 하셨습니다. 그 돈은 정착 자금으로 쓰라고 놓고 가신 돈입니다. 마지막 가는 모습은 보지도 못했습니다."

김태수는 믿음이 가질 않았다. 양아버지가 거금을 주고 사라져 버렸다니.

"말도 없이 돈만 놓고 떠났다?"

"편지 한 장 남겨놓으셨습니다."

"편지 한 장 남겨놓고 사라졌습니다."

"서울 말씨를 쓰는데……."

"양아버지한테 배웠습니다."

"어릴 적부터 거기서 쭉 자란 거야? 서울은 처음 온 거고?"

대화가 길어질수록 김태수는 사건과는 상관없는 질문을 계속 던졌다.

"제가 기억이 날 때부터 산골에 있었습니다. 산을 벗어난 건 몇 번 있었는데 이번엔 살려고 내려왔습니다. 이곳에 온 건 양아버지가 주소를 남겨주셔서……. 후배가 있다고. 도장을 여는 것을 도와줄 거라 했습니다."

"도장?"

"양아버지는 도인입니다. 지리산 깊은 산골에 들어가면 그런 사람들을 종종 볼 수 있습니다."

"그 뭐냐, 지리산 머시기 도사, 이런 사람들 말이냐? 점쟁이들 말이야. 그럼 너도 점 좀 볼 줄 아냐?"

김대경은 고개를 저었다.

"조금 배우긴 했는데 잘 모릅니다. 전 무술을 닦았습니다."

"호오! 사이비들이 많다던데 무술 하나는 제대로 배웠나 보네?"

김태수는 물론이고 강력계 형사들은 모두 진기수 일당을 알고 있었다. 그들은 폭력 전과를 두세 개씩은 가지고 있었다. 강력 사건이 터지면 제일 먼저 족치는 게 전과자들이다. 그는 김대경이 턱을 부순 조민재를 직접 잡아넣은 적도 있었다.

"그러니까 네가 나이가 차서 정착 자금으로 쓰라고 지리산에 묻혀 사는 양아버지 도인이 무려 일억 원을 주고 김삿갓처럼 유유히 떠났고,

너는 그 거금을 가지고 주소 하나 달랑 들고 서울에 왔는데 친구란 사람은 없었고, 혼자 도장을 열려고 하다가 사기를 당했다. 그래서 그 이덕팔이 사기를 친 거라 생각해 돈을 찾으러 갔는데 조민재가 나서서 싸움이 났다. 그리고 네가 때려눕혔고. 맞아?"

"맞습니다. 주변 분들도 철거 예정 건물인 것을 알고 있었습니다."

"알어, 알어. 그리고 이 대 일로 싸웠는데, 그중 한 놈은 턱이 깨지고 한 놈은 기절을 했고."

"예."

한숨을 길게 내뱉은 김태수는 무덤덤한 표정의 김대경을 쳐다보았다.

"네 말은 알겠는데 일억이란 거금의 출처도 확실하지 않고, 네 말이 맞다 해도 법적으로 중개인 30퍼센트의 책임이 있긴 해. 그런데 이 서류 엉터리야. 여기 이 매도인이란 이놈은 한국에 없는 놈이야."

흠칫 놀라 눈을 치켜뜬 김대경을 보며 김태수는 말을 이었다.

"허공에 뜬 놈이란 말이야. 조회를 해봐도 이런 놈은 없어. 그리고 이덕팔이가 이 매매 건에 개입되었다는 증거도 없다. 계약서를 봐라. 중개인의 이름이 없지? 이 종이는 어느 문방구에 가도 다 파는 부동산 매매 계약서야. 흔하디흔한 거란 말이다."

김대경은 그때서야 면밀히 계약서를 훑어보았다. 이덕팔이란 이름과 용용부동산이라는 상호는 어디에도 없었다. 계약서를 작성하는 것이 처음이었기에 몰랐던 것이다.

"정 억울하다면 이건 민사 소송을 따로 걸어 해결할 문제고, 폭행 건은, 에휴, 조금 골치가 아픈데 누가 먼저 쳤냐, 왜 싸움이 일어났냐 하는 것보다는 누가 많이 다쳤냐를 따져. 알고 있어?"

김대경은 고개를 저을 뿐이었다.

"그쪽이 나이도 수도 많았다고 하지만 진단이 8주가 나왔고, 너는 멀쩡해. 그나마 다행인 것이 저놈들은 폭력 전과가 수두룩한 놈이고 네가 미성년이란 게 도움이 될 테지만, 그래도 네가 저놈들과 합의를 하지 않으면 소년원에 간다는 것은 변하지 않는다."

"소년원이 뭡니까?

어이없는 질문에 김태수는 또다시 한숨이 절로 나왔다. 정말 산골에서 자란 것이 맞는 듯했다.

"교도소야, 교도소! 미성년이 가는 데. 교도소는 알아?"

고개가 끄덕여지는 것을 보며 혼잣말을 내뱉었다.

"씨발, 엄한 사람 골병을 들게 만드는 게 일인 놈들이 터졌다고 고소를 해? 아, 정말 법 좋다."

한탄을 하다 김태수는 굳어 있는 김대경에게 말했다.

"저런 놈들은 강한 놈한테 약하고 약한 놈들에게 강한 쓰레기들이야. 한번 밟을 때 확실히 죽여놔야 뒤탈이 없는데, 어쨌든 너도 정말 운이 없다. 악질 중의 악질한테 걸렸어."

묵묵히 듣고 있던 김대경의 눈이 빛났다.

"어떤 사람들입니까?"

"뭘? 그 새끼들? 한마디로 양아치야. 조폭도 아니고 생양아치란 말이야. 바람난 썩을 년들 뒷조사나 하고 빚이나 받으러 다니는 놈들이다. 조민재는 똘마니고 두목 놈은 강간에, 사기에, 청부 폭력에, 지저분한 짓은 다 하고 다녀. 이거 합의 보려면 골치 아픈데……."

"합의를 보면 소년원에는 안 갑니까?"

“그렇지. 벌금은 조금 나올 테지만 거기엔 안 가. 어쨌든 시간을 줄 테니깐 병원에 찾아가서 싹싹 빌어서라도 합의서에 도장 받아라. 좆 같은 놈들이지만 그렇게라도 해야지. 알겠어?”

형제가 없는 김태수는 김대경이 동생 같은 생각이 들었다. 그도 얼마 전에 어머니 상을 당해 양친이 모두 돌아가셨기에 연민이 든 것이다.

“학교는?”

“블랙고시입니다.”

“블랙… 하하, 검정고시란 말이구나. 중학교? 고등학교?”

“작년에 대입 검정고시에 합격했습니다.”

그나마 다행으로 여긴 김태수가 김대경의 머리를 흩트렸다.

“보호소를 찾을 때까지 우리 집에 가 있자. 나랑 같이 병원도 한번 가보고. 그 새끼들은 나 같은 형사가 쥐약이거든.”

김태수는 거주지가 불분명한 김대경을 자신이 맡는 조건으로 데리고 나갈 생각이었다. 미혼에 혼자 자취 생활을 하였기에 눈치 볼 필요도 없었다.

아무것도 모르는 덩치만 큰 아이를 범죄자로 만들 수가 없었다. 형사 생활을 하며 그런 아이들을 많이 보아왔다. 자의든 타의든 한 번 범죄자가 되면 영원히 지워지지 않는 낙인이 찍히는 것이다.

상부의 허가가 나올 때까지 김대경은 당분간 유치장에서 생활해야 했다.

경찰서는 사회의 단편을 보여주는 듯 요지경 속이었다. 잘못했다고 펑펑 우는 사람이 있는가 하면, 오히려 핏대를 세우고 악을 바락바락 쓰는 사람, 고위직을 들먹이며 경찰을 협박하는 사람, 남녀노소, 직위고하를 막론하고 사람들이 줄기차게 들어왔다 나갔다 했다.

김대경은 사회가 깨끗하지 않다는 것을 알았다. 또한 유치장 안에서도 왕 노릇을 하려는 놈이 있었다.

여기.

"컥!"

목 줄기가 잡혀 얼굴이 시뻘게진 놈이 식은땀을 줄줄 흘렸다. 팔에는 요상한 그림이 잔뜩 그려져 있고, 도살을 기다리는 돼지같이 살이 올라 있었다. 조금 전까지 다리를 주무르라던 놈이었다. 대꾸도 없이 가만히 있자 주먹을 휘둘렀고, 그 결과가 바로 이랬다.

"너도 양아치냐?"

"커! 혀, 혀님."

바짝 끌어당겨 눈을 마주 보았다. 놈은 눈길을 피했다. 꼬리를 만 똥개 꼴이었다.

김대경은 사내를 밀어버리고는 벽에 등을 기댔다.

"너, 이리 와봐."

사사삭!

무릎걸음으로 다가온 사내는 고개를 숙였다. 부풀어 오른 허벅지가 터지지 않을까 하는 괜한 걱정이 들었다.

"조폭과 양아치의 차이는?"

"예? 예! 죄송합니다, 형님. 조직에 계신 줄 몰랐습니다."

머리는 덥수룩하고 면바지에 반팔 티셔츠를 입고 있었다. 김대경은 몸 좋은 대학생같이 보였다.

땅!

사내의 머리를 갈겼다. 꼭 빈 깡통을 치는 소리가 났다.

"큭! 조, 아니, 형님 같은 건달 분들은 의리에 살고 죽는 분들입니다. 짱 멋있고 끝깔나는 폼이 나고, 저희 같은 양아치들과는 비교도 할 수 없습니다."

김대경은 원하는 대답을 들을 수 없었다. 김태수에게 들은 단편적인 지식으로는 아무리 머리를 써봐야 해결 방안이 떠오르지 않았다. 잘못도 없는데 돈도 빼앗기고, 그런 놈들한테 빌기도 싫었다.

"양아치들은 어떻게 다루어야 하지?"

"패, 패면 말을 듣습니다, 형님. 죽을죄를 지었습니다. 한 번만 용서를……."

한순간을 위해 이 년을 준비한 김대경이다. 불나방처럼 무작정 뛰어들지 않는다. 만약 그랬다면 개죽음을 당했을 것이다. 그만큼 그 미친 놈은 넘보지도 못할 정도로 강했다.

"패면 된다라……."

수단은 알았다. 그럼 방법은? 양아치가 하늘처럼 떠받드는 건달이라 했다.

"건달을 잘 알려면 어떻게 해야 되지?"

김대경을 조폭이라 믿어버린 사내는 조금 당황했지만 주먹은 가까웠다.

"예? 그, 그게… 영화 대부가 끝장입니다. 저기 만화책도 죽이는 게 많습니다. 흑도, 밤의 황제, 엘리트 건달, 사시미로 말한다, 열 번 쑤셔 안 죽는 넘 없다. 감명 깊게 본 게 수도 없습니다."

의외로 쉽게 방법을 찾을 수 있을 듯했다.

김태수의 자취방에 들어간 김대경은 영화광에 만화광이 되었다. 게

다가 방에 있는 책들을 손이 가는 대로 읽었다.

대부분의 강력계 형사가 그렇지만 김태수는 합이 5단의 무술인이었다. 무술 관련 서적은 물론 대한민국 사람이라면 한 번 정도는 읽어보았을 처세술도 있었고 진급 시험을 준비하는 수험서도 있었다.

책만 끼고 사는 김대경을 보며 산에서만 자랐으니 그러려니 하고 김태수는 이해해 주었고, 무료한 시간을 걱정으로 보내는 것보다는 낫다 싶었다.

김태수는 바쁜 와중에 짬을 내 김대경과 함께 조민재가 누워 있는 병원을 찾아갔으나 합의를 볼 수 없었다.

별을 몇 개씩 단 조민재 같은 놈들은 형사만큼이나 법에 대해 잘 알고 있었다. 구치소에 있으면서도 법정으로 끌려가는 수감자를 보며 형량을 가지고 내기를 하기도 했다.

윗선에서 해결을 봐야 한다고 여긴 김태수가 김대경을 데리고 사무실로 찾아갔지만 헛걸음을 했다. 결국 두 사람은 무거운 발걸음으로 자취방에 돌아왔다. 김태수는 저녁에 매복에 들어가야 했기에 곧 나와야 했다.

일선 경찰의 업무는 산더미처럼 쌓여 있었다. 한 달에 일주일도 방구들에 몸을 눕힐 수가 없는 직업이었다.

김태수는 방을 나서면서도 김대경에게 아무런 조치도 취하지 않았다. 그가 도망치기를 바랐는지도 모른다. 살인을 저지른 흉악범도 공소시효를 넘기면 대로를 활보하고 다닌다.

같이 생활한 지 일주일이 지났건만 김대경은 항상 그 모습 그대로 있었다. 또한 얼굴을 볼 때마다 진기수 일당에 대해 물어보았으나 그 외는 묻는 말에만 대답을 할 뿐이었다.

김대경이 정보를 모으며 차분히 돌파구를 모색하고 있는 그때, 진기수는 이덕팔과 마주 앉아 있었다. 며칠 동안 시달림을 받았는지 이덕팔은 꾀죄죄한 몰골이었다.

"어찌 되었든 그놈의 문제는 해결을 했고. 이 사장, 섭섭해."

50대를 넘긴 이덕팔이지만 막내동생뻘도 안 되는 진기수의 반말에 발끈할 입장이 아니었다.

금 팔찌를 두른 오른팔을 들어 비단 셔츠 깃을 흔들며 진기수가 말을 이었다.

"이런 좋은 건수를 혼자 먹다간 탈이 나지. 암, 그렇고말고. 이번엔 이 돈으로 넘어가지만 담엔 국물도 없을 줄 알아."

앞에 놓여 있는 종이 가방에는 칠천만 원이 들어 있었다. 반액에서 병원비로 이천만 원을 더 얹었다. 마른침을 삼킨 이덕팔이 식은땀을 삐질삐질 흘렸다.

"그럼요. 여부가 있겠습니까? 다음엔 꼭 진 사장님께 연락을 드리겠습니다."

마치 동생을 대하는 듯 이덕팔의 어깨를 두드린 진기수는 거드름을 피우며 다섯 명의 부하를 대동하고 집을 나섰다.

그때서야 숨죽이고 있던 가족들이 하나 둘 방에서 나왔다. 진기수는 이덕팔의 가족을 잡아놓고 그에게 돈을 찾아오도록 시킨 것이다.

부하들에게 술값으로 백만 원을 떼어준 진기수가 자신의 집 안 금고에 잔금을 넣어 둔 후 사무실로 들어선 것은 10시쯤이었다. 이 시각이면 한창 작업에 들어가 있을 시간이기에 사무실로 나왔다.

　손도 안 대고 코를 푼 진기수는 홍얼거리며 사무실 문을 여는 순간 문 손잡이를 잡은 채 그대로 굳어졌다. 여기저기 부서진 집기가 널려 있어 난장판이 된 사무실에 처음 보는 청년이 의자에 앉아 정면으로 자신을 쏘아보고 있었다.

　슬쩍 눈을 돌리자 한쪽 벽면에 네 명의 부하가 벽을 보고 무릎 꿇고 앉아 있었다.

　"진기수?"

　청년의 입에서 낮은 목소리가 흘러나왔다.

　김대경은 이미 부하들에게 진기수에 대해 들어 알고 있었지만, 다시 한 번 확인하였다. 175센티미터의 키에, 넓은 어깨의 땅땅한 체구, 유도로 단련된 놈이라 했다.

　"누구냐?"

　어깨 생활로 잔뼈가 굵은 진기수는 단번에 사태를 파악했다. 어디 놈들인지는 모르지만 습격을 한 것이다. 그러나 그의 예상은 여지없이 빗나갔다.

　"김대경!"

　이름을 밝힌 김대경은 앉은 자세 그대로 몸을 솟구쳤다. 다섯 보의 거리를 한 번의 발돋음으로 좁혀 진기수의 품 안으로 뛰어 들었다.

　진기수는 내심 쾌재를 불렀다. 손에 한번 잡힌 상대에게는 져본 적이 없다. 놈의 어깨 깃과 등판을 막 잡아 바닥에 메다꽂으려던 그는, 턱에 강한 충격을 받고는 주춤 한 걸음 밀려났다.

　김대경은 덜컥거리는 소리와 함께 윗머리에 충격이 오는 것을 느꼈다. 고개를 든 그의 눈에 흔들거리는 머리를 애써 고정시키는 진기수가 보였다. 김대경은 그대로 주먹을 날려 다시 한 번 진기수의 턱을 쳤다.

머리가 뒤로 훌쩍 젖혀진 진기수가 엉덩방아를 찧었고, 그에게 다가간 김대경은 머리카락을 움켜쥐고는 사무실 안으로 끌고 들어가 문을 닫았다.

조민재는 도저히 이 광경을 믿을 수가 없었다. 갑갑한 병실을 나와 병원 뒷골목 포장마차에서 소주잔을 기울이다가 진기수가 찾는다는 전화를 받고는 사무실에 들어섰을 때 그 모습에 금이 간 턱이 아픈 줄도 모르고 벌어졌다.

김대경은 냉소를 머금고는 정수리에서 턱까지 둘둘 붕대를 감고 있는 조민재를 바라보았다.

"조용히 앉아라."

김대경은 열두 명의 진기수 일당을 모두 잡은 상태라 여유가 있었다. 처음에 네 명, 진기수, 그리고 두세 명씩 일당들을 불러들여 이 잡듯이 잡아 꿇려놓았다.

김대경의 턱 끝을 따라 고개를 돌리자 두 줄로 정연히 무릎을 꿇고 앉아 벽을 보고 있는 사내들이 눈에 들어왔다.

무엇에 끌리기라도 한 것처럼 다가간 조민재는 다시 한 번 놀랐다. 칼침을 훈장처럼 달고 사는 동생들이 부들부들 떨고 있었던 것이다. 쪽수가 많기에 한번 덮쳐 보려던 그는 고개를 저었다.

김대경의 차가운 목소리가 숨죽이고 있는 사무실에 울렸다.

"돌아 앉아."

부하들의 몰골을 보고 난 조민재는 서슴없이 무릎을 꿇고 고개를 숙였다. 어떤 놈은 턱이 빠져 침을 질질 흘리고 있었고, 어떤 놈은 두 팔이 묘하게 뒤틀려 축 처져 있었다.

김대경은 숨이 막힌 듯 시뻘겋게 달아오른 얼굴로 눈물, 콧물을 흘리고 있는 진기수의 어깨를 감싸 안으면서 말했다.

"허튼수작 부리지 말어, 네놈도 이 꼴 당하기 싫으면."

어깨를 안은 채 김대경이 차가운 미소를 짓고는 조민재를 보았다.

"사람 잘못 보았다. 난 당하고만 사는 놈이 아니다. 네놈들이 감히 상상도 하지 못할 지옥을 헤쳐 나온 사람이야."

그러면서 숨 쉬기가 곤란한 듯 끅끅거리는 진기수에게 시선을 돌렸다. 애타는 시선이다. 풀썩 웃어 젖힌 김대경이 냉막하게 말했다.

"아직 멀었다. 난 그 상태로 한 시간도 버텼다. 겨우 10분이 지났을 뿐이야."

김대경이 진기수의 인후 아래쪽의 기문혈(氣門穴)을 가격해 기도를 좁힌 것이다. 완전히 점혈을 하면 기도가 폐쇄되어 죽게 되는 사혈이다.

사람의 뼈마디와 혈도를 눈을 감고도 그릴 수 있도록 모진 폭력 속에서 배웠다.

그를 키운 미친놈은 그를 실험용 모르모트로 취급했다. 몸 구석구석의 혈도를 가격하며 반응을 살폈고, 수없이 대련을 빙자한 구타를 일삼았다.

무술이란 허울로 눈을 가린 폭력 중독자. 이게 김대경이 정의할 수 있는 그놈의 모습 중 하나였다.

"으드득!"

"끄억!"

뼈마디 돌아가는 소리에 놀라 숙인 고개를 치켜든 조민재는 진기수의 눈동자가 돌아가며 흰 창이 뒤덮이는 것을 보았다. 조민재와는 달리 그 소리가 무엇인지를 아는 부하들은 더욱 몸을 움츠렸다.

"이제 조금 숨 쉬기가 편하지? 내가 당하다 보니까 알게 된 건데 사람의 몸이 그렇더군. 더한 고통을 당하면 그쪽으로 온 신경이 쏠리게 되더라구."

놀라 눈을 치켜뜬 조민재와 시선을 맞춘 김대경이 말을 이었다.

"진기수 이놈, 대단한 놈이야. 전과가 아, 별이라고 해야 알아듣나? 별이 여덟 개나 되던데, 폭력에 사기에 강간까지. 그런데 말이야, 생양아치더만. 폭력은 하나밖에 없고 죄다 사기에 강간이야."

김대경은 김태수에게 들은 말을 그대로 옮겼다. 또한 수박 겉핥기식이라도 폭력배들에 대해 알게 되었다. 교도소에 들어가면 강간범과 사기범은 폭력배들 사이에서 사람 취급을 받지 못한다고 했다.

"너희가 어떻게 이놈을 알고 있는지는 모르겠지만 이 쓰레기는 너희가 말하는 건달도 아니고 그저 사기꾼에, 힘없는 여자를 폭행하는 놈이야."

힘의 논리로 상하가 나누어지는 무리는 우두머리를 깨면 자연스럽게 와해된다 했다.

"잘 들어."

김대경이 와락 진기수의 머리카락을 쥐어 틀고는 잇새로 말했다. 번들거리는 눈이 조민재를 향하고 있었다.

"내일이다. 내일 아침에 내 고소를 취하해. 만약 오후에도 취하했다는 소리가 들리지 않으면 이놈을 비롯해 너희는 모두 병신이 된다. 네 놈들의 탈골된 뼈다귀는 맞춰주고 가마. 하지만 다시 나를 볼 때는 눈깔 하나는 놓고 가야 할 거야."

그 순간 김대경은 왼손으로 진기수의 빠진 어깨를 잡고는 우악스럽게 잡아당겼다가 뒤로 젖혔다. 그리고는 굳은살이 박혀 있는 손등을 보이며 가슴을 세차게 쳤다.

"커억!"

진한 가래침을 내뱉은 진기수는 숨구멍이 열리는 느낌이 들었다. 그때 맹수의 그것 같은 번들거리는 눈이 다가왔다.

"내가 약속한다. 내일 중으로 소식이 없으면."

그러면서 김대경은 손가락 세 개를 폈다.

"삼 일 안에 다시는 일어나지 못하게 만들어주마. 네놈들이 어디 숨어도 난 끝까지 찾아낼 거다. 알아들어?"

진기수는 참았던 숨을 몰아쉬며 열심히 고개를 끄덕일 뿐 대답도 하지 못했다. 그의 볼을 타고 눈물이 흘러 바닥에 떨어졌다.

"조민재, 너는 이놈 집에 가서 돈을 찾아와라."

이미 이덕팔에 대한 이야기도 모두 들은 후였고 진기수의 집에 있는 금고의 번호도 모두 알아놓은 상태였다.

김대경의 시선을 받은 한 사내가 벌떡 몸을 일으키더니 조민재를 데리고 나갔다. 진기수와 함께 이덕팔의 집에 갔던 사내였다.

김대경은 턱이 빠진 다른 한 사내를 불러서는 턱뼈를 맞춰주었다.

"넌 저놈하고 가서 이덕팔을 데리고 와."

사내들의 눈빛이 죽어 있었다. 더 강한 맹수에게 꼬랑지를 내린 모습이었다. 김대경은 이들이 단순한 약육강식의 법칙을 따르는 짐승이라 결론 내렸는데 어느 정도는 맞았다.

여섯 명의 사내가 빠져나간 사무실은 숨소리 하나 들리지 않았다. 그사이 적응을 했는지 제 몸을 찾은 사내들은 김대경을 힐끔거리며 편한 자세로 앉아 있었다.

한 시간 정도가 지나자 화색이 감도는 얼굴로 조민재와 다른 한 부하가 박스 두 개를 들고 사무실로 들어왔다.

"형님, 여기 찾아왔습니다."

조민재는 서슴없이 형님이라 부르며 김대경의 발 아래 박스를 내려 놓았다.

"모두 4억 정도입니다. 이놈이 많이도 빼돌려 놓았더군요."

이젠 진기수를 놈이라 불렀다. 해결사 일을 하려면 조직과 선이 닿아야 한다. 조민재는 진기수가 조폭 출신인 줄로만 알고 있었지 자세한 내력은 몰랐다.

쓴웃음을 지은 김대경은 이덕팔이 잔뜩 움츠린 채 사무실로 들어서는 것을 보았다. 헝클어진 머리하며 대충 옷을 걸치고 있는 게 잠을 자다 끌려온 모양이다.

"시간이 많이 지났지만 돈을 찾으러 왔다."

"여, 여기 있습니다."

오면서 얘기를 들었는지 이덕팔은 공손히 가방을 내밀었고, 내용물을 확인한 김대경은 비틀어 웃었다.

"계산이 틀려."

"틀림없이 삼천만 원입니다."

"아니, 내가 고생했던 것, 그동안의 이자, 그리고 수고비가 빠져 있다. 3천을 더 만들어 와."

매몰차게 말한 김대경은 이덕팔을 잡고 있는 사내에게 턱짓을 하였고, 이덕팔은 개처럼 끌려 나갔다.

김대경은 보이지 않게 엷은 숨을 내뱉었다. 아무리 여러 매체를 통해 정보를 모으고 알아보았다 해도 현실과는 괴리가 있었다. 이미 사기라는 경험을 통해 겪었다.

그러나 운이 좋았는지 그의 의도대로 잘 풀렸다. 동작 하나, 말 하나까지도 능숙할 정도로 상황을 그렸다. 꿈에 나타날 정도로.

김대경은 물을 빨아들이는 스폰지가 되었다. 자라온 환경이 모진 학대와 폭력이었다. 공포는 느껴본 사람이 잘 안다.

그 악마 같은 놈에 비하면 진기수 일당은 우습다. 두려움 따위는 없었다. 무력 또한 마찬가지다. 조민재의 주먹질은 하품이 날 정도로 느렸다. 코앞까지 칼이 날아와도 눈을 감지 않는 김대경이다.

그는 맹세한 바가 있었다. 다시는 당하지 않는다. 당한 놈이 멍청한 것이다. 또한 남이 무시하지 못할 힘이 있음을 알았고, 이제 쓰는 방법을 배웠다.

박스 하나를 조민재에게 내밀며 김대경이 몸을 일으켰다.

"너희 몫이다. 네가 이놈 다음이라니깐 너에게 맡긴다. 알아서 나누어 주도록 해."

박스 하나면 2억이다. 눈이 휘둥그레진 조민재는 김대경을 쳐다보았다. 진기수를 빼고 열한 명이니까 일 인당 천팔백만 원이고 위치에 따라 나누면 자신은 오천만 원이란 거금이 생긴다. 진기수 밑에서 일하면서 백만 원 이상의 돈을 만져 본 적이 없다. 어깨를 부풀린 조민재가 재빨리 말했다.

"형님, 너무 큰돈입니다. 이렇게 베풀어주시면 아이들 버릇이 나빠집니다."

"무슨 소리를 하는 거야?"

"형님이 저희를 거두어주셔야지요."

"난 그럴 생각 없다. 이덕팔의 돈을 받는 것으로 너희와의 인연은

끝이야."

이 돈을 어떻게 벌었는지는 뻔했다. 전부 뺏어가도 상관없는 돈이었다. 그러나 그럼 똑같은 양아치가 된다. 게다가 여기에 있는 이유가 돈 때문이었다. 더 이상 얽히기 싫었다.

잠시 머리를 굴린 조민재가 수긍을 하며 말했다.

"예, 그렇게 알겠습니다. 저, 그런데 저놈은 어떻게 할까요?"

진기수에 대해서 묻는 말이다.

"알아서 해."

고개를 떨군 진기수를 한 번 쳐다보고는 김대경은 뒤도 돌아보지 않고 나갔다.

"형님은 모르십니다. 한 번 이 바닥에 들어서면 발 빼기가 쉽지 않지요."

웅얼거리듯 말한 조민재는 슬슬 눈치를 보고 있는 진기수를 보고는 흰 이를 드러내며 웃었다.

"이게 웬 돈이냐?"

김대경에 대한 고소가 취하되었다는 소식을 들은 김태수가 자취방으로 들어왔을 때 김대경은 일억 원을 내밀었다.

"사기당한 돈을 찾았습니다."

"허허."

더 이상은 말하지 않겠다는 듯이 김대경은 입을 굳게 다물었고, 김태수는 헛웃음만 지었다.

"어쨌든 돈을 찾았으니 다행이다. 한데 왜 내게……."

"형님이 맡아주십시오."

김태수는 조금 당황한 얼굴이 되어 백만 원권으로 묶인 돈을 내려다 보았다. 막 서른 줄에 들어선 그에게 갑자기 하늘에서 동생 하나가 뚝 떨어진 느낌이다.

같이 지내다 보니 나쁘지 않았다. 집이 번쩍거려 눈을 못 뜰 정도였고 식모살이를 한 것처럼 집안일에 능숙했다. 가끔 들어와 잠만 자고 나가던 집이었다. 일방적이긴 하지만 말 상대가 생겨 좋기도 했다.

"그래, 앞으로 어떻게 지낼 생각이냐?"

"할 줄 아는 게 손발 짓을 하는 거라 도장을 열어볼 생각입니다."

"흠, 이 돈으로 공부를 더할 생각은 없고?"

"그쪽엔 소질없습니다. 정규 교육을 받은 것도 아니고, 검정고시도 겨우 합격했습니다. 할 줄 아는 걸 해야지요."

고개를 끄덕인 김태수가 말을 이었다.

"틀린 말이 아니다. 대학을 나온다고 다 출세하는 것도 아니고, 자기가 잘하는 일을 해야지. 그래, 그 무술이란 거, 어떤 도장을 열 거냐? 태권도? 검도?"

김대경은 바로 대답하지 못했다. 딱히 뭐라 꼬집어서 말할 수가 없었기 때문이다.

"실전 무술입니다. 이름은 정한 게 없어서……."

"무슨 말이 그래?"

"양아버지가 창안하신 겁니다."

김태수는 고개를 설레설레 저었다. 합기도 3단에 유도가 2단인 그는 강력반 내에서 불도저란 별명으로 불렸다. 검거 작전이 시작되면 최선두에서 맹활약을 보인 탓인데, 나이도 젊고 이름 꽤나 날리는 주먹과 상대해도 밀리지 않을 실력이 있었다.

순경 시절에 경찰 내 무술 대회에서 입상한 경력으로 형사로 차출돼 형사가 되었어도 아직도 틈만 나면 도장을 찾는다. 강력계 형사는 몸이 재산이다.

"천천히 얘기해 봐. 어떤 걸 어떤 식으로 배웠는지."

김태수는 김대경이 배운 무술이 궁금한 것이 아니라 그가 자란 환경을 알고 싶었다. 아직 열여덟이기에 지금부터라도 도장을 다니면서 운동을 해도 늦지 않는다.

몇 마디 나누어본 말본새로 보아 변변한 단증 하나 없을 것이다. 돈을 주고 도장만 얻는다고 영업 허가가 떨어지는 게 아니다.

무도 단체들은 그마다 연맹이 있고, 그곳에 소속되지 않은 곳이라도 오랜 기간의 심사를 거쳐야 허가가 나온다.

하물며 단증 하나 없는 어린애가 도장을 열겠다고 찾아가면 누가 허가를 내주겠는가.

그 무술이라는 것도 듣도 보도 못한 것인데다 어찌어찌 도장을 열었다 해도 보이지 않는 텃새가 있을 것이다. 새로운 무술 도장은 관원이 없어 문을 닫는 경우가 흔했다.

김대경이 무뚝뚝하게 말했다.

"얘기가 깁니다."

"하루 쉰다고 들어왔다. 시간 많아."

건달이라고 해도 누구나 믿을 것 같은 김태수가 얼굴을 일그러뜨렸다. 미소를 지은 것이다. 다른 사람은 그렇게 보지 않겠지만.

"우리 술이나 한잔하면서 얘기하자. 동생이 생긴 날인데 그냥 넘어갈 수 없지."

불황이어서 그런지 족발집에 전화를 하고 10분 정도 지났을까. 그들

앞에 푸짐한 상이 차려졌다. 대작은 처음이라는 김대경에게 주도를 가르치며 김태수가 술잔을 들었다.

"저는 솔직히 아무것도 모릅니다."

취중진담이라 했던가. 둘이서 소주 다섯 병을 비웠을 때 김대경이 입을 열었다. 그의 음성은 술기를 찾아보기 힘들 정도로 또렷했다.

"그 이름 모를 산골을 벗어난 것도 처음이고, 이렇게 많은 사람을 본 것도 처음입니다."

"대경아, 말 좀 편하게 해."

"말을 그렇게 배워서 존댓말이 편합니다. 후후, 저를 키워준 사람, 그 사람 앞에서는 항상 공손하게 말을 해야 했으니까요."

벌컥 잔을 들이킨 김대경이 긴 숨을 뱉었다. 김태수에겐 양아버지라 했지만 이름도 모르는 미친놈이었다. 그의 얼굴을 떠올리자 반사적으로 몸서리가 쳐졌다.

바짝 마른 몸매에, 얼굴은 돌출된 광대뼈 위로 쭉 째진 날카로운 눈매, 그 사이로 번뜩이는 눈빛이 처음 본 사람에게는 오싹한 기분을 들게 한다. 얇은 입술이 비틀어 올라갈 때면 고통의 시간이 찾아오곤 했었다.

"그곳은 지옥이었습니다. 전 다 저처럼 사는 줄 알았어요. 대여섯 살 때까지는 빨래하고 밥 짓고 장작을 패고, 그렇게 살았습니다. 솔직히 말씀드리면 전 제 나이가 몇 살인지도 모릅니다. 주민증을 만들면서 열여덟 살이 된 거니까요."

김태수는 빈 잔을 채웠다. 김대경의 신원 조회를 해본 결과 주민증을 만들기 이전에는 무적자(無籍者)로 기록되어 있었다.

무적자는 국적, 호적, 학적 따위가 없는 사람인데, 주민등록이 말소

되는 경우도 있고 출생신고를 하지 않은 경우도 있다. 김대경의 호적에는 그 양아버지란 사람도 없었다.

"일종의 머슴이랄까? 노예같이 지냈습니다. 그러다 무슨 생각을 했는지 손짓 발짓을 가르치기 시작하더군요. 열 살 때 그 이유를 알았습니다. 제가 실험 도구였습니다. 별짓을 다 했습니다. 온몸의 급소를 찔러 반응을 보고, 이상한 호흡법을 가르쳐 속이 뒤틀리기도 하고."

잠시 말이 끊어진 사이 화가 난 김태수가 소리치듯 말했다.

"그 주변에는 사람도 없었어? 누구 도와줄 사람도 없었냐는 말이야!"

"있었긴 한데 다 무언가에 미친 사람들 같았습니다. 저에게 신경 써 준 사람은 없었습니다. 워낙 멀리 떨어져 살기도 했고."

지리산은 산세가 험하기로도 유명하지만 정기가 모여든다 하여 도를 닦는 사람들이 많이 모여드는 곳이다.

사회와 인연을 끊고 그곳에 들어간 사람들이면 사연이 있거나 한 가지에 미친 광인들이라 보아도 틀리지 않다.

그런 사람들이 한 어린아이에게 신경 쓸 리 만무하다. 게다가 보호자까지 있었다. 사람들은 남의 가정사에 끼어들기도, 또 간섭받기도 싫어한다.

"그때는 어깨 너머로 맞아가며 익혔습니다. 매 시간마다 정말 죽을지도 모른다는 생각을 했습니다. 살기 위해선 피해야 했고, 배부르게 먹기 위해선 공격해야 했으니까요. 그러다 공부를 하라고 책을 던져 주더군요. 겨울이 일곱 번 지나기 전이니깐 열 살을 넘긴 무렵일 겁니다. 지금 생각해 보니까 그때는 덩치만 큰 갓난아기 같았습니다."

정상적인 부모 밑에서 교육을 받으며 자란 것이 아니었기에 정신적

성장이 아동기 때로 멈춘 것이다. 육체는 영양분만 공급해 주면 자란다. 그러나 정신은 다르다.

"두 해나 흘렀을까? 그 이유를 알겠더군요. 몸은 반사적으로 조금씩 따라가는데 생각이 없어서 짜증이 났나? 훗, 어쨌든 덩치도 커지고 손발을 쉬는 시간도 길어지니깐 흥이 돋았나 봅니다. 어느 순간부터는 체계적으로 가르치기 시작했습니다. 전반적인 무술에 대한 지식도 습득하게 하고. 그때 무예도보통지라는 무예서도 읽었습니다."

무예도보통지(武藝圖譜通志)는 조선 정조 때 만들어진 한민족의 전통적인 무술을 모은 무예서로 24반 무예가 있다. '무예'는 무도에 관한 기예, 즉 도, 창, 궁, 총포 등에 관한 무기를 뜻하고, '도보'는 어떠한 사물을 실물의 그림을 통해 설명함으로써 계통을 세워 분류하는 것을 의미하며, '통지'는 곧 모든 것을 망라한 종합서를 뜻한다.

김태수는 김대경의 말에서 또 하나 느낀 게 있었는데, 명확한 시간 개념이 없다는 것이었다. 제한된 공간에서 자랐기 때문이라 생각하였다.

"그러면서 그 사람이 만드는 무술에 저도 끼어들게 되었던 겁니다. 치명적인 사혈만을 노리는 무술이었습니다. 일격필살(一擊必殺)이란 말이 어울릴 겁니다. 바늘 하나로 사람을 죽이고."

말을 끊은 김대경은 빈병을 노려보다 오른손의 검지와 중지를 붙였다. 숨을 들이킨 순간 손이 빛살같이 날아 병목을 갈랐다.

땅!

경쾌한 소리가 들리며 반듯이 서 있던 병의 병목이 잘려져 나갔다. 벽을 맞고 튕긴 병목이 양반다리로 틀고 앉은 김태수의 발에 떨어졌다. 삐죽삐죽 돋아 있는 잘려진 면이 위로 올라와 있었다.

"이렇게 손가락으로 숨통을 막는 그런 겁니다. 인체라는 게 의외로 강하면서도 약하더군요. 제가 배운 게 이겁니다."

차분히 말하는 김대경과는 달리 김태수는 상당히 놀랐다. 병목을 따는 무도인이 있긴 한데 몇십 년을 고련한 사람들이다. 자신도 병은 깨도 병목 따기는 힘들다.

"어쨌거나 그렇게 수틀리면 맞고 실험 재료가 되어 살았습니다."

"너, 바보냐? 엉? 그런 놈이면 도망을 쳐야지, 왜 그 새끼 옆에서 살아?"

김태수는 씩씩대며 외쳤지만 김대경은 여전히 담담한 얼굴이다.

"머리가 조금씩 깨기 시작하면서 수도 없이 도망쳤죠. 도망칠 때마다 잡혀서 나무에 묶여 매질을 당한 적이 셀 수도 없습니다. 삼 년 전인가는 일주일을 눈을 맞고 지낸 적도 있습니다."

김태수의 반응으로 보아 묶인 자신에게 표창을 날렸다고 말하면 총을 들고 뛰어갈 태세였다.

"형님, 솔직히 말씀드립니다. 전 도망쳤습니다. 그 돈, 그놈 겁니다. 움막에 불을 지르고 산을 몇 개나 넘었는지도 모른 채 달렸습니다."

돈의 출처에 대한 의구심이 풀렸다. 그런 사람이 일억 원의 거금을 줄 리가 만무했다. 따지고 보면 도둑질을 한 돈이지만 김태수는 웃었다.

"잘했다. 누구도 너를 탓하지 않을 것이다."

김대경은 차마 불타는 움막 안에 그놈이 있었다고는 말하지 못했다.

이 기가 막힌 사연을 들은 김태수는 지리산을 찾아가 그놈을 잡아먹을 따고픈 생각이 굴뚝같았지만, 김대경이 찾기 힘들다 하고 불을 질렀다는 말에 분을 삭일 수밖에 없었다.

그리고는 당장 내일부터 김대경의 친부모를 찾아야겠다고 마음먹었다. 분명 그 미친놈이 어릴 때 유괴해 산으로 끌고 들어간 것이다.

우주를 개척한다는 최첨단 시대에 살고 있으면서도 새우잡이 어선에 끌려가기도 하고, 멀쩡한 사람을 강제로 요양원에 감금을 하고 노예로 부리는 인간 말종도 있었다.

그놈도 모종의 목적으로 김대경을 유괴하여 부려먹은 것이 분명하다. 만약 단순한 육체 노동이 목적이었다면 김대경은 공부도 하지 못했을 거고 덩치만 큰 어린애로 땅이나 갈고 있을지도 모른다.

이를 부드득 가는 김태수는 그놈을 잡을 방도가 없어 괜한 술만 들이켰다. 수배라도 내려야 하는데 이름도 모른다니……. 대경이의 호적도 새로 만든 것이기에 그놈을 잡을 연결 고리가 없었다. 지리산을 이 잡듯이 뒤진다는 것도 불가능했다.

건장한 김대경을 어린아이처럼 안아 토닥거려 준 김태수는 그의 아픔을 자신이 달래주어야겠다고 다짐했다.

김태수는 그때부터 시간이 날 때마다 김대경을 데리고 다녔다. 사회를 가르치고 싶기도 하였고 체육관 허가를 받으려는 이유도 있었다. 역시 그의 생각대로 도장을 여는 것은 불가능했다. 여러 관계 기관을 다녀봤지만 결과는 마찬가지였다.

더 공부시키려 해봤으나 설득하지 못했고, 김대경이 원하는 대로 직업훈련원에 보내기로 하였다. 정식으로 합기도 도장에 입문을 해서 운동도 시작하였다.

부모 찾기는 처음부터 쉽지 않았다. 김대경이 기억을 못하는 시점이 영유아 때였고 장성한 지금은 어릴 적 얼굴이 남아 있지 않았다. 친부모가 옆에 있어도 모를 것이다.

결국 광고를 내서 알려야 하고 부모라고 찾아오는 사람도 DNA 검사로 친자를 확인해야 하는데 미아를 찾는 시스템도 체계적으로 잡혀 있지 않아 더욱 힘들었다.

김대경은 자신의 돈으로 반대하는 김태수를 겨우겨우 설득해 쓸 만한 방 두 개짜리 집으로 이사를 했고 친형제처럼 생활을 하였다. 어느 순간부터 무표정한 그의 얼굴에 서서히 웃음이 돌기 시작했다.

낮에는 직업훈련원에서 기계 설계 제작 과정을 배웠고, 저녁에는 운동을 하며 지냈다. 벗어날 수 없는 운동의 쾌락을 안 그는 하루도 빠지지 않고 땀을 흘렸다.

하지만 김태수는 마냥 웃을 수만은 없었다.

"으아아아악!"

"대경아! 대경아!"

"으악!"

악몽에 시달리는 김대경을 흔들어 깨우자 김태수를 향해 주먹이 날아왔다.

이미 대비하고 있던 김태수는 능숙하게 고개를 젖혀 피했다. 한두 번 일어난 일이 아니다. 집에서 잠을 잘 자지 못하는 그가 한 달에 한두 번 정도는 겪는 일이니 숱한 밤을 시달렸을 것이다.

건넛방에서 잠을 자는데도 비명 소리에 놀라 일어날 정도였고, 김대경의 이불은 흥건히 땀에 절어 있었다. 김태수는 그런 김대경을 꼭 안아주었다.

김대경은 잠에서 깨어났는데도 눈을 뜨지 않았다. 다만 따뜻하고 널찍한 품으로 안겨들었다. 불타오르는 움막에서 한광을 토해내는 그놈의 새파란 눈이 꿈속에서도 괴롭혔다.

하지만 언제부터인가 김태수의 품에서는 편안하게 잠을 이룰 수 있
었다.

어느덧 일 년이란 시간이 흘러 김대경은 김태수의 보살핌 아래 빠르
게 사회에 적응해 나갔다. 그에 따라 김태수의 걱정도 덜어갔다. 환하
게 웃는 모습이 많아질수록 편안한 밤을 보내는 기간이 길어졌다.

김대경은 짧은 인생에서 가장 편안한 시간을 보냈으며 정이란 것을
배워가고 있었다. 김태수가 늦은 시간까지 들어오지 않으면 걱정이 되
었고, 신경이 전화기에 가 있었다. 그들은 마치 연인처럼 틈만 나면 전
화를 했고, 어색해하던 김대경 또한 다이얼을 누르기 시작했다.

부모 찾는 일은 안중에도 없었다. 이대로 김태수와 함께 살기를 바
랐다. 영원히……

제2장

형제(兄弟)

형제 兄弟

하늘에 구멍이 뻥 뚫린 유월의 끝 자락이다. 들이 붓는다는 말이 어울릴 정도로 굵직한 물줄기가 끝없이 쏟아져 내렸다.

서울 용산에 있는 직업훈련원에는 궂은 날씨와는 상관없이 비지땀을 흘리며 기계를 조작하는 원생들의 손놀림이 분주했다.

끼이이이이이잉!

강철을 깎는 절삭기가 요란한 소음을 만들어내며 돌고, 보호경을 쓴 김대경은 미리미터 단위의 정밀함을 요하는 작업에 온 신경을 집중하고 있었다.

기계가 작동하는 소리밖에 들리지 않던 실습실에 점심을 알리는 종소리가 울리고 원생들이 하나 둘 허리를 펴며 굳은 몸을 풀었다.

오랜 시간 허리를 숙여 부품을 깎던 김대경은 찌뿌드드한 몸을 풀려 기지개를 켤 때 반가운 얼굴이 문 앞에 서 있는 것이 보였다.

건장한 체격에 짧은 머리, 김태수였다. 그의 손엔 검은 봉지가 들려 있었다.

"어? 형님이 여긴 웬일입니까?"

"우리 직업이 그렇잖아. 방방곡곡이 다 일터 아니냐. 근처에 볼일이 있어 왔다가 들렀다."

그들은 매점에 앉아 김태수가 사온 도시락을 먹으며 이야기를 나누었다.

"무슨 일인데요?"

"내 일이야 뻔할 뻔자지. 약에 절은 쓰레기 하나 수거하러 왔다."

밥을 물고는 김대경이 김태수를 빤히 쳐다보았다.

"약?"

"마약."

별일 아니라는 듯 말하지만 위험한 일이다. 마약을 복용한 사람은 눈에 뵈는 게 없고 믿을 수 없는 괴력을 발휘한다. 평범해 보이는 사람이라도 형사 두세 명이 달라붙어야 격렬한 저항을 막을 수 있었다.

"오늘 집에 못 들어옵니까?

김대경은 반말과 존대를 섞어 쓰고 있었다. 친숙한 사이에서는 반말을 쓰기도 한다. 내면을 잘 드러내지 않는 그로서는 대단한 발전이었다.

"모르겠다. 가봐야 알아. 비도 오는데 운동 좀 적당히 하고 일찍 들어가."

김대경은 아직도 타인과 어울리는 데 익숙하지 않아 한 학기가 끝나가는데도 친구 한 명 사귀지 못했다.

직업훈련원의 수업이 끝나면 곧장 집에 들러 체육관으로 향하고, 두 달 전부터는 검도를 시작해서 10시가 넘어야 들어왔다.

정신 수양에 도움이 될 거라 생각해 김태수도 물론 허락했다.

김대경은 사소한 일 하나까지 상의하고 그에게 의지하였다.

"예, 밥해놓을게요. 들어올 수 있으면 전화해요."

"녀석, 모르는 사람이 들으면 네가 식모살이하는 줄 알겠다. 허우대
는 멀쩡한 놈이 여자 친구 하나 없이."

"그러는 형은 환갑이 되어서야 장가갈 거유?"

"하하하, 이제 농담도 할 줄 아네?"

기분이 좋아진 김태수가 버릇처럼 김대경의 머리카락을 흩트려 놓
고는 손을 흔들면서 나갔다.

어제 아침부터 쏟아진 장마비는 새벽 1시가 넘었는데도 멈출 줄을
몰랐다.

용산역 뒤편 전자상가로 들어가는 4차로에는 서울의 주차난을 대변
하듯 양 차선 2차로가 차들로 꽉 들어차 주차장을 방불케 했다.

불 꺼진 차들이 쭉 늘어선 한 승용차 안에서 얼핏 그림자가 보였다.
매복을 하고 있는 김태수였다.

차 안에서 3백여 미터는 떨어진 주차장의 출구를 보고 있던 김태수
는 손을 들어 야광 시계를 보았다. 1시 29분을 가리키고 있었다.

"정보가 샌 거 아냐? 30분이 지났어."

"약쟁이들은 원래 조심성이 많은 놈들이잖아. 그놈들도 우리처럼 숨
어서 주변을 살펴보고 있을 거야."

같은 강력 2반에 소속된 김지열 형사가 말했다. 오늘 마약범 검거
작전은 마약 단속반의 지원 요청으로 강력 2반 여섯 명의 형사가 모두

출동을 한 것이다.

승합차 두 대와 승용차 세 대로 이십여 명의 형사가 참가하였고, 김태수 팀과 다른 한 팀이 퇴로를 막기로 되어 있었다.

치이익!

십여 분이 더 지나 쏟아지는 잠을 쫓고 있던 김태수는 무전기에 신호가 들어오자 몸을 굳혔다.

[접선이 시작됐다. 작전 상황에 돌입한다.]

검거 작전의 사령인 마약 단속 반장의 목소리였다. 젖혀놓은 등받이를 세우며 김태수가 시동을 걸었다.

접선 장소는 단속반이 덮치고, 강력계 형사들은 그물을 빠져나온 물고기를 건지기로 하였다.

접선 장소가 주차장이어서 계단 출구는 이미 다른 형사들이 막고 있었고 김태수 팀은 차량을 타고 도주할 경우를 대비해 주차장 출구를 막고 있었다.

김태수가 별일 아니라고 말한 이유가 여기에 있었다. 약장수가 포위망을 뚫고 출구까지 빠져나올 확률은 희박하다. 가속기를 밟지도 않은 채 차를 천천히 주차장 출구 쪽으로 몰았다.

주장인 경찰청 마약 단속반 수사 1반장 박만호는 짙은 썬텐을 한 승합차 안에서 잔뜩 긴장한 채 고급 세단 트렁크로 다가가고 있는 두 사내를 뚫어지게 쳐다보고 있었다.

"저 빌어먹을 놈들은 내가 20년을 이 지랄을 해도 살 수 없는 고급 차 아니면 타지도 않아. 갈가리 찢어 죽일 놈들."

박만호는 씹어뱉듯이 말했지만 그의 낮은 목소리는 공허하게 들릴 뿐이었다.

두 부하는 일선 경찰관들이 사용하는 38구경 총을 쥔 손에 힘을 더할 뿐 대답을 하지 않았다. 놈들이 총기를 가지고 있을 확률이 커 그들도 긴장을 하고 있었다.

이번 건은 조간 신문 1면을 장식할 대어였다. 바만호가 무려 반년을 공들여 펼치는 작전이었다. 거래하는 물건은 일명 값싸고, 먹기 좋고, 효과 만점이라는 신종 마약류다.

이 마약이 국내에 알려지기 시작한 건 엑시터시를 통해서였다. 알약 형태로 되어 있는 엑시터시는 유학생을 통해 들어와 강남 유학생들과 유학파들에게 빠르게 확산되었다. 최근 발생한 각종 마약 범죄에는 그들이 빠지지 않고 등장했다.

이들의 공통점은 해외 유학파라는 점과 강남 부유층 자녀들이라는 점이다. 결국 마약을 통해 쌓은 우정이란 소리였다.

이들은 국내와는 달리 마약에 손대기 쉬운 미국이나 캐나다 등지에서 대마초로 시작해 강도를 높여간다.

이렇게 알려지기 시작한 신종 마약은 MDMA(엑시터시), 태국산 야바, 중국산 분불납명편(펜플루라민) 등 예닐곱 종에 이른다.

이 약들은 알약 형태로 제조되어 주사기로 투입하는 과거 마약과는 달리 사용하기도 쉽고 일반 알약과 잘 구별되지 않는다. 그래서 세관에서도 적발하기가 어렵고, 사람들의 경각심이 떨어져 쉽게 중독자들을 양산해 내었다.

얼마 전에는 아예 살 빼는 약으로 둔갑해 들어와 경악할 만한 사건을 일으켰다. 중국에서 들어온 분불납명편을 과다 복용한 한 주부가 정신질환을 일으켜 자식을 살해한 일이 벌어진 것이다.

이 약은 먹기만 하면 저절로 살이 빠지는 비만 특효약으로 알려져 주부들 사이에서 음성적으로 선풍적인 인기를 끌었고, 마약류로 알려지기 이전에는 남대문시장, 수입상가 등지에서 공공연하게 판매되기도 했다.

"물건과 돈을 교환하는 순간 덮쳐야 한다."

마약반 물을 먹었다면 기르는 똥개도 다 아는 소리를 박만호는 다시 한 번 강조하였다. 도매상이 돈을 가지고 있다고 잡을 수는 없다. 점조직으로 이루어진 마약범들은 도마뱀처럼 꼬리를 자르고 숨어들기에 굵직한 대어를 잡기가 힘들다.

하지만 오늘은 위험을 감수하고 함정 수사를 벌여 상당히 큰 대어를 잡을 수 있는 기회였다.

중국에서 마약이 실리는 것부터 알고 있었다. 국내 판매 총책을 잡기 위해 인천 세관을 그대로 통과시키고, 서울 시내를 대여섯 바퀴를 도는 숨 막히는 추격전을 벌이고 휴대 전화 도청까지 해 여기까지 온 것이다.

검은 잠바 사내가 세단 트렁크를 열어 뒤적이는 모습이 보이고 그 옆의 정장이 손을 뻗어 무언가를 집고는 들었다. 재수없게 웃는 낯을 보니 약이 맞다고 하는 것 같았다.

박만호는 다음 행동을 기다렸다. 돈이 든 가방이 보여야 한다. 하지만 기대는 빗나갔다. 몸을 돌린 정장이 핸드폰을 들었다. 그가 타고 온 차를 부르는 듯했고, 30초도 지나지 않아 같은 대형 세단이 전조등을 비추며 들어서서 사내들 앞에 섰다.

운반책인 잠바가 뒷좌석으로 들어가더니 나오지 않았다. 그리고는 약이 실린 운전석의 문이 열렸다.

박만호는 아차 싶었다. 저들이 들여오는 마약은 MDMA로 30만 정 정도 된다. 히로뽕 1회 투여량의 세 배 분량인 이 약의 한 알 거래 가격이 4만 원에서 15만 원이다. 10만 원 정도 되는 히로뽕에 비해 훨씬 싸 매우 위험한 약이다.

이 마약도 시세에 따라 결정이 되지만 30만 정을 4만 원으로 계산해도 판매 금액이 120억이란 거금이다. 총판매책에서 소매상까지 건너가는 단계를 거쳐 가격이 불어나지만 들여오는 금액은 30%에서 50% 정도라고 보고 있다. 약의 분량도 그렇고 돈의 액수가 크기에 차를 바꿔 타려고 하는 것이다.

박만호는 다급히 무전기를 들어 외쳤다.

"막아!"

그의 말소리가 끝나기도 전에 타고 있는 승합차가 굉음을 내며 급발진이라도 하듯이 튕겨 나갔다.

부아앙!!

끼이익!!

고요하던 주차장이 순식간에 요란한 엔진 소리와 브레이크 밟는 소리로 뒤덮였다.

중국 흑룡회에서 들여온 물건을 건네받아 막 차에 오르던 이재근은 경광등을 번쩍이며 나타나는 차를 보자마자 반밖에 싣지 않은 몸을 구겨 넣고는 조수석에 동료가 탔는지도 확인하지 않은 채 가속기를 있는 힘껏 밟았다.

"이놈이 저만 살려고!"

"닥쳐!"

볼 것도 없이 경찰이 덮친 것이다. 마약에 대해선 무거운 처벌이 내려지지만 이재근은 감방에 가는 것이 두렵지 않았다.

수백억이 걸린 거래에서 실패하고, 물건까지 경찰 손에 들어가면 조직에서 가만두지 않을 것이다. 혹 조직의 이름이 나오지 않게 하기 위해 입을 막으려들지도 모른다. 팔다리 한두 개로 끝날 일이 아니었다.

"끼이익!"

지프 한 대가 옆에서 튀어나와 앞을 막았지만 이를 악문 이재근은 가속기에서 발을 떼지 않았다. 주차된 차와 막은 지프 사이의 공간을 본 그는 더욱 발에 힘을 주고는 그 사이를 들이받았다.

"쾅!"

조수석에 탄 사내가 허겁지겁 안전띠를 매면서 소리쳤다.

"이 미친 새끼야! 죽으려고 환장했어!"

"이래저래 죽어, 이 병신아!"

악에 받친 이재근의 고함 소리에 사내는 입을 다물었다.

탕탕탕!

막 출구로 커브를 돌던 이재근은 요란한 소음 속에서도 용케 총소리를 듣고는 머리를 숙였다. 운반책에게 쏘는 것인지 자신에게인지는 모르지만 그는 멈출 생각이 전혀 없었다.

이어지는 총소리가 없는 걸로 봐서 공포탄이다. 경찰이 첫 발은 공포탄을 쏘아야 한다는 건 다 알고 있었다. 분명 반대쪽으로 도망친 운반책이 더 이상 저항없이 잡힌 것이다.

이재근은 룸미러에 반사된 불빛이 눈을 간지럽히는 게 추적 차량이 따라붙은 것이라 생각하고는 진입로의 턱을 무시한 채 더욱 속력을 올렸다. 안전 턱을 도약대로 삼은 차가 덜컹거리며 붕 뜨는 듯한 느낌이

들었다.

　천천히 주차장 출구 쪽으로 접근하던 김태수는 급박한 무전 소리를 들었다. 변수가 생긴 것이다.

　열 포졸이 한 도둑놈을 막지 못한다 하였다. 아무리 대비를 해도 수많은 시나리오가 있고 상황에 따라 예기치 못한 변수가 등장한다.

　다급히 출구를 봉쇄하려 속도를 높이던 김태수는 총소리를 들었고, 조수석에 탄 김지열이 긴장한 채 권총을 꺼내 쥐었다. 지원을 오면서 총까지 사용하게 될 줄은 생각지도 못했다.

　열린 창을 통해 굵은 빗줄기가 들이쳤지만 그딴 거에 신경 쓸 상황이 아니었다.

　삐익! 삐이익!

　출구를 오십여 미터 남겨두었을 때 차가 나온다는 경고음이 들리며 입구 옆에 세워진 빨간 등이 돌기 시작하였다. 주차장을 빠져나오는 차가 진입로에 들어섰다는 신호였다. 눈 한 번 껌벅이면 갈 거리지만 김태수는 마음이 급했다.

　반대 차로에서 마주쳐 달려오는 차가 보였지만 김태수는 출구에 신경을 집중하였다. 출구를 막지 못하면 여태 공들인 작전이 허사가 된다.

　10여 미터를 남겨두고 막 브레이크에 발을 올리려던 그는 눈이 부셔 반사적으로 손을 올렸다. 반대 차로에서 주행하던 트럭이 상향등을 켜고는 달려들었다.

　끼이이익!

　'어어' 만 내뱉으며 김태수는 핸들을 틀었다. 곧이어 묵중한 충격이 전해지고 허공에 떠 있는 듯한 기분이 들었다. 운전대에서 하얀 게 터져 나온다는 생각을 끝으로 그는 정신을 잃었다.

콰쾅!

요란한 충돌음이 들리며 바짝 따르던 다른 팀이 엎친 데 덮친 격으로 다시 한 번 들이받았다.

김태수가 타고 있는 차는 빗길에 밀려가 길가에 주차된 다른 차와 부딪치고 나서야 멈추어 섰다. 운전석 문이 종잇장처럼 구겨진 차는 에어백이 터져 나와 내부의 모습을 볼 수 없었다.

중앙선을 넘어 들이받은 트럭은 그 길로 쏜살같이 줄행랑을 쳤고 몇 초 지나지 않아 출구에 텅텅거리는 소리가 들리고는 검은 세단 한 대가 총알같이 튀어나갔다.

김대경이 병원에 달려온 것은 김태수가 사고를 당하고 두 시간이 지난 후였다. 우산도 챙겨올 정신이 없었는지 흠뻑 젖은 모습이었다.

병원 현관에서 기다리고 있던 동료 형사의 안내를 받아 수술실 앞에 당도한 김대경은 인사를 건넬 겨를도 없었다. 하염없이 그저 수술실의 문만 바라보고 있었다.

"수술 중이다. 이리 앉아라."

말소리에 이끌려 고개를 돌린 김대경은 귓가에 흰머리가 난 중년 사내를 보았다. 2반 반장인 고성우였다.

"형은… 형은……."

김대경이 말을 잇지 못하자 안쓰러운 표정을 지은 고성우가 그의 손을 잡고는 의자에 앉혔다.

한식구나 다름없는 2반 형사들은 모두 김태수와 김대경의 인연을 알고 있었고, 가끔 경찰서에 갈아입을 옷을 가지고 오는 그를 막내동생처럼 여겼다.

"걱정하지 마라. 그놈이 누구냐? 불도저 아니냐. 강철보다 단단한 놈이야. 며칠 지나면 자리를 털고 벌떡 일어날 거야."

눈칫밥을 먹으면서 자란 김대경이기에 동료 형사들의 분위기와 고성우의 눈에서 감추어진 슬픔을 읽었다. 말처럼 낙관적인 상황이 아니었다.

"상태는 어떻습니까?"

고성우는 목소리가 착 가라앉기는 했지만 의외로 울먹이지 않는 김대경을 보며 안심했다.

"별거 아니야. 차 사고가 났는데 에어백이 터져서 그리 많이 다치지는 않았을 거야. 수술이 끝나면 의사 선생이 웃으면서 나올 거다. 이 아저씨를 믿어라."

하지만 시간이 한 시간이 지나고 두 시간이 지나도 수술 중이라는 불은 꺼지지 않았다. 동료 형사들이 교대로 경찰서에 들어갔다 나오기를 수십 번. 하루 종일 물도 입에 대지 않고 석상처럼 앉아 있는 김대경은 날이 새고 어둠이 찾아올 무렵에야 지친 모습의 의사를 만날 수 있었다.

"보호자만 따라오시오."

새벽의 사건에 대한 보고서를 올리고 부랴부랴 달려온 고성우는 김대경이 따라 들어오는 것을 막으려 했으나 고집을 꺾지 못했다.

수십 장의 엑스레이 사진을 형광판에 붙이고 유식한 척을 하는지 전문 용어를 들먹이며 설명하는 의사에게 김대경은 주먹을 날리고 싶은 마음을 꾹 참았다.

“갈비, 목, 척추와 팔다리뼈 등 골절을 당하지 않은 곳이 없습니다. 산산이 부서져 맞출 수가 없는 곳은 인공 뼈를 집어넣어 회복은 가능합니다. 그래도 왼 무릎이 완전히 나가 장애를 벗어나기 힘들고, 이보다 머리에 너무 큰 충격을 받았습니다. 아이러니하게도 에어백이 치명적인 역할을 했습니다. 안전벨트를 착용하지 않은 상태여서 목이 완전히 꺾였고, 뒷머리에 엄청난 충격을 받았습니다. 지금 환자는 베져테이티브 스테이트(Vegetative State) 상태입니다.”

결정적인 한마디를 알아들을 수 없어 김대경은 화가 나고 답답해 금테 안경을 치켜 올리는 담당 의사를 잡아먹을 듯이 노려보며 말했다. 이가 갈리는 듯한 음성이었다.

“그게 뭡니까? 그게 뭐냔 말입니다!”

“아아, 네, 식물인간(植物人間) 상태입니다. 심장은 뛰고 호흡은 하지만 대뇌 이상으로 의식과 운동성이 정지된 상태입니다.”

의사의 담담한 말이 이어질수록 김대경은 몸이 떨려왔다.

“의식은, 건강한 형의 모습은 언제쯤…….”

의사는 매정히 고개를 저었다.

“알 수가 없습니다. 내일이 될지 10년이 될지 영원히 깨어나지 못할지는 하늘만이 알 뿐입니다. 지금으로서는 기적을 바라는 수밖에요.”

김대경은 다리가 후들거려 주저앉고 싶었지만 입술을 질끈 깨물고는 다리에 힘을 주었다. 식물인간도 기적적으로 의식을 회복할 수 있다는 말을 들어본 것도 같았고, 저 의사도 그리 말했다. 자신을 따뜻이 받아준 형이다. 일으켜 세울 것이고, 이젠 내가 형을 보살필 것이다.

다음날 지방에 사는 친척들이 올라와 김태수의 상태를 보고는 난색을 표했다. 그들도 넉넉한 형편이 아닌지라 얼마나 긴 시간이 될지도 모르는데 병 수발을 들며 병원에 매어 있을 처지가 되지 못했다.

그렇다고 간병인을 고용할 돈도 없었기에 경찰 당국에 기대할 수밖에 없었는데, 공무를 수행하다 사고를 당한 경찰의 처우가 말이 아니었다. 병원비 대기도 모자랐고 간병인은 꿈도 못 꾸었다.

그나마 경찰 동료들이 성금을 모아 목돈을 마련해 주었다. 그래도 힘이 들기는 마찬가지였다.

첫 달은 친척들이 몇 번 다녀가더니 그 다음부터는 코빼기도 보이지 않았고, 연일 사건을 떠들어대던 매스컴도 한 달도 되지 않아 관심을 끊었다.

사건의 전말을 들은 김대경이 생각하기에도 분명 외곽에서 기다리던 마약범들의 일당일진대 단순 뺑소니로 사건을 마무리하고 김태수가 소속된 강력 2반도 손을 떼었다.

언젠가 고성우가 누워 있는 김태수의 손을 잡고 미안하다는 말을 한 것을 김대경은 마음속 깊이 각인시켜 놓았다. 김태수와 한 집에 살면서 보고 들은 게 있는 것이다.

하루 종일 김태수만 지켜보고 있을 수 없었던 김대경은 직업훈련원과 운동도 그만두고 일자리를 찾아나섰다.

살고 있는 집도 줄이고 수중에 있는 일억 오천과 성금까지 합쳐 이억에 가까운 여유가 있다고는 하지만 몇 년을 버티지 못할 것이다.

잘 알아듣지도 못하는 이유로 많은 금액의 병원비가 나왔기 때문이다. 김태수에게 들어가는 돈을 아끼기 싫었던 김대경은 병원에서 권하는 치료는 다 받았다.

일자리를 찾아 여기저기 돌아다니며 그는 또다시 사회의 벽을 절실히 느꼈다. 검정고시라는 변변치 못한 학벌에 2년 기간의 직업훈련원도 수료하지 못해 그가 할 수 있는 일은 몇 가지 되지 않았다.

보호자는 물론 보증인도 없는 그로서는 배달 직이나 공장, 공사판에 갈 수밖에 없었는데, 그 수입으로는 병원비를 감당할 수가 없었다.

그래서 아무리 불황이라도 먹는 장사는 망하지 않는다는 말을 듣고는 고깃집을 차렸는데, 두 달도 안 돼 권리금 오천만 원만 날리고는 장사를 접어야 했다.

김대경이 10대의 마지막 겨울을 고뇌를 짊어지고 보내고 있을 때 뜻하지 않은 사내가 찾아왔다.

"오랜만에 뵙습니다, 형님. 1년하고 반이 지난 것 같습니다. 태수 형님 소식은 들었습니다, 형님. 형님이 싫어하실 것 같아서 말입니다. 형님이 자리를 비우실 적에 몇 번 찾아뵈었었습니다, 형님."

말쑥한 정장 차림의 조민재는 사무실에서처럼 각듯이 김대경을 형님이라 불렀다. 말끝마다 형님 소리를 붙이는 것을 빼놓지 않았다.

안주머니에 손을 넣은 조민재가 봉투를 내밀었다.

"얼마 되지 않는 돈이지만 제 성의로 받아주셨으면 합니다, 형님."

김대경이 말없이 쳐다보자 조민재는 미소를 짓고는 어깨를 폈다.

"정말 딴 뜻은 없습니다, 형님. 요즘 일도 잘되고 전에 베푼 형님 은혜에 보답하는 거라 생각하시고 받아주십시오, 형님."

허리를 방바닥에 닿을 정도로 수그리며 봉투를 더욱 내밀었다.

엷은 한숨을 쉰 김대경은 봉투를 쳐다보며 한참을 망설이다가 받아들었다. 돈이 급하기에 앞뒤 따질 처지가 아니었다.

허리를 펴고는 조민재는 환하게 웃었다.

"형님, 가끔 들르겠습니다. 시간 되시면 사무실에 한번 나오셔서 애들하고 한잔하시죠, 형님. 애들이 형님 얘기를 많이 합니다."

뇌 기능이 더욱 떨어진 김태수는 이제 산소호흡기에 의지하지 않으면 숨도 쉬지 못했다. 뇌사 상태로까지 악화된 것이다. 그의 머리맡에는 갖가지 장비들이 작동하였고, 그게 생명줄이었다.

젖은 수건으로 김태수를 목욕시켜 주던 김대경은 어색하게 웃었다.

"형, 얼른 일어나야지. 동생한테 이런 모습, 창피하지도 않아? 매일 놀려줄 거야."

하지만 들려오는 대답은 없었다. 축 늘어진 김태수를 옆으로 돌려 등을 닦았다.

그러다 인상을 와락 구기며 간병인에게 화를 내었다.

"아줌마, 등이 빨개졌지 않습니까?"

"내가 신경을 쓰는데도 그러네."

계속 누워만 있으면 욕창이 나기 때문에 간병인이 옆에서 자세를 바꿔주어야 한다.

섬뜩한 김대경의 눈빛에 주눅이 든 중년 여인은 기어들어 가는 목소리로 말했다.

"총각, 너무 걱정하지 마. 내가 친동생처럼 잘 보살필게."

형제의 애틋한 정을 보아왔기에 더욱 미안했다.

별말없이 고개를 돌린 김대경은 정성껏 씻겼다. 대소변도 받아주어야 하는 간병인의 수고를 모르지는 않지만 화가 나는 것은 어쩔 수 없었다.

"어쩌면 형이 싫어하는 일을 하게 될지도 몰라요. 빨리 일어나서 혼내줘요. 제가 믿고 의지하는 사람은 형밖에 없는 거 알죠?"

병원을 나온 김대경은 조민재의 사무실로 향했다. 그가 사무실에 들어서자 늘어져 있던 사무실 분위기가 팽팽해졌다.

김대경을 알아본 사내들이 벌떡 몸을 일으켜 허리를 90도로 꺾어 인사를 하였다. 한 사내가 잽싸게 달려와 조민재의 방으로 안내를 했다.

"오셨습니까, 형님?"

"조민재."

"예, 형님."

"그 형님 소리, 한 번만 해라."

"그렇게 하겠습니다, 형님."

부하들이 전화를 했는지 다방 아가씨가 커피를 놓고 가자 김대경이 입을 열었다.

"너, 마약에 대해 알고 있어?"

"어떤 것을 말씀하시는지? 한두 가지가 아닙니다."

바짝 다가선 김대경의 얼굴이 굳어졌다. 알고 있다는 말이었다.

"신종 마약."

"조금 압니다."

김대경이 눈을 빛냈다.

"그거 들여오는 놈들은?"

"다양합니다. 보따리 장사에서부터 대규모 밀수까지 방법도 교묘하고, 자기가 마약을 들여오는지도 모르는 놈들도 있습니다."

"어떻게?"

"저도 들은 얘긴데 보따리 장사들은 일 인당 허가된 무게가 있나 봅니다. 가끔 큰 짐이 있는 사람들이 그들을 여러 명 불러놓고 짐을 나누어 들게 합니다. 겉은 농산물이나 전자제품인데 그 속에 마약이 감추어져 있는 겁니다. 그들의 역할은 세관을 통과할 때까지입니다. 그 보따리 장사치들은 내용물을 전혀 모릅니다."

중국산 다이어트 제품으로 알려진 마약을 들여올 때도 그들은 까맣게 몰랐다.

"큰 건?"

"갖가지 방법이 다 동원됩니다. 배의 철골 구조물 속에 넣어 온다든가, 수입 자재 안에, 심지어는 바다 위에서 거래가 된다고도 하던데요?"

조민재는 김대경이 오자마자 마약을 거론한 이유를 알 것 같았다.

"음, 태수 형님 일을 말씀하시는 것 같은데, 여러 가지 소문이 있습니다. 그중 신빙성이 있는 게 두 가지가 있습니다. 일산 등의 신도시 일대의 새로운 조직이 벌였다는 소문하고, 강남의 큰 조직이 연결되어 있다는 것인데, 제가 생각하기로는 일산 쪽이 가능성이 높습니다."

김대경의 눈이 빛났다.

"왜?"

"정통적인 조직은 마약에 손을 잘 안 댑니다. 돈을 많이 벌기는 하지만 위험이 크기 때문에 모험을 하지 않습니다. 그보다 건달하고 약장사들은 구분이 됩니다. 외국은 마피아나 삼합회, 야쿠자들이 공공연히 손을 대지만 우리 나라는 손을 대는 조직이 있어도 조직에서 떨어뜨려 독자적으로 움직입니다. 대가리들만 알죠. 조직과 마약이 연결된 게 수사망에 걸리면 하루아침에 끝장납니다. 은밀히 거래는 해도 조직

이름을 내밀고 하지는 않습니다."

조민재는 식은 커피를 한 모금 마시고는 말을 이었다.

"그래도 알게 모르게 많이 퍼져 있습니다. 중국 놈들은 거 어디더라? 하여튼 음식점에서 음식에 마약을 넣었다는 말을 들었는데 우리나라에서도 있었던 일이고 지금도 있을 겁니다."

마약은 중독성이 강하기 때문에 다시 찾게 되는 것이다. 그 점을 노리고 요리에 아편을 넣은 중국의 유명 음식점 200여 곳이 폐쇄되었다.

"룸싸롱이었나, 요정이었나? 아무튼 술잔에 살짝 마약을 발라 내놓는 곳이 있었죠. 술과 여자, 마약 삼 박자가 딱 맞아떨어집니다. 그곳에서 술을 먹은 놈들은 다시 찾게 되는 겁니다. 몽롱한 상태에서 질펀하게 놀았으니 일을 하다가도 자꾸 생각이 날 겁니다."

우리 나라는 외국에 비해 마약 사범이 현저히 낮다. 마약류 범죄 지수를 보면 10만 명당 미국은 420명, 영국 161명인데 우리 나라는 18명밖에 안 된다. 이런 점에서 매력적인 시장이다.

김태수의 설명을 들은 김대경은 쉽지 않다는 생각이 들었다. 돈도 돈이지만 형을 식물인간으로 만든 놈들을 잡고 싶었다.

"형님, 제가 더 알아보겠습니다. 쉽지는 않겠지만 그쪽에 발을 담근 놈을 알고 있습니다."

감정 표현이 서툰 김대경은 고개를 끄덕이는 것으로 고마움을 대신했다.

"너흰 무슨 일을 하지?"

"뭐, 이것저것 다 합니다. 돈을 대신 받아주기도 하고, 경매된 건물에 남아 있는 세입자를 쫓아주기도 하고, 철거반 대신 들어가 철거를 돕기도 합니다."

결국 돈이 걸린 일에는 폭력을 행사해야 한다는 말이었다.

쓴웃음을 짓고는 김대경이 말했다.

"나처럼?"

"하하, 형님은 제가 실수를 한 것이죠. 이덕팔이 그 새끼를 죽여놨어야 하는데."

조민재가 멋쩍은 웃음을 지어 보일 때 노크 소리가 들리며 한 사내가 들어왔다.

"형님, 양승원을 찾았습니다."

두 시간 후에 김대경은 경기도 시흥의 한 야산에서 양승원을 볼 수 있었다.

"제, 제발 살려주십시오!"

"이 쥐새끼 같은 놈이! 빨리 안 파! 콱! 마빡에 삽자루를 박아버릴까 보다!"

김대경은 승용차 뒷좌석에 앉아 딱딱히 굳은 얼굴로 전조등에 비친 광경을 지켜만 봤다.

40대 중반의 양승원이라는 사내가 삽을 들고 땅을 파고 있었고, 조민재의 부하 세 명이 으르렁거리며 살려달라고 애원하는 사내를 윽박지르며 발길질을 해댔다.

김대경이 시선을 고정한 채 물었다.

"묻을 거냐?"

조민재는 숨기지 않고 대답했다.

"겁을 줘서 말을 안 들으면 이틀 정도는 묻을 겁니다."

"무슨 이유야?"

"카지노에 미쳐서 수십억을 날린 놈입니다. 중소기업을 하던 놈인데 회사를 담보로 돈을 끌어다 카지노에 다 쏟아 부었습니다. 저흰 그 돈을 받으려 하는 겁니다."

김대경은 별 감응 없이 삽질을 하는 양승원을 쳐다보고 있었다.

"묻으면 돈이 나와?"

"그건 모르지요. 어디 몰래 숨겨놓은 재산이 있는지. 없으면 신체 포기 각서라도 받아 의뢰인한테 가져다주면 됩니다."

양승원이를 잡아달라고 의뢰한 것은 사채업자였다. 원금의 수십 배도 넘는 이자가 붙어 정상적인 사업을 해도 갚기 힘든 금액이었다.

땅이 얼어 사람 하나 누울 정도로 땅을 파는 데 세 시간이 족히 걸렸다. 가죽 장갑을 끼고 있는 사내 하나가 양승원에게 다가가 삽을 빼앗고는 하얀 입김을 뿜어내며 말했다.

"생각해 봤어?"

"저, 정말 돈 나올 곳이 없습니다."

"그건 네 사정이고. 시골에 땅이 조금 있던데, 동생도 아파트 한 채 있고."

"시골 땅은 아버님이 겨우 연명하시는 곳입니다. 도, 동생도……."

"그래? 그냥 묻혀라."

죽기를 각오했는지 양승원이 버럭 소리쳤다.

"그래, 죽여라, 이놈들아! 이 피도 눈물도 없는 놈들! 아악!"

삽자루로 냅다 양승원의 어깨를 후려친 사내가 윽박질렀다.

"미친놈, 염병하고 있네. 그러게 누가 도박에 손을 대래? 이 병신아, 회사 날리고 집 날렸으면 정신을 차려야지 돈까지 빌려서 지랄을 해? 너, 네놈 하나 죽으면 끝나는 줄 아나 본데! 야!"

뒤에서 파카에 손을 찔러 넣고 발을 동동 구르던 사내가 대답했다.

"어, 왜?"

"요즘 고등학생 얼마냐?"

"글쎄, 한 오백쯤 갈래나?"

가죽장갑시네기 고개를 돌리며 파랗게 질린 양승원을 쳐다보았다.

"잘 들었냐? 네 딸년이 오백이란다. 여기저기 팔려 다니다 결국엔 섬까지 들어가 그곳에서 죽겠지. 제 아비 때문에 말이야."

"안 돼!"

눈물을 글썽이는 양승원이 사내의 다리를 잡고 매달렸다.

"제발 나를 죽여! 아니, 내 무슨 짓이든 할게! 제발! 형님, 선생님, 사장님, 제발! 흑흑흑!"

양승원의 애원하는 목소리가 커지자 조민재가 슬쩍 김대경의 눈치를 살폈다. 여전히 무표정한 얼굴이었다.

얼마 지나지 않아 파카사내가 차로 다가와 허리를 숙였다.

"형님, 여기 도장받았습니다."

창을 내려 서류를 받은 조민재가 말했다.

"수고들했다. 저 새끼, 창고에 가두고 잘 감시해. 밖에 나갈 때는 애들 두 명씩 붙이고."

버튼을 눌러 창을 내리고는 김대경에게 말했다.

"형님, 이런 자리는 형님이 나오시지 않아도 되는데."

"조직은 다 이렇게 돈을 버냐?"

오싹할 정도로 차가운 말투였다.

"그건 아니고, 저흰 조직과 선이 닿긴 하지만 조직에 속해 있지는 않습니다. 그냥 해결삽니다."

"양아치란 소리군."

조민재가 제일 듣기 싫어하는 말이다. 하지만 그 말을 한 이가 김대경이어서 일그러지는 인상을 애써 폈다.

김대경이 혼잣말을 했다.

"조금만 더 두고 보자."

김대경은 묵묵히 한 달 동안을 조민재가 하는 일을 지켜보았다. 사무실을 찾아와 청부를 넣는 사람들을 보며 인간 군상이란 말이 떠올랐다. 갖가지 사연에 내심 혀를 내두른 적이 한두 번이 아니었다.

어떤 놈은 애인의 뒷조사를 해달라지 않나, 바람난 남편을 병신을 만들어달라고도 하고, 돈을 가지고 도망간 동거녀를 찾아달라는 놈도 있었다.

심지어는 청부 살인을 은근슬쩍 말하는 독부(毒婦)도 있었는데 그 대상이 시아버지였다. 유산 상속에 대한 문제가 걸려 있는 듯했다. 돈이 된다면 가리지 않는 그들이지만 조민재도 살인만큼은 일언지하에 거절했다.

겉으로 보이는 모습이 전부가 아니었다. 서로 웃으며 식사를 하고 한 이불 속에서 정을 통하는 부부 사이도 내심은 다른 것이다.

돈 때문에 며느리가 시아버지를 죽이려 하고 서로를 믿지 못해 뒤를 캔다. 정말 믿을 놈 하나 없다는 말이 딱 들어맞았다.

김대경은 그런 꼴들을 지켜보며 김태수가 생판 모르는 자신을 사심 없이 거두어준 것에 대해 다시 한 번 마음속 깊이 고마움을 새겼다.

설날이 얼마 남지 않은 어느 날, 조민재의 부하 열두 명이 모두 동원

된 작업장(?)에 간 김대경은 처음으로 화가 치밀어 올랐다.

다닥다닥 붙은 판잣집 철거 현장에 간 것인데, 그곳에 초고층 아파트가 들어선다고 하였다. 엄동설한에 갈 곳이 없던 빈민들은 쥐꼬리만한 이주비를 더 달라고 버티고, 건설 회사 측은 협상을 하는 척하다 갑자기 폭력배를 앞세우고 철거반을 투입시킨 것이다.

승합차에 타고 있던 부하들이 마스크로 얼굴을 가리고 쇠파이프를 휘두르며 자고 있던 판잣집을 덮쳤고, 그들 뒤로는 포크레인을 앞세운 철거반이 따랐다.

여기저기서 비명과 고함 소리가 들리고 잠옷 차림으로 끌려나온 사람들이 건장한 사내들에게 달려들었지만, 그들이 감당하기에는 역부족이었다.

김대경은 개처럼 맞고 집에서 끌려나오는 사람들과 울다 울다 지쳐 추위에 덜덜 떠는 코 묻은 아이를 도저히 볼 수가 없어 고개를 돌렸다. 그 꼬마에게서 자신의 어릴 적 모습을 본 것이다. 지리산에서 맨발로 겨울을 새던 그 모습을 말이다.

하지만 그는 나서서 저들의 폭력을 막을 수 없었다. 산소호흡기의 도움없이는 한순간도 살 수 없는 형의 목숨을 지탱해 주는 것이 돈이었다.

그는 병원에서 본 적도 있다. 돈 때문에 살 수 있는 목숨도 죽어가는 것을.

김대경은 차에서 나와 아우성치는 현장을 뒤로한 채 걸어갔다.

"어? 네가 웬일이냐? 밖이 춥지? 이리 앉아."

서류에 머리를 파묻고 있던 고성우는 훤칠한 청년이 문을 열고 들어오는 것을 보고는 반색을 했다.

"오늘도 야근을 하시는군요?"

책상 옆에 다가가 앉으면서 김대경이 말했다.

"우리야 매일 야근 아니냐. 어제도 열흘 만에 집에 들어갔다가 세 시간도 못 돼서 비상이 걸렸다. 마누라 얼굴 보기 미안해서. 에휴! 이 짓을 때려 치워야 하는데."

고성우는 필터 끝까지 탄 담배를 재떨이에 끄더니 다시 한 개비를 물어 불을 붙였다.

"태수는 좀 어떠냐?"

"여전합니다."

"미안하다. 자주 찾아가야 하는데 사정이 이 지경이니……. 올해도 설을 치르기도 힘들 것 같고. 네가 고생이 많구나."

아이들의 세배를 언제 받았는지 기억도 잘 나지 않는 고성우였다.

"그건 그렇고, 정말 이 새벽에 어쩐 일이야?"

"도움이 필요합니다."

"말해 봐라. 내가 할 수 있는 일은 뭐든 다 도와주마."

나이보다 한참은 늙어 보이는 고성우를 보며 김대경이 조심스럽게 말을 꺼냈다.

"조직 계보가 필요합니다."

"캑캑캑!"

담배 연기를 들이마시던 고성우는 사레에 들려 기침을 하고는 눈을 치켜뜬 채 그를 멍하니 쳐다보았다.

"너, 너 지금 뭐라고 했어?"

"계보가 필요하다고 했습니다."

김대경은 다시 한 번 똑바로 말했다.

"너, 무슨 생각을 하고 있어?"

"저도 놀고 있지만은 않았습니다. 형을 덮친 놈들이 그쪽과 연관이 있다는 소리를 들었습니다. 아저씨들이 잡지 않으시면 제가 잡을 겁니다."

"아니, 이 녀석이 말이면 다 하는 줄 알아?"

고성우는 버럭 소리를 질렀지만 기세는 죽어 있었다. 고위층 압력으로 사건을 종결한 것이 맞았다.

검거 현장에서 마약을 증거로 확보했다면 얘기가 달라지지만 그놈들은 김태수를 치고 유유히 사라졌다. 운반책은 중국 놈이기에 오래 붙잡아둘 수 없었고, 그놈은 마약 단속반에 잡혀 있다가 중국으로 넘겨졌다. 그들이 어떤 정보를 캐내었는지는 알 수가 없었다.

김대경이 말했다.

"저도 알아보려고 하면 얼마든지 알 수 있습니다."

"허허, 이 녀석. 요즘 통 안 보인다 싶더니 그걸 알아보러 다닌 거냐?"

고성우는 김태수를 친 놈을 찾는다는 말에 어이가 없기도 하고 조금은 대견스럽기도 했다. 자신이라도 가족 중 누구라도 그런 꼴을 당하면 경찰 배지를 집어 던지고서라도 찾아다닐 것이다.

김대경은 고개를 끄덕였다. 고성우가 다시 한 번 물었다.

"그런데 계보를 주면 어떻게 놈들을 찾으려고? 하나하나 찾아다니면서 물어볼 거냐?"

"그건 제가 알아서 하겠습니다. 부탁드립니다."

가만히 김대경을 보던 고성우는 그의 표정에서 물러설 것 같지 않은 결심을 느꼈다.

"그래, 주마. 그 대신 한 가지는 약속해라."

"말씀하십시오."

"태수의 이름을 걸고 훈장에 먹칠을 하지 않겠다고 말이다."

쇳덩어리에 불과한 훈장과 약간의 위로금, 그리고 병원비도 감당하기 힘든 보조비가 매달 나오는 것이 국가에서 해준 전부였다. 고성우는 명예를 말한 것이다.

쓴웃음을 지은 김대경이 말을 받았다.

"형 이름을 걸고 약속합니다."

김대경이 나가자 숙직 형사가 고성우에게 다가왔다.

"정말 주실 겁니까?"

"생각이 가상하잖아. 달라는데 주지 뭐. 극비 문서도 아니고 며칠 발품 팔다 그만두겠지 큰일이야 생기겠어?"

대수롭지 않게 말했지만 걱정이 되기는 그도 마찬가지였다.

"그러다 대경이마저 다치기라도 하면 어떡합니까?"

"어디 그놈들이 쉽게 만날 수 있는 것들이냐? 한번 숨으면 머리카락 한 올 보이지 않는 놈들인데."

버릇처럼 담뱃갑으로 손을 뻗던 고성우는 입맛을 다셨다. 다른 손에 담배가 들려 있었다.

철거 현장에서 사라진 김대경이 삼 일 만에 나타나 서류 봉투 하나를 내밀었다.

조민재는 입을 열려다 봉투를 받아 들었다. 내용물을 열어본 그는 무슨 의미냐는 듯이 김대경을 쳐다보았다.

"따라올래?"

"어디로 가신다는 겁니까?"

"일단 일산에 자리를 잡을 생각이다."

일산이라면 마약 얘기로 거론됐던 곳이다.

"그 '약상수'를 잡으시려고 하십니까?"

"양아치 생활을 접는다. 그리고 그놈들도 잡는다."

조민재는 어깨를 부풀렸다. 조직을 만든다는 말로 들렸기 때문이다.

"신도시는 자리 싸움이 치열한 곳입니다. 형님 실력을 믿기는 하지만."

"계속 이 생활을 하고 싶다면 그렇게 해라."

"아닙니다. 형님을 따르겠습니다."

남의 뒤나 캐고 힘없는 사람들을 협박하는 것에 조민재도 신물이 나던 차였다.

숙소에서 돼지처럼 몸을 불리고 훈련을 받는 어린 놈들은 이 바닥에 들어오면 모두 벤츠를 타고 다니면서 룸싸롱에서 술을 먹는 줄로 알지만 턱도 없는 일이다. 실력도 중요하지만 줄을 잘 서야 하는 것이다. 일회용 히트맨으로 쓰여지고 버려지는 놈들도 많다.

조민재는 김대경에게 승부를 걸어보기로 했다. 며칠 사라지지더니 자신도 모르는 세세한 정보를 가지고 왔다. 무력만 뛰어난 게 아니라 머리도 갖추고 있었다.

제3장

출도(出道)

출도
出道

따다다다닥!

"오빠! 거기! 거기이! 잘생긴 오빠! 반값에 줄게, 놀다가!"

함박눈이 펄펄 휘날리는 길을 묵묵히 걸어가던 사내가 빨간 등 아래 유리 문을 열고 소리치는 여인을 보았다. 한겨울에도 가슴을 가린 밴드만 걸치고 얇은 긴 치마를 입고 있는 여인이 손을 흔들고 있었다.

간편한 복장의 청년은 여인의 유혹에 넘어간 듯이 가던 발걸음을 돌려 빨간 유리집 안으로 들어갔다.

2층의 작은 쪽방으로 안내된 청년은 흐릿한 불빛 아래에서 40대 초반 정도로 보이는 여인과 마주했다.

"오빠, 숏이야, 롱이야?"

"긴 밤이 될 거 같다."

"호호호, 그게 좋지. 무슨 화장실 가서 오줌 싸는 것도 아니고 한 번

찍하면 그게 무슨 재미야. 자고로 여자는 품는 맛이……."

말이 길어질 것 같자 청년이 말을 끊었다.

"얼마냐?"

"오호호호호! 오빠, 급한가 보네? 잘생긴 오빠니까 50만 원에 해줄게. 술도 넣어줄까? 원래 용주골은 술은 안 파는데 오빠는 특별히 줄게."

"그래."

술값까지 10만원을 더 계산하고 십여 분이 지나자 창을 두드리던 여인이 술과 안주를 들고 들어왔다.

"안녕하세요, 미나예요."

"앉아라."

짙은 향수 냄새를 풍기며 여인이 사내의 옆에 앉았다.

"갑갑한데 옷은 벗고. 이리 줘요."

사내는 말없이 웃옷을 건네주고 맥주를 들이켰다.

"오빠, 한 번 하고 먹을까?"

"됐다. 앉아."

미나의 물음에 건성으로 대답하면서 맥주만 마시던 청년이 입을 열었다.

"밖에 애들한테 가서 오지훈이 보잔다고 전해라."

"오지훈?"

"떡새."

고개를 갸웃하던 미나가 떡새란 말을 듣고는 눈을 동그랗게 떴다

"혹시 경찰이에요?"

청년의 고개가 옆으로 흔들려지는 것을 보고는 다시 물었다.

"그럼 그 오빠는 왜?"

"볼일이 있어서."

"누구라고 전해?"

"김대경."

김대경이란 이름을 되새긴 미니가 나가고 5분도 지나지 않아 험악한 인상의 두 사내가 방문 앞에 섰다.

"너, 누구야?"

"김대경."

"아니 이 쓰벌 놈이! 그게 누구냐고?"

위압적으로 문을 막고 있는 두 사내를 보며 김대경이 몸을 일으켰다.

"개를 패야 주인이 나올 모양이군."

인상을 꽉 구긴 한 사내가 문을 밀치면서 몸을 부딪쳐 왔다. 진짜 개싸움을 하려는 듯이 달려들었다.

김대경은 손바닥을 편 채 왼팔을 쭉 뻗었다. 손가락은 갈퀴처럼 구부러져 있었다. 피할 틈도 없이 사내의 얼굴을 덮고 밀고 들어오는 힘 그대로 당겨서 던져 버리고는 상반신을 옆으로 비틀어 뒤이어 들어오는 사내의 옆 머리에 정확히 주먹을 날렸다.

빡!

"이 새끼!"

벽에 머리를 박고 쓰러진 사내가 벌떡 일어났다. 그러나 다음 순간 아랫배에 충격을 느끼고는 허리를 꺾었다. 일어나는 사이에 김대경의 발길에 배를 채인 것이다.

맥주병 하나를 들어 병 뚜껑을 손으로 딴 김대경은 한 모금을 마시고는 머리가 흔들거리는 사내에게 말했다.

"떡새 불러와, 저 새끼 병신 만들고 싶지 않으면."

창자가 끊어질 것 같은 고통에 식은땀을 흘리고 있는 사내에게 다가
간 그는 한쪽 어깨와 턱뼈를 탈골시켰다.

섬뜩한 뼈마디 돌아가는 소리를 들은 사내는 후들거리는 다리를 일
으켜 세우기를 포기한 채 기어나갔다.

그 시각 오지훈, 떡새라는 별명으로 더 잘 알려진 그는 용주골 끝 자
락에 있는 한 가게에서 열심히 용두질을 하고 있었다.

"아아악!"

문밖에까지 아가씨의 비명 소리가 들리고 문 앞에 선 포주는 안절부
절못하고 있었다.

"떡새야, 누구 가게 문 닫는 꼴 보려구 그래? 그만 해라. 응?"

"아, 씨불! 그러기에 왜 세를 밀리고 지랄이야? 오늘 몸으로 받을 셈
치고 왔으니깐 애들이나 준비해!"

'저 짐승 같은 놈, 벌써 세 명째인데. 아주 오늘 애들을 다 작살을
낼려구 작정을 했구나.'

주먹들 사이에선 악바리, 독종이라 알려진 떡새지만 그가 잡고 있는
용주골에서는 색골로 유명했다.

아버지의 씨도 모른 채 창녀촌에서 자랐고, 변변한 운동을 한 것도
없지만 독기 하나로 큰 조직들과 싸웠다.

평소에는 그네들의 사정을 누구보다도 더 잘 알기에 많은 보호비를
뜯어가지도 않고 잘 대해주지만 한 번 저리 돌아버리면 그 가게 아가
씨들은 며칠 동안 병원 신세를 져야 했다.

갖가지 도구들을 거기에 넣어놓아서 걸을 때마다 구슬 부딪치는 소리가 들린다는 우스갯소리도 하곤 했다. 하지만 직접 당하는 입장에서는 절대 웃을 일이 아니었다.

우당탕!

한 사내가 신빌을 신은 채 지히 계단을 구르듯이 내려오더니 단숨에 문을 열어젖혔다.

"형님, 큰일……."

불독 문신을 한 사내의 등판이 복도 불빛에 드러나더니 곧이어 빈 병이 날았다.

"이 새끼가 뒈질려고!"

오지훈이 그 짓을 하고 있을 때는 방해하면 안 된다는 걸 알지만 지금은 그만큼 다급했다.

"쳐들어왔어요. 애들이 열 명이나 깨져서."

벌떡 몸을 일으킨 오지훈은 여인의 비명이 무색하리만큼 작은 키였다. 그런데 아직도 흔들거리는 가운데는 맥주병에 구슬을 박아 넣은 듯이 울퉁불퉁해 흉칙하게 보였다.

"어디야?"

"혀, 형님, 옷은 입고."

탁자 위에 걸터앉은 김대경은 네 병째 병 뚜껑을 땄을 때 복도를 쿵쿵 울리며 다가서는 오지훈을 볼 수 있었다.

170센티가 될까 말까 한 키에 체중이 100킬로는 넘을 듯한 사내는 넓은 어깨가 비정상적으로 보였다. 콧날은 좁고 튀어나온 눈엔 붉은 핏줄이 돋아나 있었다.

짧게 깎은 머리에 어깨를 쭉 펴고 턱을 젖힌 오지훈이 노려보았다.

다른 사람이라면 대단히 위압적이었고 인상도 살벌해서 주눅 들지 모르지만 김대경은 표정없이 마주 보았다.

"너! 누가 보냈어? 서울? 인천? 어디야, 새꺄?"

"오지훈?"

"어? 너, 나 알아?"

깜짝 놀란 오지훈은 분위기와 어울리지 않는 말을 자신도 모르는 사이에 뱉었다. 본명은 부하들도 잘 몰랐다.

"이제부터 알아야지. 여기서 할까, 나갈까?"

몸을 일으킨 김대경은 장신에 몸도 잘빠졌지만 오지훈은 전혀 개의치 않았다.

"어디 1분이나 버텨봐라."

더 말을 나눌 필요도 없다는 듯이 오지훈이 몸을 날렸다. 실전에서 익힌 싸움꾼이기에 그는 잘 알았다. 저런 장신과의 싸움은 팔다리가 짧은 자신이 제한된 공간에서는 더 유리하다.

달려드는 오지훈을 김대경은 가만히 보고만 있었다. 멱살이 잡힐 때도 그는 미동도 없었다. 오지훈이 손에 힘을 주고 뛰어 들어 머리를 박으려 할 때 그때 처음 움직였다.

그는 바닥을 쓸듯이 왼발로 후려 차면서 동시에 오지훈의 팔꿈치를 눌렀다.

"으헉!"

전기에 감전된 것처럼 팔에 찌릿한 통증이 들더니 중심이 떠 있던 오지훈은 세상이 빙글 돌았다.

쿵!

본능적으로 뒤로 물러나 벌떡 일어선 그에게 김대경은 손가락을 까닥였다.

"이 새끼! 죽여 버린다!"

버럭 악을 쓴 오지훈은 무차별적으로 손발을 날렸지만 정타를 먹이지 못했다. 턱을 노리고 올려친 주먹은 물러나 피하고 휘둘러진 팔을 슬쩍 건드려 방향을 바꿨다. 사타구니를 올려 차려던 발은 김대경의 발에 걸려 차지도 못했다. 미리 공격 방향을 다 제압당했고, 마치 귀신과 싸우는 기분이 들었다.

숨이 점점 거칠어지기 시작할 때 그는 김대경의 허리가 비는 것을 보고는 허물어지듯 품에 안겨서는 양팔을 돌려 깍지를 꼈다.

"걸렸다! 미꾸라지 같은 놈! 허리를 꺾어주마!"

그의 주특기 중의 하나였다. 키가 작다고 힘이 약한 건 아니다. 체구만 보고 방심하던 놈 중에 허리 병신이 된 놈이 한둘이 아니었다.

"끙!"

오지훈은 이마에 굵은 핏줄을 드러내며 잔뜩 용을 썼으나 김대경은 별 아픔을 못 느끼는지 흰 이를 드러내며 웃었다.

이미 경찰 자료를 토대로 조민재를 시켜 다 알아본 후였다. 그는 오지훈이 자신있어 하는 허점을 일부러 드러낸 것이다. 믿음을 무너뜨려야 진실된 복종을 얻어낼 수 있다.

양팔을 벌린 김대경은 박수를 치는 양으로 오지훈의 귓가를 가격했다.

퍼퍽!

오지훈은 머리 속에서 종이 울리는 소리를 들었다. 그리고는 하늘이 빙글 돌고 다리에 힘이 풀렸다. 그는 바닥에 풀썩 쓰러져 양 귀와 코에서 피를 흘리고 있었다. 머리가 진탕된 것이다.

"혀, 형님."

부하들은 그가 쓰러지는 것을 보자마자 눈이 뒤집어졌다.

서울에 창녀촌이 없어지기 시작하면서 용주골로 내려왔지만 이곳은 그들의 텃밭이었고, 수많은 패거리들의 공격을 모두 막아내었다. 그 중심엔 오지훈이 있었고, 그들은 토박이들로 친형제와 같았다.

한 사내가 시퍼런 날이 선 회칼을 꺼내 드는 것을 신호로 부하들이 달려들었다. 그러나 그들은 좁은 문 때문에 여럿이 덤빌 수가 없어 일 대 일의 상황이 되어버려 문턱을 넘지도 못하고 족족 깨져 뒤로 튕겨 져 나갔다.

"멈춰!"

오지훈의 목소리였다. 그는 정신을 차렸는지 힘겹게 벽에 등을 기대 고 앉아 있었다. 그는 일어나려 애를 쓰면서 물었다.

"당신 누구요?"

어느새 반말에서 존대로 바뀌어 있었지만 그런 변화를 눈치 채지 못 했다.

"김대경."

"어느 조직이냐고?"

"그런 거 없다. 이제 만들려 한다. 너를 시작으로."

"김막동! 너, 내 동생 할 테냐?"

옷깃 하나 흐트러지지 않은 사내를 멍하니 쳐다보던 김막동이 손 에 쥔 군용 대검의 칼날을 자신 쪽으로 오게 하고는 땅바닥에 수평으 로 놓았다. 털퍼덕 주저앉은 자세를 단정히 하고 사내에게 큰절을 올렸다.

"이 김막동이 죽을 때까지 형님을 모실 것을 천지신명께 맹세합니다."

강원도 태백의 한 폐광촌이었다. 김대경은 용주골에서 오지훈을 데리고 바로 강원도로 넘어왔다. 그리고 오지훈처럼 김막동을 동생으로 받아들였다.

"어이, 반가워. 내가 먼저 형님의 동생이 됐으니까 넌 내 동생이다."

그냥 평범하게 걸어도 어깨가 심하게 흔들거려 껄렁해 보이는 오지훈이 다가가며 말했다.

김대경의 손을 잡고 몸을 일으키던 김막동이 김대경의 얼굴을 쳐다보았다.

"너희가 알아서 해라."

허락을 받은 김막동은 인상을 와락 구기면서 오지훈을 노려보았다.

"형님과 술 한잔하고 넌 내일 보자."

김막동은 이름처럼 팔형제의 막내다. 형과 누나들이 물려주는 옷을 입으면서 자란 그는 새것에 집착이 많았고, 남의 밑에 들어가기를 싫어했다.

제대로 칼질 한 번 먹이지 못하고 바닥을 구르게 만든 김대경에게는 승복을 하였지만, 저 가분수에 붕어 같은 놈은 아니었다.

"흘흘흘, 좋지. 이름, 많이 들었어. 막동이, 한 번 붙어보고 싶었는데 나중에 보자고."

김대경은 두 사내의 눈싸움을 보면서 홀쭉이와 뚱뚱이를 생각했다.

김막동은 큰 키에 마른 체구로 칼잡이로 유명하였다. 태백 일대를 잡고 있던 그는 카지노가 들어오면서 대형 조직에 밀려 폐광촌까지 들어왔다.

회유하려고 했으나 쪽수에 밀린 김막동은 제의를 받아들이지 않고 독고다이를 고집했다.

썬샤인이란 간판이 걸린 단란주점에 들어간 그들은 아가씨를 물리고 마주 앉았다.

"막동아, 따르는 아이들이 몇이나 되느냐?"

이제 김대경은 자연스럽게 말을 놓았고, 그들은 당연하게 받아들였다.

"일도연합 놈들에게 밀려서 흩어졌습니다. 모으면 한 스무 명 정도는 올 겁니다."

일도는 강남을 기반으로 하고 있는 전국구 조직이다. 지방의 뒤를 봐주는 군소 조직까지 합하면 조직원이 몇천 명이 된다는 소문도 있었다.

"그럼 우리 애들까지 오십 명입니다, 형님."

오지훈이 자신의 부하가 더 많다는 것을 자랑하듯 끼어들었다. 사소한 것 하나까지 밀리고 싶지 않은 그였다.

스트레이트 잔을 단순에 털어 넣은 김대경이 말을 이었다.

"애들을 모아라. 서울로 간다."

숨을 들이킨 김막동의 눈빛이 강해졌다. 서울 놈들에게 밀렸지만 이제는 서울로 진출하는 것이다. 지방 조직들은 서울 진출을 최대 목표로 삼는다.

"저, 형님. 제 친구 녀석 중에 저 붕어 새끼랑 비슷한 가물치라는 놈이 있는데, 걔도 데려가면 안 될까요? 한 스무 명은 더 모을 수 있습니다."

"포항 쪽에 있는 놈 말이냐?"

"형님은 모르시는 게 없네요. 맞습니다. 그놈요."

그러자 놀림을 당한 오지훈이 질세라 끼어들었다.

"이름하곤. 형님, 전 이미 땅크를 불렀습니다."

서울 진출 제안을 먼저 받은 오지훈은 탱크를 북한 말로 땅크라 부르는 철원 쪽의 친구에게 연락을 취했다. 아직 확답을 받지 못했지만 이미 승낙한 것처럼 말했다.

김대경이 낮은 목소리로 말했다.

"먼저 기반을 닦은 다음에 불러들여라. 애들 먹을 것은 마련한 후에."

"형님, 원래 처음 기반을 잡을 때는 다 굶으면서 시작하는 겁니다. 우리 애들은 제 말 한마디면 불평 하나 없이 다 따릅니다."

"당연한 말입니다. 그 정도는 기본이죠."

서로 한 발짝도 물러나지 않겠다고 질세라 대답하는 두 사내를 보며 김대경은 웃음을 머금었다.

주먹들과 생활하며 그들을 알아갈수록 의외로 순진한 면이 많음을 알았다. 그래서 의리를 찾는지도 모른다.

"그런데 형님, 저 떡새 놈도 그렇고 저도 한성격 하는 놈이라 독고다이로 지냈는데 어떻게 그런 방법으로 동생을 삼을 생각을 했습니까? 제 애들이랑 같이 덤비면, 물론 형님이 질 리야 없겠지만 다치실 텐데요."

김대경이 선택한 맞장은 60년대 이후로는 찾아보기 힘든 방식이었다. 예전 건달의 멋을 즐기던 시대에나 가능했지 지금처럼 회칼과 쇠파이프, 심지어 총까지 등장하는 때는 어림도 없는 일이었다.

70년대 이후로 정정당당히 승부를 겨루는 것은 사라졌고, 기습과 등 뒤에서 칼침을 먹이는 일이 다반사였다. 말이 주먹이지 맨주먹으로 싸우는 건달은 없었다.

"너희를 동생 삼으려는 데 그 정도 위험은 감수해야지. 내가 뒤에서 달려들었으면 여기 앉아서 술을 들겠냐, 내 뒤통수를 노리고 칼을 갈고 있겠지?"

맞는 말이다. 숱한 큰 조직의 영입 제의를 뿌리치고 버티던 그들이었다.

김대경은 현실을 알아갈수록 책과 영화 속에서 그리는 건달의 이야기가 많이 다르다는 것을 알았지만 쓸모가 있는 면도 있었다. 아니면 운이 강한 것이다.

서울을 벗어나 경기도로 들어서면 길가에 덩그러니 세워진 모텔들을 쉽게 볼 수 있다. 경춘로를 달려 구리시를 벗어나면 호화로운 7층 건물의 오아시스라는 모텔이 나온다.

대낮인데도 넓은 주차장엔 고급 차들이 세워져 있었고, 주차 요원이 친절하게 번호판까지 가려주었다. 차에서 내리면 바로 방으로 들어갈 수 있는 엘리베이터까지 설치되어 있어 비밀을 요하는 남녀들에겐 최적의 장소였다. 물론 CCTV가 설치되어 있긴 하지만 멋으로 달아두었을 뿐 녹화되지는 않는다.

며칠 전에 쌓인 눈이 녹아 질퍽한 도로를 달리던 승합차 두 대가 오아시스로 들어섰다.

주차원이자 벨보이는 눈살을 찌푸렸다. 저런 손님에게서는 팁이 나오지 않는다. 그래도 손님이기에 안내를 하러 승합차로 다가섰을 때 확 문이 열리면서 시커먼 옷을 입은 건장한 사내들이 쏟아져 나왔다.

"야! 저 새끼 잡아다가 카운터에 쑤셔 넣어!"

놀라 우두커니 서 있는 벨보이를 보며 소리친 조민재가 부하들을 거느리고 빠른 걸음으로 엘리베이터에 탔다. 그 안에 다섯이 들어서자 꽉 차 여섯은 계단으로 뛰어올라 갔다.

검은 테이프를 감아 손잡이를 만든 쇠파이프를 든 세 사내가 벨보이를 끌고 모텔 카운터로 들어갔다.

다짜고짜 카운터로 몰려간 사내들은 테이블 위에 놓인 전화기를 내려쳤다.

쾅!

"으헉!"

카운터를 보던 모텔 직원이 질겁을 했고, 주차장에서 끌고 온 주차원을 집어 던진 한 사내가 말했다.

"10분이면 끝난다. 입 다물고 있어. 우리가 나간 다음에 짭새가 뜨면 다시 찾아온다. 그땐 알지?"

마른침을 삼킨 벨보이들은 그들의 얼굴을 보지 않으려고 고개를 푹 숙였다.

3층으로 올라간 조민재는 거침없이 걸어가 305호 앞에 섰다. 그의 뒤로 세 명의 부하가 있었고 네 명의 부하는 옆방 307호 앞에 있었다.

"부숴!"

명령을 내린 조민재는 120킬로의 육중한 체중을 실어 문을 어깨로 들이받으며 밀고 들어갔다.

쾅!

손잡이가 부서진 문은 단번에 열렸고 밀고 들어간 조민재는 문 앞에서 놀라 엉거주춤 일어선 사내에게 사정없이 단봉을 휘둘렀다. 옆머리를 부여잡고 쓰러지는 사내는 보지도 않고 방 안으로 뛰어든 조민재는 내부를 빠르게 훑었다.

경찰이 들이닥친 줄 알고 놀란 한 사내가 창문으로 뛰어내리려 몸을 걸치고 있었고, 넓은 온돌방에는 세 군데에서 판이 벌어지고 있었다. 방바닥에 깐 판을 덮는 사람, 수북이 쌓인 돈을 챙겨 넣는 사람, 방 안은 순식간에 난장판이 되었다.

장부가 펼쳐진 탁자를 구석에 놓고 의자에 앉아 있던 한 사내가 그의 눈에 들어왔다. 조민재가 그쪽으로 뛰어가려 할 때 이미 몸을 날린 부하가 그 사내를 덮치고 있었고, 다른 목표를 찾는 그의 눈에 대각선 구석에서 칼을 뽑는 한 사내의 모습이 들어왔다.

"입 닥쳐, 쌍년들아!"

비명을 지르는 여인들에게 소리친 조민재는 단봉을 휘두르며 난장판이 된 방을 가로질러 칼을 꺼내 든 사내에게 다가갔다.

"가까이 오지 마! 죽인다!"

"병신!"

사내의 목소리는 떨리고 있었다.

조민재는 가소롭다는 듯이 웃으며 번개같이 단봉을 휘둘러 거리를 유지하려 연신 수평으로 칼을 긋는 손목을 내려쳤다. 뼈 부러지는 소리와 함께 사내의 비명이 방 안에 울렸다.

그는 거기서 끝내지 않았다. 감히 자신 앞에서 칼을 뽑아 든 놈을 본보기라도 삼겠다는 듯 무참히 짓밟았다.

피가 튀는 잔인한 광경에 방 안은 쥐 죽은 듯이 조용해졌다. 놀란 여인네들의 딸꾹질 소리만 들렸다.

몸을 돌린 조민재가 피칠을 한 단봉으로 도박꾼들을 가리키며 으르렁거렸다.

"한 놈이라도 입을 열면 죽어!"

"형님, 5억 4천 2백만 원입니다."

승합차 안에서 부하 하나가 웃음 띤 얼굴로 말했다. 생각보다 큰 판이었다.

조민재는 사기 도박이 벌어지는 곳을 덮친 것이다. 그들은 자리를 옮겨가며 한 번 쓸고 자리를 뜨기에 잡기가 쉽지 않았지만 조민재의 정보망에 걸려들었다. 저들은 경찰에 신고도 하지 못하고 뒤를 봐주는 조직도 없었다.

서울의 고정 하우스와는 달리 천장에 초소형 카메라를 설치하든가 적외선으로 보면 뒷면에 숫자가 나타나는 목을 사용해 자신들이 집어넣은 타자에게 정보를 보낸다.

한몫 챙기고 뜨는 놈들이기에 노렸다.

"그 강남에서 원정 온 년들이 끼어 있어서 그래. 운이 좋았다."

그 귀부인들의 주소를 알아내 남편에게 알린다고 협박을 하면 더 많이 뜯어낼 수 있지만 그건 전에나 하던 짓이었다. 지금은 자금을 마련하기 위해 어쩔 수 없이 털지만 그래도 힘없는 사람을 협박해 돈을 받아내는 일보다는 나았다.

"아직 부족하다. 바로 서울로 올라가서 사설 경마를 하나 더 덮친다."

일산 중심가를 잡고 있는 조직은 극진파였다. 조직의 보스인 이성철이 극진가라데의 고수여서 거기서 따왔다고 한다. 일본에 체류하면서 정통 극진가라데를 배워 야쿠자와도 선이 닿는다고 알려졌는데, 증명된 바는 없었다.

극진파 수입의 3할을 담당하는 바하마 나이트클럽은 천여 평의 규모로 10층 건물의 꼭대기에 두 개 층을 사용하였다.

전체적인 불황으로 강남의 유명 나이트클럽도 손님이 줄었다고 하는데, 이곳은 연일 빈 테이블을 찾기 힘들 정도로 성황이었다.

물이 좋다는 소문이 나서 서울에서 원정을 올 정도로 유명세를 탔고, 사실 그 말이 맞았다.

처음 클럽을 열면서 손님으로 위장한 A급 접대부들을 대거 투입하였고, 들어오는 손님도 가려 받았다. 그렇게 물이 좋다는 소문이 나자 얼굴이 반반한 남자들이 몰려들고, 그들이 자연 발생적으로 여자 손님들을 불러들였다. 연쇄적인 작용으로 불황 속에서도 호황을 누리고 있는 것이다.

당연히 이성철은 중요 영업장인 이곳에 그가 가장 믿는 백한만을 영업부장에 앉혔다.

30대 초반의 백한만은 태권도 4단에 합기도가 3단이다. 180센티의 키에 90킬로의 몸무게에다 얼굴이 귀공자같이 생겨서 전혀 조폭으로는 보이지 않았다.

외모만 그런 것이 아니라 옷도 맞춤 양복만 입었고, 셔츠도 유명 브랜드 아니면 거들떠보지도 않았다. 거기에 은근한 웃음만 지을 뿐 입도 잘 열지 않아 신비감을 더했다. 클럽에 그를 보러 오는 손님이 있을 정도여서 연예인 못지않은 인기를 누리고 있었다.

백한만이 2층 사무실에서 홀을 둘러보다 말했다.

“야, 물 한번 갈라고 혀!”

그가 말하자 사무실에서 서성대던 사내들이 잽싸게 나갔다.

자정이었다. 저녁 손님을 내보내고 새 손님을 받을 시간이 되었다. 테이블에 앉아 두 시간 정도가 흐르면 더 이상 매상이 오르지 않는다. 짝을 찾지 못한 놈들은 살쾡이처럼 눈을 번들거리며 하룻밤을 보낼 먹잇감을 찾는다.

“아따, 저 냄비는 겁나 허리를 잘 돌리는구먼 잉. 흐미, 죽이는 거.”

그의 입에서 섬세한 외모와는 어울리지 않게 구수한 전라도 사투리가 흘러나왔다. 여자 앞에서 말을 잘 하지 않는 이유가 밝혀지는 순간이었다.

사타구니를 한번 치켜세운 백한만이 입맛을 다시며 사무실을 나갔다. 그도 잠자리를 준비하는 것이다.

바로 옆 사람의 말소리도 들리지 않을 만큼 귀청을 울리는 소음과 번쩍이는 조명을 받으며 백한만은 홀을 가로질러 가고 있었다.

룸에서 웨이터를 시켜 여자를 데려올 수도 있지만 그는 꼭 자신이 직접 가서 부킹을 했다. 그는 이것도 승부라고 했는데, 그리 틀린 말은 아니었다. 자는 것만으로 정복감을 얻는 놈은 하수인 것이다. 백한만은 그 과정을 모두 즐기고 있었다.

먹잇감을 노리는 맹수처럼 스테이지로 다가가던 백한만은 옆 테이블에서 불쑥 한 사내가 일어나는 것을 보았다. 몸을 일으킨 사내가 흔들거리는 걸로 봐서 꽤 술에 취한 모양이었다.

저놈은 클럽에 술만 처먹으러 왔나 하는 한심한 생각이 들었다. 남자는 어떠한 일이 있어도 술에 취하면 안 된다. 특히 여자 앞에서는.

위태롭게 비틀거리던 사내가 백한만에게 쓰러졌고, 그는 엉겁결에 안았다.

"어어! 이봐, 조심혀!"

다른 곳이라면 확 패대기를 쳤을 테지만 자신의 영업장이었다. 그때 귓가로 사내의 목소리가 들렸다.

"다음부터 조심하지, 백한만. 볼 수 있다면 말이야."

그러면서 사내는 백만한의 뒤통수를 후려갈겼다. 쿵쾅거리는 음악 소리와 둔탁한 타격음은 묘한 조화를 이루었다.

백한만은 눈알이 튀어나오는 것 같았고 시선을 어지럽히던 현란한 조명이 색이 변하며 하얗게 물들어갔다.

오공에서 피를 흘리는 백한만의 몸이 처지자 사내는 술 취한 친구를 부축하는 것처럼 자신이 앉아 있던 자리에 그를 앉혔다. 어두운 조명 속에서 그 장면을 주목한 이들은 없었다.

같은 시각, 극진파의 행동대장 서인재는 행동대의 숙소를 순차적으로 돌고 있었다.

열여덟 살이 넘으면 숙소 생활을 시작하는데 옛날 말로 하면 화살받이들이었다. 겁없는 10대라는 말이 그들을 두고 하는 말이다.

조직 간의 싸움에서 최일선에 투입되는 그들은 숙소에서 몸을 불리고 가끔 산에 들어가 훈련을 받고 오기도 하였다.

하지만 저들이 중간 간부에 올라 영업장을 맡기란 무척 어려운 일이었다. 숱한 싸움에서 멀쩡히 살아남고 조직을 위해 별을 몇 개씩 달고 나서야 가능하였다.

서인재가 거드름을 피우며 말했다.

"촉새야, 네가 몇 살이지?"

"스물두 살입니다."

운전석의 사내가 재빨리 대답했다. 스물둘에 간부의 운전대를 잡고 있으면 잘 나가고 있는 편이었다.

"동생들을 잘 관리해야 한다."

"예, 형님. 꽤 이름을 날리는 녀석들이 많이 있습니다."

아직 숙소에 들어올 나이가 되지 않은 어린애들을 말하는 것이다. 그들은 소위 학교에서 일진이라는 애들로 예비 조직원 후보인 셈이다. 정조직원마다 어린 후배들을 키우고 있었고, 스카웃을 하거나 자진해서 연줄을 찾아 들어온다.

"후후, 그래, 건달은 동생이 재산이다. 가끔 들러서 용돈 좀 주고 그래라."

"그렇게 하고 있습니다. 나이가 차면 바로 들어올 겁니다."

서인재가 담배를 물고 푹신한 좌석에 몸을 기댈 때 급정거를 하며 차가 앞으로 쏠렸다. 운전석의 촉새는 창을 열고 골목길을 막은 승용차를 향해 소리쳤다.

"야! 차 안 빼!"

그때 길을 막은 승용차의 문이 열리며 서너 명의 건장한 사내가 뛰어나왔다.

"습격! 습격입니다!"

"밟아!"

앞을 막은 놈들은 네 명이지만 자신은 호위 차까지 일곱 명이었다. 저 정도 인원으로 습격해 올 리가 없었다. 그때 역시나 뒤에서 요란한 충돌음이 들렸다. 반쯤 문이 열린 부하들의 호위 차가 밀려와 뒤 범퍼를 박았다. 앞뒤가 막힌 형국이었다.

앞 차에서 내린 사내들이 달려들었다. 순식간에 차에 올라탄 한 사내가 쇠뭉치로 차창을 내려쳤다. 안전 유리가 하얗게 부서져 내리고 운전석의 촉새는 우악스러운 사내의 손길에 끌려 창을 통해 밖으로 끌려 나갔다.

퍽퍽퍽!

"으악!"

조수석에서 문을 열고 나간 부하는 차 위에 올라탄 사내가 휘두른 쇠파이프에 머리를 맞아 주저앉았고, 그 위로 차 위에서 사내가 뛰어내리면서 무릎으로 가슴 한복판을 찍었다.

"커억!"

좌석 밑에 넣어둔 일본 도를 꺼내 들고 문을 밀치고 나가던 서인재는 세차게 닫히는 차 문에 다리가 끼었다.

"으악!"

발목이 잘려 나가는 듯한 통증에 비명을 지른 서인재는 차 문이 벌컥 열리며 시커먼 그림자가 들어오는 것을 보고 칼을 휘둘렀으나 길이를 생각지 못했다.

천장에 걸린 일본 도는 멈추어 섰고, 시커먼 얼굴에 하얀 줄이 생기는 듯하더니 그 순간 그는 얼굴에 격렬한 충격을 받았으며 딱딱한 무언가가 목구멍으로 넘어갔다.

훌쩍 젖혀진 서인재의 머리카락을 움켜쥔 사내는 연달아 세 번 주먹을 그의 얼굴에 날렸고, 콧등과 이빨까지 박살난 서인재를 끌어 문틈에 머리를 놓더니 열려진 차 문을 세차게 닫았다.

바하마를 나온 김대경은 장항동의 한 오피스텔에 들어섰다. 반색을 한 조민재가 구르듯이 달려와 허리를 숙였다.

"수고하셨습니다, 형님."

"떡새와 막동이는?"

"좀 전에 연락이 왔습니다. 모두 잡았답니다."

고개를 끄덕인 김대경이 조민재에게 잘 보이지 않는 미소를 보였다.

"네 공이 제일 크다."

실력자를 모아 조직을 만드는 것은 김대경이 선택한 방법이지만 영역을 확보하기 위해 극진파의 손발을 자르고 머리를 치자는 작전은 조민재의 머리에서 나온 계획이었다.

간부들이 모여 회의를 할 때 머리를 자르자는 의견부터 영업장을 먼저 확보해야 하다는 말 등 여러 가지가 나왔지만 김대경은 조민재의 계획을 선택했다.

적의 전력을 단숨에 줄이면서 거점이 될 영업장도 확보할 수 있었다. 자신이 우두머리라 해도 경험이 일천하다. 배울 건 배운다.

김대경이 웃음을 지우고 몸을 돌렸다.

"판도라로 간다. 떡새와 막동이도 그리 오라고 전해."

잔뜩 어깨에 힘이 들어간 조민재가 냉큼 부하들에게 소리치며 책상 밑에 넣어둔 연장을 집어 들고는 김대경의 앞으로 뛰어갔다. 문을 열 수고를 덜어주기 위함이었다.

바하마에서 한 블럭 떨어진 판도라는 중년 나이트클럽이다. 바하마가 생기기 전까지는 제법 수입을 올리고 있었으나 지금은 폐업 상태였다.

강북에 몇 개의 건물을 가지고 있는 오길주의 망나니 아들이 졸라 차려준 곳으로 처음엔 그럭저럭 밥벌이하는 게 기특했지만 지금은 골

머리를 썩히고 있었다.

바하마가 호황을 누리자 사업장을 확장하려는 극진파가 들어와 영업부장을 쫓아내고 그 자리에 앉더니 사장 행세를 하는 것이다. 경찰에 여러 번 신고도 하고 돈도 먹였으나 별 소용이 없었다.

그래서 매물로 내놓았지만 산다고 나섰던 사람도 가게에서 죽치고 있는 깡패를 보고는 고개를 설레설레 젓고 뒤도 안 돌아보고 나갔다. 안고 있어봐야 자본금만 까먹어 똥값으로라도 처분하려고 할 때 조민재가 바지 사장을 내세워 인수를 한 것이다.

VIP룸에서 쇼걸을 희롱하고 있던 천수길은 황급히 문을 열고 들어오는 부하에게 눈을 부라렸다.

"뭐야!"

"부장님, 새 사장이란 놈이 나타났습니다."

피식 웃은 천수길은 몸을 일으키며 비웃음을 머금었다.

"사장? 훗! 웬 멍청한 새끼가 싸다니까 덥석 물었나 보군. 그 늙은이, 생각보다 수완이 좋은데?"

판도라는 웨이터들까지 극진파의 조직원들로 채워놓았다. 멋모르고 사장 행세를 하려고 들 테지만 한 시간도 넘기지 못한다.

천수길이 홀에 나갔을 때는 새벽 2시가 넘지 않은 시간인데도 이미 텅 비어 있었고, 손님은 다 빠져나가 환한 조명이 비추고 있었다.

종업원들은 소파에 늘어져 건들거리는 시선으로 두 사내를 주시하였고, 새 사장 일행이라는 장신의 두 사내는 무표정하게 내부를 둘러보고 있었다.

천수길은 험악한 인상의 사내에게서 같은 느낌을 받았다. 어디서 굴러먹었는지도 모르는 건달을 하나 데려온 것 같았다. 저놈을 믿고 왔다면 바지에 오줌을 지리고 도망칠 것이다.

"어이, 당신이 새 사장이야?"

천천히 고개가 돌려져 시선을 마주친 사내는 타는 듯한 시선이다. 만만히 볼 놈이 아니다.

"나가라."

"뭐? 저거 미친놈이군. 이곳에서 장사를 하려면 우리의 허락이 있어야 해, 이 빙신아. 여긴 우리 가게야. 나갈 놈들은 네놈들이지."

비틀어 웃는 천수길을 가만히 보던 김대경이 낮게 말했다.

"치워."

말소리가 떨어지자 조민재는 징그러운 웃음을 지었고, 바로 김대경의 말을 따라 소리쳤다.

"치워!"

그 순간이다. 출입문이 열리면서 떡새와 막동이를 선두로 사내들이 밀물처럼 밀려들었다.

"이 좆만한 새끼!"

당황한 천수길이 어정쩡히 서 있을 때 조민재의 솥뚜껑만한 주먹이 얼굴을 후려쳤다.

퍽!

꽤나 큰 소리가 났지만 쏟아져 들어오는 사내들의 고함 소리에 묻혀 버렸고 천수길은 나가떨어졌다.

"씨!"

천수길이 몸을 일으키려 할 때 이미 조민재의 구둣발이 그의 턱을 공을 차듯이 차 올린 후였다. 부러진 이를 뱉은 그가 힘겹게 상체를 일으키자 조민재는 성큼 다가섰다.

"여긴 이제 우리 구역이야."

그 순간 천수길의 발이 조민재의 사타구니를 노리고 날아들었고, 양 무릎을 오므려 막은 조민재는 장작을 패듯이 솥뚜껑만한 주먹으로 천수길의 낭심을 후려갈겼다.

빡!

"크아아아아악!"

구슬 깨지는 소리가 들리는 듯하더니 심장을 오그라지게 만드는 비명 소리가 홀 안을 가득 메웠다.

30대 10의 싸움은 순식간에 끝이 났다. 김대경은 뒷짐만 지고 있었고, 담배 한 대 피울 시간이 흐르자 극진파 사내들은 홀 중앙에 무릎이 꿇려져 있었다.

사내들을 일별한 김대경이 낮게 말했다.

"보고해."

그의 뒤에서 병풍처럼 서 있던 김막동이 재빨리 옆으로 다가왔다.

"칠성이란 놈은 다신 이 바닥에 나타나지 못합니다. 애들이 서너 명 다쳤는데 병원에 입원할 정도는 아닙니다. 지금 숙소에서 치료받고 있습니다."

연이어 오지훈이 보고했다. 그들 사이에 위아래가 정해진 것이다.

"서인재도 은퇴시켰습니다. 동생 하나가 칼에 찔려 병원에 보냈고, 세 명은 가벼운 상처를 입었습니다. 그 외는 쌩쌩합니다."

"수고했다. 애들은 잠시 쉬게 하고 날이 밝기 전에 바하마까지 접수한다."

오더가 떨어지자 여기저기서 침 삼키는 소리만 들렸다.

이성철이 믿었던 오른팔, 왼팔이 잘려 나갔다는 것과 바하마가 습격을 받았다는 소식을 들은 것은 새벽녘이었다.

"너! 너! 지금 뭐라 했어? 만철이, 인재, 칠성이, 수길이까지 모두 당했다는 말이야?"

안경을 쓴 날카로운 인상의 사내가 차분히 대답했다.

"한만이는 병원에 입원해 있고, 인재 형님과 칠성 형님은 연락이 되지 않습니다."

"한만이는 어때?"

"그게 아직 검사 중이라……."

백한만은 극진파의 간판이었고, 나머지도 주축을 이루는 중간 보스급들이다. 하룻밤 사이에 여섯 명 중에서 네 명이나 깨진 것이다.

남은 중간 보스는 보고를 하는 지낭(智囊) 임승호와 룸싸롱 줄리를 맡고 있는 진추운뿐이었다.

눈을 부릅뜬 이성철은 당장이라도 달려갈 듯이 어깨를 들썩였지만 곧 이성을 회복했다.

"어떤 새끼들이야? 한성회 놈들이야?"

머리가 비상해 이성철의 신임을 받고 있는 임승호도 이 순간만큼은 말꼬리를 흐렸다.

"그게 아직 어디 놈들인지……."

"이 병신 새끼! 그걸 보고라고 올려? 당장 나가서 어떤 놈들인지 알아와! 당장!"

이성철은 바로 바하마로 밀고 들어가지 못했다. 놈들이 셔터를 내리고 안에서 잠가 버려서이기도 하지만 습격한 놈들의 정체를 알 수가 없었고 또한 날이 밝아 일반인들이 출근할 시간이었다.

낮은 그들의 시간이 아니었다.

"흐음, 역시 서울 공기는 다르구먼. 여기가 서울 땅이여. 흐흐흐."

삭막한 인상의 사내가 코를 벌렁이며 말하자 만만치 않은 인상이 핀 잔을 주었다.

"미친놈, 여긴 경기도다."

"새꺄, 일산이나 서울이나 엎어지면 코 닿을 곳 아니냐."

아침 10시 무렵에 판도라클럽이 있는 홍일빌딩 앞에는 두 대의 관광 버스가 도착하더니 시커먼 사내들을 줄줄이 토해내었다. 지나가는 행 인들이 길을 돌아가고 발을 빨리 할 만큼 살벌한 인상의 소유자들이었 다.

스윽 한 번 시내를 돌아본 그들은 판도라로 향했다.

"인사드려라. 큰형님이시다."

후줄근한 군복을 입고 있는 거구의 사내가 어정쩡하게 고개를 숙였 다. 군복 사내를 소개한 오지훈이 옆구리를 찔렀지만 더 이상 허리가 숙여지지 않았다.

"괜찮아. 네가 땅크라는 놈이냐?"

서울에 입성한다는 오지훈의 연락을 받고 부하들을 데리고 상경한 신경식은 큰형님이란 사내가 믿음이 가지 않았다. 많이 봐줘야 20대 중반 정도로 너무 어려 보였다.

"그라요. 내가 땅크여."

190센티는 넘어 보이는 키에 뚜렷이 각진 얼굴의 신경식이 턱을 들 고는 대답하였다.

그의 도전적인 자세에 피식 웃음을 지은 김대경은 김막동의 옆에 서 있는 뾰족한 턱에 콧대가 얇고 툭 튀어나온 눈을 가진 사내를 보았다.

"그럼 네가 가물치겠구나."

그 사내도 고개를 끄덕이는 것으로 답을 대신했다. 안절부절 어쩔 줄을 몰라 하는 김막동과는 상관없이 염탐을 하듯이 김대경을 쏘아보고 있었나.

자신과 버금가는 칼잡이인 막동이를 꺾었다지만 싸움은 상대에 따라 달라질 수 있다. 보아하니 신출내기인 것 같아 신경식처럼 믿음이 가지 않는 면도 마천기를 뻣뻣하게 만들었다.

"안 굽히면 굽히게 만들어야지."

김대경은 몸을 일으켜 홀 중앙으로 나가 섰다. 그의 의도를 알아챈 신경식이 콧바람을 뿜으며 홀로 나섰다.

그러자 김대경이 가물치에게 손짓을 해 보였다. 둘이 같이 덤비라는 뜻이었다.

입꼬리를 말아 올리며 차가운 미소를 지은 마천기가 양다리에서 50센티 길이의 두 자루의 회칼을 뽑아 들더니 김대경을 사이에 두고 신경식과 벌려 섰다.

"와라!"

신경식은 망설이지 않았다. 한순간 세 발짝의 거리를 눈 깜박할 사이에 좁히더니 주먹을 날렸다. 거구에 비해 상당히 빠른 동작이었다.

홀을 둥글게 둘러싼 사내들 사이에서 그 모습을 지켜보던 오지훈이 풀썩 웃었다. 자신이 김대경을 처음 만났을 때의 모습을 재현하는 듯해서였다.

신경식은 순식간에 주먹질을 다섯 번이나 했으나 김대경의 머리카락 한 올 건드리지 못했다. 게다가 김대경은 발을 떼지도 않고 오뚜기처럼 상체만 흔들어 피하고 있었다.

제풀에 화가 치민 신경식이 씩씩거릴 때 그의 머리가 홀러덩 뒤로 넘어갔다. 밑에서 쳐 올린 김대경의 주먹을 맞은 것인데, 아무도 주먹이 휘둘러지는 것을 보지 못했다.

그리고는 가볍게 양손을 신경식의 가슴에 대는 듯하더니 130킬로의 거구가 실 끊어진 연처럼 2미터는 홀쩍 날아갔다.

그때 마천기가 김대경의 머리 높이만큼 도약을 하여 발을 날렸고, 김대경이 허리를 뒤로 눕혀 간단히 피하자 그는 공중에서 몸을 비틀어 쌍칼을 휘둘렀다.

코앞을 지나는 칼날을 눈곱만한 차이로 피한 김대경은 덤블링을 하듯이 몸을 뒤로 젖혔고 따라온 발이 가물치의 머리를 걸어찼다.

신경식이 바닥이 울릴 정도로 나가떨어진 거나 가물치가 허공에서 바람개비처럼 한 바퀴 돌고 튕겨 나간 것은 그 광경을 지켜보는 이들에겐 슬로 모션처럼 보였지만 숨 한 번 쉴 동안에 일어난 일이었다.

"우와아아아아!"

숨죽이고 그들의 대결을 지켜보던 사내들은 누구의 부하라고 할 것 없이 일제히 환호성을 질렀다. 자신들의 보스가 될 큰형님의 실력을 직접 확인한 것이다.

하룻밤 사이에 두 곳의 영업장을 확보한 김대경은 네 명의 중간 보스를 얻었다. 그의 식구들과 함께.

제4장

영역(營域)

영역
營域

"으윽!"

일산 외곽에 허름한 모텔 안이다. 김대경의 부하들이 묵는 세 숙소 중 하나로 부상자들을 모아놓은 곳이었다.

한 방에 네다섯 명씩 붕대를 여기저기에 감고 있는 사내들이 누워 있었다.

"많이 아프냐?"

무표정하지만 부드러운 음성이다. 김대경이 부상당한 부하들을 둘러보고 있었다.

"괘, 괜찮습니다, 큰형님!"

침대 위에서 상반신을 일으키려는 부하를 만류한 김대경이 그의 어깨에 손을 올렸다.

"조금만 참아라. 곧 전쟁은 끝난다."

머리에 붕대를 감고 있는 사내는 벅찬 감정이 솟구쳤다. 큰형님이 직접 숙소에 와서 어깨를 다독거려 준 것이다.

열흘째 극진파와 밀고 밀리는 공방전이 벌어지고 있었지만, 그는 하나도 힘들지 않았다. 그리고 큰형님의 말이다. 곧 끝난다면 끝난다.

수적으로 밀리기에 극진파의 영업장 중 두 번째로 큰 줄리 룸싸롱을 다시 빼앗기고 물러났지만 바하마와 판도라는 굳건히 지키고 있었다.

줄리에서의 싸움은 큰형님이 없을 때였다. 큰형님이 이끄는 곳에서는 단 한 번도 진 적이 없었다. 게다가 다친 부하들에게 일일이 찾아와 위로를 해주고 용기를 심어주었다.

적아를 구별하기 어려운 난전에서도 큰형님은 동에 번쩍, 서에 번쩍하며 휘젓고 다녔고 부하들이 위험에 직면하면 어김없이 구원의 손길을 뻗쳤다.

만일 작은형님이 그만 내려가자고 해도 거부하고 큰형님 밑에 남을 것이다.

며칠 사이에 피와 땀이 절은 싸움판에서 김대경은 조직원들에게 절대적인 존재로 자리잡았다.

숙소를 나와 바하마의 사무실에 들어온 김대경은 간부들을 소집했다.

태수와 대경의 이름을 따서 태경회라 이름 붙인 그의 조직은 김막동, 오지훈, 신경식, 마천기가 같은 중간 보스였고, 조민재는 그들보다 한 단계 아래로 빅보스 직속 별동대였다.

"이대로는 안 되겠다."

김대경이 말하자 오지훈이 의문을 표했다.

"애들이 잘 싸우고 있는데요?"

“너무 오래 걸린다. 애들 피해도 많고. 민재.”

“예, 형님.”

백여 명의 행동대를 거느린 조직의 중간 보스 반열에 오른 조민재는
자신이 이 자리에 있는 것만으로도 감개가 무량했다. 지금은 폐업 상
태지만 이곳은 이천여 평 규모의 나이트클럽이고 자신은 조직의 영업
장이었다.

“이성철은?”

별동대의 업무 중 하나가 정보 수집이었다.

“죄송합니다. 아직 찾지 못했습니다. 쥐새끼처럼 숨어서 밑에 놈들
에게 전화로 명령을 내리나 봅니다.”

김대경은 선두에 서서 싸움을 하는 반면 이성철은 전면에 나선 적이
없었다.

힘 대 힘으로 정면 대결을 펼친다면 하룻밤 사이에 승패를 가릴 텐
데 조직 간의 싸움은 게릴라전 양상을 띤 시가전이었다.

김대경이 극진파의 행동대가 모여 있는 숙소를 알아내 쳐들어가면
그쪽도 똑같이 습격을 해오는 것이다.

“형님, 저랑 천기랑 교대를 해야 할 것 같습니다.”

바하마는 김막동이 지키고 있었고, 판도라는 신경식의 몫이었다. 두
영업장은 수세로 김막동과 신경식이, 김대경이 앞장선 공세는 오지훈
과 마천기로 역할이 분담되어 있었다.

김막동이 의견을 말하자 마천기가 웃으면서 거절했다.

“아직 버틸 만합니다. 큰형님이 나서주셔서 크게 피해를 입진 않았
습니다.”

김대경이 고개를 젓고는 김막동의 말에 힘을 더해주었다.

"아니다. 얘들도 좀 쉬어야지. 교대해. 지훈이도 교대하고."

"예, 형님."

김대경의 말이 이어졌다.

"지훈이랑 천기는 날쌘 애들 열 명 정도 뽑아서 민재를 지원해라. 이성철을 잡아야 한다."

김대경은 다시 한 번 정보의 필요성을 절실히 느꼈다. 부하들의 숙소를 한자리에 이틀 이상만 잡아두면 여지없이 들이닥쳐 묵사발이 되었다. 그건 저쪽도 마찬가지지만. 도시 곳곳에 눈과 귀가 있었다.

핸드폰 진동 소리가 울리자 조민재는 몸을 돌려 전화를 받고는 얼굴을 굳혔다. 전화 통화가 끝나자 소파 끝에 엉덩이를 걸치고는 바짝 다가섰다.

"형님, 한성회에서 연락이 왔습니다."

한성회는 일도연합과 함께 서울을 양분하고 있는 거대 조직이다. 강남에 일도연합, 강북에 한성회였다.

"……."

"만나잡니다."

"무슨 일일까?"

오지훈의 반문에 김막동이 피식 웃었다.

"이미 이 바닥엔 뒷골목까지 소문이 퍼졌을 거야. 궁금하겠지, 형님이. 조금 있으면 강남 애들에게도 연락이 올걸."

조민재가 김막동의 말에 의견을 덧붙였다.

"형님, 한 번은 만나봐야 합니다. 영업을 시작하려면 술도 여자도 필요합니다. 극진 놈들도 한서유통에서 공급받은 걸로 알고 있습니다."

김대경이 생각에 잠겨 있다 불쑥 말을 던졌다.

"내일부터 영업 시작해."

"아니, 형님. 아직 준비가……."

김막동이 놀라 나섰지만 김대경의 이어지는 말에 입을 다물었다.

"민재가 한성회에 찾아가서 공급 계약을 하고 물량을 받아와. 내일 당장."

그리고는 의문에 찬 부하들을 훑으면서 확신이 선 말투로 말했다.

"맹수의 냄새가 풍기면 짐승들은 모이지 않아. 똑같다. 한성회가 얼굴을 비추면 안방은 안전할 거야."

그 험한 지리산에서 맨발로 뛰어다니며 자란 김대경이다. 조직 세계가 야성의 습성과 다르지 않다 여겼다.

그가 강하게 말을 이었다.

"영업 개시와 동시에 총공세를 취한다. 천기랑 지훈이도 쉬는 걸 포기해야겠다. 바하마랑 판도라도 비워."

"몇 명이나 남겨둘까요?"

말뜻을 알아들은 김막동이 고개를 끄덕이며 물었다.

"영업부장만 남겨. 물건은 받아야지."

김대경의 맺음말을 끝으로 사내들은 어깨를 부풀리며 나갔다. 내일은 긴 하루가 될 것이다.

남양주 근처의 한식당에서 저녁을 들고 있던 이성철은 밥맛이 없는지 숟가락을 내려놓았다.

"성준아, 이거 처분해서 돈을 만들어라."

같이 밥을 들고 있는 이성기가 봉투를 받아 들었다. 그는 이성철의 사촌동생으로 호위대를 맡고 있으며 돈을 관리하는 역할을 했다.

건너가는 봉투를 보는 이성철의 표정은 떨떠름했다.

"그 빌딩을 팔게 될 줄이야. 쩝, 애들 모르게. 무슨 말인지 알지?"

"예, 형님."

조직의 부(富)는 보스에게 집중된다. 조직원들이 개인적으로 조그만 푼돈을 벌어도 보고를 해야 하는 것이다. 돈의 처분은 보스의 권한이었다. 조직원들이 딴주머니를 차면 냉혹한 응징이 가해졌다.

하지만 보스들의 재산은 부하들이 알 수가 없었다.

"급매를 해도 한 30억은 받을 수 있을 거야. 그 돈이면 저 찢어 죽일 놈들을 잡을 수 있어."

"그럼요, 형님. 백 명도 넘게 애들을 불러 모을 수 있습니다."

지방 조직들을 불러들이는 데도 돈이 든다. 용병식으로 움직이지 의리만 보고 오지는 않는다. 대조직처럼 힘이 있으면 다르지만.

그때 전화 벨이 울리자 그들의 시선이 식탁 위에 놓인 핸드폰으로 향했다. 이성철의 직통 전화다.

"나다."

'회장님, 놈들이 영업을 시작했습니다.'

팍 인상을 구긴 이성철이 이를 악물었다.

"간덩이가 부었구나. 밀고 들어가."

'저… 그런데… 그것이……'

"뭐가 그런데야! 밀어!"

'한성회 놈들이 나타나서……'

핸드폰을 든 채 굳어진 이성철은 멍했다. 여기서 저 이름이 나오면 안 된다.

그때 이성준이 전화를 받는 모습이 보였다. 그가 전화를 끊지도 않은 채 다급히 말했다.

"형님, 놈들이 쳐들어왔습니다!"

"어디?"

이성준의 목소리에 번쩍 고개를 쳐든 그는 당황한 기색이 역력했다.

"줄리랍니다. 지원해 달랍니다."

"승호 보내!"

버럭 소리친 이성철은 핸드폰을 입에 대었다.

"대기해!"

핸드폰을 끊고는 긴 숨을 내뱉으며 씹어뱉듯이 말했다.

"이 새끼들, 한성회와 손을 잡았구나."

생각할 겨를도 없이 또다시 핸드폰이 요란스럽게 울렸다.

"뭐야?"

버럭 소리부터 친 그는 더 이상 놀랄 겨를도 없었다.

'회장님! 월광입니다! 급합니다!'

"뭐, 월광? 승호는?"

'줄리에… 으헉!'

비명을 끝으로 부서지는 소리와 고함 소리만이 들렸다. 들려오는 목소리는 없어도 핸드폰을 들고 내릴 생각을 하지 못했다.

이름 꽤나 알려진 놈들이 모여 있어 이상하다 생각했는데 배후에 한성회가 있었다.

바하마는 전쟁을 시작하자마자 뺏기고 남은 주요 영업장 두 개가 동시에 공격을 받고 있었다. 오 년 동안 쌓아 올린 기반이 열흘 만에 흔들거렸다.

이를 부드득 간 이성철은 결정을 내렸다.

"줄리만은 지켜야 해! 월광은 포기한다! 애들 모아!"

지하 주차장으로 천천히 내려가는 김대경은 코트를 벗어 던졌다. 2월의 끝 자락이라 아직도 얼음이 얼지만 지금은 거추장스러울 뿐이었다.

구둣발 소리가 주차장에 울리자 내부로 들어가는 입구에 세워진 차 안에서 흉기를 든 사내들이 하나 둘 나타났다. 10여 명의 사내들이 긴장한 채 불청객을 노려보았다.

김대경의 뒤로 시커먼 그림자들이 하나 둘씩 생겨나더니 30여 명의 무리가 되었다. 다급히 한 사내가 건물로 뛰어 들어갔다. 지원군을 부르려는 것이다.

곧이어 비상구에서 수십 명의 사내들이 쏟아져 나왔지만 김대경의 발걸음은 거침이 없었다.

사내들의 우두머리처럼 보이는 사내가 씹어뱉듯이 소리쳤다.

"이 새끼들!"

그는 몸을 붕 띄우더니 김대경의 얼굴을 향해 발길을 날렸다. 전광석화 같은 동작이었다.

김대경이 미끄러지듯이 몸을 비켰을 때 다시 우측에서 번쩍이는 칼끝이 허리를 노리며 날아들었다. 허리를 틀어 칼날을 피한 그는 내지른 사내의 손목을 잡아끌면서 네 손가락을 모은 관수로 사내의 목을 내질렀다.

목을 부여잡고 쓰러지는 사내를 뒤로하고 몸을 돌려 날아오른 쇠뭉치의 아래를 잡고는 그놈의 사타구니를 걸어찼다.

게거품을 물고 넘어가는 사내를 타 넘은 김대경은 몸을 띄워 어느 놈의 관자놀이를 돌려 찼고, 땅에 발이 닿는 순간 발끝이 날아와 옆구리를 채였다. 아픔 같은 것은 느끼지도 못할 급박한 순간이었다.

한꺼번에 두세 명의 사내를 상대하는 김대경은 사내들의 공격을 막고 피하면서도 그가 내지른 주먹과 발은 정확히 급소를 가격했다. 그의 주위로 대여섯 명의 사내들이 쓰러져 있었다.

"우아아아악!"

주차장이 들썩거릴 정도로 쩌렁쩌렁한 외침이 울렸다. 길을 뚫는 김대경의 뒤를 받치는 신경식은 별명인 땅크처럼 무식했다. 공사판에서 뽑아온 듯한 팔 길이의 철근을 젓가락처럼 휘둘렀다. 철근에 조금이라도 닿은 사내들은 부위를 가리지 않고 깨져 나갔다.

바닥에 몸을 눕히는 극진파의 사내들이 늘어갈 때 급정거를 하는 타이어 파열음이 울리면서 대여섯 대의 차량이 주차장으로 들어왔다. 속도를 줄이지 않은 차가 그들을 향해 돌진해 왔다.

부하들이 옆으로 몸을 날려 피하고 두어 명을 들이받은 차가 180도 회전을 하며 멈춰 섰다. 극진파의 지원군이 온 것이다.

20명가량의 사내들이 튀어나오자 김대경은 재빨리 몸을 돌려 그쪽으로 뛰어갔다. 예상했던 일이다. 달려가며 허리춤을 훑은 그의 손엔 손가락만한 길이의 쇠꼬챙이가 들려 있었다.

손이 휘둘러지고 빛살처럼 날아간 쇠꼬챙이는 차 문을 열고 나오는 사내들의 다리에 깊숙이 박혔고, 그들의 무릎을 꿇게 만들었다.

"끄윽!"

"헉!"

"악!"

손짓 한 번에 여지없이 두세 명의 사내가 다리를 부여잡고 쓰러졌다.

마천기와 한바탕 접전을 벌여 한쪽 팔에 피를 흘리고 있던 임승호는 지원군의 불빛을 보고 화색이 돌았다가 순식간에 얼어붙었다.

유원지의 인형같이 장신의 사내가 손짓을 하면 마술처럼 픽픽 쓰러지는 것이었다. 그는 조금 전까지 피 튀기는 칼싸움을 잊어버린 채 멍하니 있었고, 마천기 또한 넋 놓고 있는 그를 공격하지 않았다.

김대경의 신기에 싸움은 멈춰졌고 어느덧 주차장은 침 삼키는 소리만 들렸다.

이태리제 고급 가구가 놓여진 대형 룸에는 푹신한 소파에 등을 기대고 있는 한 사내와 벽을 쭉 둘러싼 10여 명의 사내, 그리고 탁자를 치운 자리에 피칠을 한 사내가 꿇려져 있었다.

"임승호."

김대경의 낮은 목소리가 울리자 피칠을 한 사내가 고개를 들었다. 무표정하고 날카로운 인상을 가진 사내는 검은 눈동자를 들어 그를 똑바로 쳐다보았다.

"내가 김대경이다. 이제 내가 이곳 주인이다."

"졌소. 맘대로 하시오."

무릎 꿇고 있었지만 당당한 자세였고 눈빛이 살아 있었다.

"넌 이성철과는 다르구나. 그 쥐새끼는 겁에 질려 떨고 있을 거다."

"……."

"어디에 있느냐?"

"모르오."

그러자 턱을 치켜들고 있던 신경식이 한 발 나섰으나 김대경의 제지로 다시 들어갔다.

"밖에 잡혀 있는 네 부하들이 50명이다. 어떻게 했으면 좋겠나?"

무슨 의도냐는 듯 빤히 올려다보았으나 김대경의 얼굴에서 어떤 감정도 읽을 수 없었다.

"나만 은퇴시키고 동생들은 풀어주시오."

"다시 이성철이 밑으로 들어가면?"

"내가 약속을 받겠소이다. 정 못 믿겠으면 동생으로 받아주시오."

이제 김대경은 웃음을 짓고 있었다.

"내부에 적을 만들어놓으란 말이냐?"

"……."

"좋다. 동생이 되겠다는 놈은 받아주고 나머지는 풀어주마. 그 대신 네가 맡아라."

룸 안의 사내들은 일제히 김대경을 쳐다보았다. 웃음을 지운 김대경이 정색을 하며 말했다.

"저놈들이 허튼수작 부리지 못하게 네가 책임을 지란 말이다."

붕어처럼 입만 뻐끔거리는 임승호에게 다시 묵직한 음성이 들렸다.

"이성철은 백한만도 버렸어. 그놈은 내가 돌보고 있고, 곧 일어날 것이야."

이성철은 기혈이 막혀 시체처럼 누워 회복의 기미가 보이지 않는 백한만을 포기하고 호위하던 부하들만 거두어들였던 것이고, 김대경은 병 주고 약을 주었다.

뒷정리를 하러 부하들과 임승호가 김막동과 둘만 남았을 때 김막동이 조심스럽게 물어다.

"형님, 괜찮겠습니까?"

"뭐가?"

“한 번 배신한 놈은 다시 배신하게 되어 있습니다.”

쓴웃음을 지은 김대경이 김막동을 돌아보며 말했다.

“난 한평생을 멍청히 당했던 놈이다. 다신 당하지 않아. 그리고 결국은 당한 놈이 멍청한 놈이란 걸 알았다.”

다짐하듯이 말한 그는 씁쓸하게 웃었다.

“동생을 거느리다 보니까 아이들을 생각하게 되더구나. 어찌 보면 내 욕심에 너희가 다치는 거야.”

“무슨 말씀을 그리하십니까? 저희는…….”

“그래, 내가 벌린 일이고 책임을 져야 하는 몫이다. 임승호도 그럴 것이고. 그놈이 그런 책임감이 없으면 내가 사람 보는 눈이 없는 것이다.”

임승호는 극진파 조직원들에게서 가장 신임을 얻고 있는 간부였다. 백한만이 극진파에서 무력을 대표하는 간판이라면 임승호는 참모 타입에 가까운 어머니의 역할이었다. 조직과 조직원을 돌보고 사업체를 꾸리는 것이 그의 역할이었다.

조직은 과거와는 달리 많은 부분에서 양성화가 되어 있어 고학력을 갖춘 조직원들도 심심치 않게 볼 수 있었다.

임승호도 경영학과 출신에 특전사를 나와 문무를 겸비한 인재였다. 바하마가 최고의 클럽으로 떠오른 데는 그가 있었다.

백한만도 그렇고 임승호도 사람이 절실히 필요했던 김대경에게는 놓칠 수 없는 인재였다.

“누구나 구석에 몰리면 진면목이 나온다. 이성철은 자기 포장이 뛰어난 놈이었지만 이제 극진 애들도 다 알았다. 그놈이 비겁한 놈이라는 것을.”

자신의 과거를 빗대어 얘기를 하던 김대경은 그냥 웃음이 나왔다. 이 년 전 이맘때 자신은 지리산의 한 산골에서 밥을 지으면서 악귀의 손아귀에서 벗어날 궁리를 하고 있었던 것이다.

"나도 언젠가는 너희 그늘에 숨어 내 한 목숨 지키려고 버둥거릴지 모른다. 그때는 나를 치고 살길을 찾아라. 그건 배신이 아냐. 생존 본능이지."

"이성철은 이제 끝났다고 봐야 됩니다."

단정한 차림의 사내가 말하자 메기같이 두툼한 입술을 가진 사내가 툭 튀어나온 배에 각지 낀 손을 올려놓으며 말을 받았다.

"그렇지?"

"예, 사장님. 놈은 방심했습니다. 그보다 원빵 놈의 전략이 좋았습니다."

아직 김대경에 대해 몰라 싸울 때 한 방에 한 명씩 눕혔다는 의미로 원빵이란 별명으로 불렀다.

"본격적인 전쟁에 들어가기 전에 적지에 거점을 마련했고, 이성철의 팔다리를 다 잘랐습니다. 하룻밤 새에 여섯 중 네 개의 기둥을 무너뜨렸으니 와르르 무너지는 것은 당연합니다."

손짓까지 곁들여 보고를 하는 말쑥한 인상의 사내는 메기입사내를 쳐다보며 말을 이었다.

"게다가 이성철은 숫자만 믿고 전면에 나서지 않았지요. 그게 가장 큰 실수입니다. 그놈은, 그 뭐냐, 짱개 놈들처럼 인해전술로 야금야금 원빵 놈의 전력을 깎아먹고 지쳤을 때 한 번에 덮치려고 한 것 같은데, 팔다리가 남아 있었다면 전처럼 그들이 구심점이 되어 영업장을 잃지 않고 싸웠을 것이나, 머리가 없는 이리 떼는 호랑이 한 마리를 당하지 못합니다.”

“그런가? 그런데 이 새끼야, 너는 왜 그런 생각을 진즉에 못했어? 그랬으면 지금 일산에 들어가 있는 것은 나 아냐!”

일산 전쟁을 면밀히 분석해 보고를 올리던 사내는 저쪽은 골 빈 메기가 아니라 여우의 머리를 가진 호랑이라고 하고 싶은 말이 목구멍까지 치솟았으나 살기 위해 참아야 했다. 성질 더러운 메기한테 물리면 자신만 손해였다.

“원빵 놈들은 갑자기 하늘에서 떨어진 놈이고 우리야 옆집에 살고 있는데 이성철이도 다 알고 있지 않습니까? 저런 방법이 통할 리 없지요.”

“그래서 어떻게 하라고? 본론만 말해, 새꺄!”

호시탐탐 노리고 있던 먹음직한 먹이를 이름도 모르는 놈에게 빼앗긴 메기는 심사가 곱지 못했다.

“이성철을 만나십시오.”

“그 새끼는 끝장난 놈이라며.”

“아직 쓸모는 있습니다. 이왕 폐기될 놈인데 쓸데까지는 써먹어야지요.”

40대 중반의 건장한 사내가 몸을 일으켜 메기입에 허리가 50인치는 되어 보이는 드럼통 같은 사내에게 허리를 숙였다.

“오랜만에 뵙습니다, 우 사장님.”

“그래, 이 사장. 개업식 때 보고 처음인가?”

“자주 찾아뵀어야 하는데 시간이 여의치 않았습니다.”

김포에서 인천으로 나가는 길가의 개고기집이다. 원두막처럼 만들어진 외실에 이성철과 부천의 우진만이 마주 보고 앉았다.

우진만이 지나가는 투로 말했다.

"그래, 소식은 들었어. 고생하고 있다고."

"잠시 밀리는 겁니다. 지금도 지방에서 동생들이 올라오고 있습니다. 내일이면 백 명도 넘습니다."

개고기를 장에 찍어 큼지막한 입에 가득 넣어 씹으면서 우진만이 물었다.

"그건 그렇고, 날 보자고 한 얘기나 들어보세."

"형님, 조금만 도와주십시오. 줄리를 드리지요."

우진만이 관심이 없다는 듯이 고기를 먹으며 퉁명스럽게 말했다.

"글쎄, 그 원빵이란 놈이 동생 영업장을 다 먹었다고 하던데……."

"겉만 차지하고 있는 겁니다. 장부도 그렇고 영업권은 제가 가지고 있습니다. 제 도장 없이는 그놈은 아무것도 못합니다."

"내가 옆에서 치고 들어와 달란 말인가?"

이제야 조금 관심을 보이는 듯하자 이성철의 말이 빨라졌다.

"그렇지요. 그렇게만 해주신다면… 반을 떼어드리겠습니다."

이성철은 이틀이 지난 후에야 자신이 속았다는 것을 알았다. 한성회는 그들과 연관이 없었다.

월광과 줄리를 포기하고 빈집을 노렸어야 하는데, 그곳을 한성회가 막아주는 줄로 오판을 하였다. 그때 바하마와 판도라는 텅 비어 있었다.

자신은 그런 모험을 하지 못하기에 전화 한 통이면 확인이 되는 것을 새까맣게 속은 것이다. 본거지를 비우고 총공세를 할 줄은 생각지도 못했다.

우성철이 입맛을 다시며 말했다.

"줄리에서 반이라……. 흠, 솔직히 욕심이 나긴 하네만……."

"줄리 하나만 해도 하루에 2천만 원을 벌어들입니다. 한 달이면 5억은 나옵니다."

"허허, 그걸 누가 모르는가?

"지금 몇 놈이 그놈 밑으로 들어가 있는 걸로 보여도 저와 연락이 됩니다. 제가 다시 밀고 들어가면 다 제 밑으로 모여들 겁니다. 아니, 안에서 치고 나옵니다."

"하하, 글쎄, 그게 그러니깐 말이야……."

우진만이 짐짓 난처한 기색을 보일 때 문 밖에서 인기척이 났다.

"동생이 왔나 보구면."

"동생이라뇨? 누굴?"

"근자에 멋진 동생을 하나 두었지. 김 사장, 들어오시게."

문이 열리며 무표정한 장신의 사내가 들어서자 눈이 점점 커진 이성철은 이를 악물었다. 그리고는 재빨리 창으로 몸을 날렸다.

와장창!

창을 부수고 도망치는 그를 보고도 우진만과 김대경은 가만히 있었다.

"찬바람이 들어오는구면."

"일어나시죠, 우 사장님. 제가 좋은 자리로 안내하겠습니다."

"그럴까?"

부천의 3대 조직 중 하나인 흑호를 이끄는 우진만은 손익 계산을 다 하고 결정을 내렸다. 지금 대세는 이 앞에 선 장신의 사내에게 가 있었다.

　정발산역 근처의 빌딩 옥상이었다. 별동대를 대동한 김대경이 김막동과 신경식을 거느리고 야경을 감상하고 있었다. 이른 새벽 시간이라 지나가는 차들은 별로 눈에 띄지 않았다.

　"저기가 호수공원이고 저쪽이 김포입니다. 이쪽으로 쭉 가면 서울이구요. 신촌과 홍대 일대를 먼저 접하게 됩니다. 서울의 노른자 중 한곳이죠."

　김막동이 손짓을 하며 말하자 신경식이 거들고 나섰다.

　"그래도 1번지 종로에 비하면 아직 미흡하죠."

　"여기는 강서와 강북이 맞닿는 곳이라 볼 수 있습니다. 한성회가 종로를 본거지로 하고 신촌까지 잡고 있지만, 영등포는 전통적으로 센 지역이라 다스리지 못합니다. 부천이나 형님이 약속하신 김포도 마찬가지구요."

　김대경은 우진만에게 같이 김포를 접수하고 관리는 우진만에게 넘긴다는 약속을 했다.

　파주의 용주골은 오지훈의 구역이었다. 파주와 고양은 김대경의 세력권이고, 인천과의 중간 지점인 김포를 이성철의 대가로 도모하기로 한 것이다.

　일산과 김포는 이권으로 보면 비교가 되지 않지만 양쪽 다 개발하는 신도시이고, 김포를 건너뛰고 일산에 자리를 잡기엔 힘을 분산하게 되는 위험이 있었다. 인천과 접하고 있는 우진만은 실리보다는 안전을 선택했다.

　"얼마나 됐지?"

김대경이 서울 쪽에 시선을 두고 나지막이 물었다. 조민재가 나서서 재빨리 대답했다.

"30분 되었습니다."

"끌어 올려."

조민재가 부하들에게 손짓을 하자 옥상 밖으로 늘어진 밧줄을 잡아당겼다. 밧줄에 다리가 묶인 인형이 줄 끊어진 목각 인형처럼 양팔을 휘저으며 줄을 따라 올라왔다.

"어흑! 어윽!"

칼날 같은 늦겨울 바람에 새파랗게 질린 인형은 덜덜 떨면서 턱이 빠진 채 침을 흘리고 있었다.

"이성철."

단지 이름만 불렀을 뿐인데 다음 말을 알아듣기라도 하듯 이성철은 목이 부러져라 고개를 끄덕였다.

처음엔 턱이 빠진 채 한 번, 다음은 한쪽 팔이, 그리고 반대쪽 팔마저 빠진 채 두 시간 가까이 칼바람 속에 매달려 있었다.

김대경의 눈짓을 받은 조민재가 핸드폰을 들었고, 5분도 지나지 않아 서류 가방을 든 50대 초반의 사내가 임승호와 함께 들어왔다.

"인사하십시오. 사장님입니다."

"처음 뵙겠습니다. 신 변호사입니다."

사태를 이미 알고 있는 듯이 신동인은 담담한 표정이었다. 살짝 고개를 끄덕여 인사를 대신한 김대경은 몸을 돌려 이성철을 보았다.

몸짓의 의미를 파악한 신동인은 서류 가방에서 한 뭉치 서류를 들고는 흘린 땀마저 얼어버려 동태 꼴이 된 이성철에게 다가가 서류를 내밀었다.

"이건 임야, 이건 빌딩, 이건 영업장 양도 문서입니다. 확인해 보시고 사인해 주십시오. 제가 보관하고 있던 슬롯머신 지분은 이미 넘겼고, 사장님 금고에 무기명 양도 증서도 마찬가지입니다. 춘천 근방의 전원주택은 사장님 노후를 위해 남겨두었습니다. 서명하시죠.”

이성철의 고문 변호사인 신동인은 전쟁이 터지자 몸을 피했다가 안정이 되었다는 임승호의 연락을 받고 올리온 것이다.

신동인과 함께 이성철의 재산을 확인하던 임승호는 심한 배신감에 몸을 떨었다. 은닉한 재산이 상상을 초월하는 것이다.

슬롯머신 지분은 내부를 관리하는 임승호조차 몰랐던 것이고 강북의 빌딩은 얼마 전 경매로 나온 매물을 가로채서 헐값에 넘긴 것으로 알고 있었는데 이성철의 외가 쪽 이름으로 올라 있었다.

행동대원들은 일반 회사원보다 적은 돈을 받는다. 그것도 정기적인 월급이 아니라 가끔 용돈을 쥐어주는 형태였다.

악으로 깡으로를 외치며 배고픈 맹수가 되어야 한다고 부하들을 다독거리던 이성철은 초기의 기세를 잃고 배부른 돼지가 되어 있었다.

“안녕하십니까? 김대경입니다.”

“아, 젊은 분이라고 들었는데… 젊은 나이에 이리 성공을 하시다니 대단하십니다.”

상고 출신의 조근식은 사회 첫발을 은행원으로 시작해 얼마 전 인원 감축으로 인해 40대 중반의 나이에 퇴직을 했다.

자식들이 대학생과 고등학생으로 들어갈 돈이 만만치 않았고, 아직 활동할 나이기에 경력 사원으로 이력서를 넣었지만 받아주는 곳이 없었다.

퇴직금과 모아둔 적금으로 장사를 시작하려 했으나 은행 안에서 획

일적 업무만 보던 그는 연이은 실패를 맛보았다. 그때 안면이 있던 신동인에게 연락이 온 것이다.

김대경이 말했다.

"은행에서 잔뼈가 굵으신 분이라 들었습니다."

"20년을 금융 밥을 먹었습니다. 그쪽 계통은 눈 감고도 압니다."

자신감이 배어 있는 음성이다. 김대경이 고개를 끄덕이며 물었다.

"마음에 드는군요. 좋습니다. 저와 일을 해보지 않겠습니까?"

긴장한 조근식은 침을 삼켰다.

"저 사장님. 어떤 일을?"

"협동조합식의 사금융을 하나 차릴까 합니다. 법률적인 문제는 여기 계신 신 변호사가 책임을 지실 거고."

그러자 넉넉한 몸집의 신동인이 고개를 숙였다.

"운영은 조 사장이 맡아주세요."

김대경의 부드러운 눈빛을 받은 조근식이 벌린 입을 다물었다.

"자본금도 준비가 되었어요. 사업장은 이 건물에 마련하세요. 가입할 조합원도 많습니다."

"예, 바로 시작하겠습니다. 전화 한 통화면 일할 사람을 20명도 구할 수 있습니다."

들뜬 조근식이 수첩을 꺼내 들었다. 바로 전호를 할 태세였다.

조근식이 문을 열고 나가며 핸드폰 버튼을 누르는 모습을 보곤 김대경이 말했다.

"신 변호사, 고맙습니다. 괜찮은 사람 같군요. 일할 의욕이 넘쳐 보입니다."

"불황이어서 그렇지 40대면 한참 일할 나이입니다. 우리 세대가 이

나라를 이만큼 발전시켜 놓은 것이죠.”

엷은 웃음을 짓고 있는 김대경에게 다시 한 번 고개를 숙인 신동인이 말했다.

“저를 믿어주셔서 감사합니다.”

“주고받는 겁니다. 신 변호사는 변호사 일을 하고 난 내 일을 하고 말입니다. 경찰에 줄을 대어보세요. 이사를 왔는데 인사는 해야지요.”

“이미 얘기 되어 있습니다. 이곳엔 후배들이 많습니다. 근처에 사법연수원도 있지 않습니까.”

고검장 출신 신동인은 옷을 벗고 변호사를 개업한 지 오 년 차였다.

“무슨 일일까?”

“글쎄, 이거 찬밥 신세가 되지 않을까 모르겠네?”

한창 활동하는 밤이 아닌 대낮에 바하마에 모인 사내들은 긴장한 표정이 역력했다. 연락을 받고 나온 이들은 대부분 극진파에 속해 있던 사내들이다.

병원에서 퇴원한 백한만과 임승호가 태경회에 들어갔다 해도 자신들은 적대 조직이었던 터라 그들만 따로 모으자 불안했던 것이다.

김대경은 이성철에게서 흡수한 조직원들은 분산시켰다. 뭉쳐 있으면 딴마음을 먹을지 모르기에 김막동의 건의로 그렇게 한 것인데, 백한만에게는 기존 조직원을 떼어주었고 임승호는 별동대로 자리를 옮겼다.

조민재는 따로 날랜 사내들을 뽑아 김대경의 호위 조직인 친위대를 만들었다.

태경상사를 창립한 김대경은 사장으로, 감막동은 상무 자리에 앉았고 전무에 오지훈이, 그리고 신경식, 마천기, 백한만은 부장의 직위를 받았다. 기존의 각 조직 부두목들은 차장으로 앉히고 행동대장들은 과장이었다.

조직의 자금을 투자해 세운 일성협동조합은 태경상사와 분리되어 전문 경영인인 조근식이 사장이 되었고, 신동인은 법률 고문을 차지했다. 태경회의 고문 변호사가 된 것이다.

김대경을 필두로 태경회의 일곱 고위 간부들이 무대에 오르자 웅성거리던 부하들은 입을 다물었다.

김대경은 칠십여 명의 사내들을 둘러보았다. 그리고는 낮지만 뒤에 있는 부하들에게까지 또렷이 들릴 묵직한 목소리를 내었다.

"내가 누군지 알 것이다."

"예, 큰형님!"

부하들은 일제히 허리를 접으며 우렁차게 대답했다.

"이성철도 잡혔고 곧 일산은 안정된다. 너희는 자의 반 타의 반으로 내 밑으로 들어왔을 것이다. 기회를 주겠다. 떠날 사람은 떠나라. 보복 따위는 없을 것이라 약속한다. 남는다면 차별없이 동생으로 받아주겠다."

홀 안은 쥐 죽은 듯 고요했다. 침 삼키는 소리도 들리지 않았다.

"좋다. 너희는 지금 이 순간부터 내 동생들이다."

그 말을 끝으로 김대경은 몸을 돌려 나갔고, 백한만과 임승호만 남고 간부들은 그의 뒤를 따랐다.

백한만이 환한 미소를 짓고는 앞으로 나섰다.

"쉐리들, 탁월한 선택이여. 흐미, 가슴이 조마조마해서 디지는 줄 알았당께. 야, 옆차기하고 물개, 만득이, 문어대가리, 앞으로 나와."

　호명을 받은 네 사내가 뛰어나와 일사분란하게 무대 앞에 도열했다.

　"이거 받아."

　백한만이 내미는 서류를 공손히 받아 든 사내들은 다음 말을 기다렸다.

　백한만을 대신해 가슴을 편 임승호가 소리쳤다.

　"지금 나누어 주는 것은 주식이다. 주식이 뭔지는 알지, 이 무식한 놈들아?"

　"예, 압니다."

　웃음기가 감도는 목소리다. 악의없는 말이라는 것을 안다.

　"큰형님이 감사하게도 조직의 재산을 나누셨다. 이건 일성협동조합의 주식이고, 너희는 모두 조합원이다. 또한 막내까지도 이천만 원 상당의 주식을 받는다."

　갑자기 홀 안이 웅성거리며 소란스러워지자 임승호가 발을 굴렀다.

　쿵쿵!

　"시끄러, 이 새끼들아! 아직 말 안 끝났다!"

　순식간에 조용해졌다. 그가 말을 이었다.

　"조직에서 벌어들이는 돈은 모두 조합으로 들어가서 돈을 불릴 것이고, 당장 그 주식을 팔아도 현금이 되지만 배당금이 너희에게 떨어진다. 많이 벌면 더 많은 돈이 너희 손에 쥐어진다는 소리다. 알아들어?"

　"예, 형님! 감사합니다!"

　"감사는 큰형님께 드리고, 네놈들이 떠났으면 내 재산이 더 늘 텐데 한 놈도 가지 않고 버티니 가슴이 아프다, 이놈들아!"

“와아아아!

“하하하!”

임승호가 환호하는 부하들을 둘러보며 말했다.

“너희는 운이 좋다. 나도 마찬가지고.”

“거기 안 서, 이 씨발 놈아! 잡히면 죽어!”

바하마 클럽을 구르듯이 빠져나온 사내가 뒤를 돌아보며 소리쳤다.

“아니, 형님, 갑자기 왜 그러십니까?”

인도의 사람들을 밀치며 쏜살같이 달려가는 사내는 연신 뒤를 돌아보았다.

“일단 서라니깐! 좆만한 새끼가 졸라 빠르네!”

투덜거리면서도 뒤를 쫓는 건장한 두 사내는 발걸음을 멈추지 않았다.

도망치는 사내는 건물을 끼고 골목길에 들어서자마자 시커먼 그림자에 부딪쳐 바닥을 굴렀고, 사방에서 모여든 덩치들에게 둘러싸였다.

“이 쥐새끼 같은 놈, 날 10분이나 뛰게 만들어? 죽어, 이 새끼야!”

숨이 넘어갈 듯 쫓아온 사내가 숨을 몰아쉬며 발을 날려 힘껏 옆구리를 걷어찼다.

“아이고! 나 죽네! 사람 살려!”

얼굴을 두 손으로 가린 도망치다 잡힌 사내는 거리가 떠나가도록 비명을 질렀다. 하지만 큰길가의 행인들은 한 번 슬쩍 보고는 발길을 재촉했다.

“그 새끼냐?”

어느 틈에 깔끔한 정장을 입은 사내가 다가와 말했다. 백한만의 직속 부하인 김주영이었다. 이들은 바하마를 맡고 있는 부하들이었다.

비명을 지르는 사내를 둘러싼 세 명의 사내가 허리를 숙였다.

"예, 과장님. 이놈이 근천이란 놈입니다."

전 같으면 형님이라 불렀을 테지만 이젠 과장이다.

"주둥이 막고 끌고 와."

매몰차게 말한 김주영은 몸을 돌렸다.

"이 새끼, 넌 죽었어!"

힘겹게 쫓아왔던 부하가 나서면서 말했다.

"으아악! 사람 살려!"

구둣발에 머리를 채인 사내가 뒹굴면서 다시 악을 썼지만 짧게 깎은 머리에 건장한 사내들이 있는 곳으로 들어오는 행인은 없었다.

"이 약장사 새끼가 뭐가 잘났다고 소리를 질러!"

연이어 사내들의 발길과 주먹이 날았고, 뭇매를 당하는 사내는 입을 다물었다.

이젠 태경빌딩으로 간판을 바꾸어 단 빌딩 지하에 몰매를 맞은 사내가 끌려온 건 30분이 지난 후였다.

약장수를 잡아와 심문하는 것은 김대경이 직접 하기에 김주영과 부하들은 긴장한 채 문이 열리기를 기다렸다.

철컹 소리가 들리고 보일러실의 쇠문이 열리며 강인한 인상의 사내가 들어오자 일제히 허리를 접었다.

"안녕하십니까?"

부하들의 인사에 고개를 살짝 끄덕인 김대경이 탁자로 다가갔다. 그 위에는 갖가지 알약과 가루 봉지가 놓여 있었다.

자세를 바로 한 김주영이 옆에 다가가 섰다.

"이게 엑시터시입니다. 이건 야바입니다."

알약을 가리키다가 손가락 마디만한 비닐 포장이 된 가루로 손짓을 옮겼다.

"이건 히로뽕인데 저놈은 알약뿐만 아니라 가루까지 취급을 했습니다."

잡혀온 사내가 약장수라는 것을 바하마에 있는 조직원들은 예전부터 알고 있었다. 이성철이 허락을 해주었기에 판매가 가능했던 것이다. 그가 자릿세로 마약 조직에게 일정액을 상납받았다는 것은 얼마 전에 드러났다.

김대경이 고개를 들어 의자에 묶인 채 고개를 떨구고 있는 사내를 보았다.

"윗선은?"

"죄송합니다. 저놈도 전화로만 통화를 해서 잡아오지 못했습니다."

"수고들했어."

김대경이 김주영의 어깨를 두드려 주고는 의자로 다가갔다.

"고개 들어."

시퍼렇게 피멍이 들고 탱탱 부은 얼굴이 김대경의 눈앞에 드러났다.

"너네 뭐라고 불러?"

"그, 그런 거 없습니다."

사내가 떨리는 음성으로 대답했다.

"없다? 점조직이라는 건가?"

긴장이 조금 풀어진 김주영이 재빨리 덧붙였다.

“예. 그렇습니다, 사장님. 점조직으로 되어 있어 저놈도 도매상 하나밖에 모릅니다.”

“그놈은 어디서 만나나?”

이가 빠졌는지 사내가 바람 빠지는 소리를 내었다.

“신촌에서…….”

몸을 돌린 김대경이 김주영을 보았다.

“이놈 치료해 주고 신촌에 데려가서 도매상을 잡아와. 그리고 영업장에 있는 애들한테 전해. 단 한 알이라도 돌면 각오하라고 말이야.”

태경회는 일산 중심가를 장악하자마자 외곽의 잔가지들을 쳐내고 확고히 세력을 굳히기 시작했다.

이미 극진파의 뼈대를 만든 적이 있던 임승호와 김막동이 내부를 정리하였다. 두 달 정도가 지난 후부턴 주요 영업장이 궤도에 올라 정상적으로 돌아가기 시작했고, 공을 세워야 하는 백한만과 신경식, 그리고 파주 용주골에 기반이 있던 오지훈이 나서서 파주와 고양시 일대를 장악했다.

본격적으로 내, 외부 정리를 마치고 김대경은 바로 구역 내 약장수들을 잡아들였다.

마약상의 거대 공급처를 알아내기는 힘들었다. 대부분이 소매상이나 개인 판매상이었고, 거래처가 정해져 있지 않았다.

단지 단편적인 것만 얻었는데 지금은 약이 풀리지 않아 값이 많이 올랐다는 정보를 들었고, 김대경은 풀릴 시점을 기다리고 있었다.

지하실 계단을 오르던 김대경이 걸음을 멈추고는 고개를 숙이고 있는 한 부하를 돌아보았다.

“이름이… 기성이던가?”

"예, 그렇습니다!"

극진파 계열로 김주영의 아랫동생이었다. 중간 간부급도 아니었던 현기성은 목이 터져라 대답했다. 큰형님이 자신의 이름을 알고 있었던 것이다.

김대경이 그의 어깨에 손을 올리며 말했다.

"상처는 괜찮나?"

극진과의 전쟁시 다리에 칼을 찔렸었다. 현기성은 깜짝 놀라 대답했다.

"상처도 남지 않았습니다."

"그래, 고생했다."

어깨를 두드려 준 김대경이 발을 옮겼을 때 커다란 목소리가 따랐다.

"감사합니다!"

요정(料亭)은 원래 우리 나라 전통의 기생집이다. 이곳은 한식으로 술을 차려놓고 전통 악기로 연주하며 여자들이 술 시중을 드는 곳으로 최근엔 많이 사라졌지만 한때는 일부 정치적인 중대 사항이 결정되는 장소이기도 했다.

5·16 군사정변 전까지만 해도 고급 요정이 서울 도처에 있었다. 그 비밀 요정들은 돈 많은 기업인들이나 정치인들이 주로 이용하였고, 주인 마담에게 사전에 예약을 잡고 드나들 수 있었다.

지금도 요정들은 그 명맥을 유지하고 있었다. 현재 종로와 강남에도 몇몇의 비즈니스 요정이 있는데 술값도 문제이거니와 상류층의 인사 아니면 받지도 않았다.

아직도 술 시중을 드는 여인들은 한복 차림이지만 창이라든가 전통 악기도 사라졌고 전통 술 대신 고급 양주가 자리를 차지했다.

종각의 한 요정 안이다. 식사를 마친 김대경은 상이 나가고 술상을 새로 받았다. 한복을 곱게 차려입은 20대 초반의 아가씨가 다소곳이 술을 따랐다.

"김 사장은 요정이 처음인가?"

마주 앉은 푸근한 인상의 사내가 묻자 잔을 내려놓은 김대경이 짧게 대답했다.

"예."

"큰일을 하려면 이런 곳도 알아두어야 하네. 너희는 잠시 나가 있거라."

아가씨들을 내보낸 초로의 사내가 웃음을 짓고는 김대경을 빤히 쳐다보았다.

"김 사장을 보면 내 젊을 때 모습이 떠올라. 종횡무진 이 바닥을 누비고 다녔지. 지금의 자네처럼 말이야."

술잔을 입에 대고 다시 내려놓은 사내가 말을 이었다.

"과거엔 낭만이 있었어, 이 바닥에. 지금은 언제 뒤에서 칼을 맞을지 몰라 전전긍긍하고 있지만 말이야. 자네 참 재미있는 친구더구먼. 과거도 없이 하늘에서 뚝 떨어진 데다가 아웃사이더들을 규합해 동생으로 삼고, 게다가 너구리 같은 놈들이 침을 질질 흘리고 있는 명당 자리를 하루아침에 꿀꺽하고 말이야. 자네, 도대체 누구인가?"

"김대경입니다."

당연하다는 듯이 말을 하는 김대경을 보며 사내는 너털웃음을 터뜨렸다.

"하하하, 우문에 현답이구먼. 그렇지. 자넨 김대경이지. 그 누구도
아니고 말이야."

무엇이 그리 즐거운지 한참을 웃던 사내가 이내 표정을 바꾸었다.

"자네, 어디까지 올라갈 생각인가?"

사내의 강한 눈빛을 받은 김대경이 담담히 말했다.

"목표를 이룰 때까지입니다."

"그 목표가 어딘가?"

"죄송합니다. 그건 말씀드릴 수가 없습니다."

사내는 피식 웃었다. 자신의 앞에서 저리 당당히 말하는 사내를 오
랜만에 본 것이다.

한성회 회장 이한성은 일산의 전쟁 과정을 처음부터 보고받았다. 지
방의 군소 조직들이 힘을 합쳐 쳐들어온 줄로만 알았는데 그 길들여지
지 않은 야생 들개들 정점에 한 사내가 있었다.

그 사내는 자신이 관심을 가질 만큼 뛰어났다. 일신의 실력 또한 그
랬고, 전광석화같이 밀어붙이는 추진력이 그랬고, 맨 앞에 나서서 부하
를 이끄는 모습이 그랬다.

또한 힘만 앞세운 게 아니라 전략도 뛰어났다. 더구나 뒷수습은 어
떠한가? 말 그대로 순식간에 상대 조직을 흡수하고 충성심을 얻어내었
다. 볼수록 탐이 나는 젊은이였다.

"훗훗, 기분 나쁘게는 생각하지 말고, 전혀 기록이 없어 애를 먹었지
만 자네에 대해 좀 알아보았네. 작년에 직업훈련원을 도중에 그만 두
고 일 년 만에 나타나 일산을 얻었더구먼. 훈련원에 알아보니 자네를
그곳에 넣어준 사람이 남부서에 김태수 형사더군. 그전의 기록은 없어
무엇을 했는지 모르겠네. 지금 김태수는 병원에 누워 있고, 그를 돌봐

주는 자네가 조직의 우두머리가 됐다. 필유곡절(必有曲折)이라……. 마약, 맞나?"

굳은 얼굴의 김대경은 고개를 끄덕였다.

"허허, 그리 잡아먹을 듯이 노려보지 말게. 난 약에는 손을 대지 않는다네. 아무리 돈이 좋아도 제 동포를 곯게 만드는 짓은 하지 않아."

"저는 제가 죽는 한이 있어도 그놈들을 잡을 겁니다."

"그럴 거야. 아무렴, 그래야 사내라고 할 수 있지. 내가 도움을 주겠네."

"회장님 밑으로 들어가란 말입니까?"

"나야 그러면 좋겠지만."

말을 끊은 이한성이 정색하고 말을 이었다.

"자네와 나 사이는 둘만의 비밀이네. 자네는 내가 꼬쟁이 깊은 곳, 여기 쌍방울 옆에 숨겨둔 히든카드가 되어달란 말일세. 무슨 말인지 알겠는가?"

제5장

단초(端初)

단초
端初

　　붉은 노을이 내려앉은 세상은 타오르는 듯했다. 재벌가 회장 못지않게 넓고 잘 꾸며진 방 안에서 한 사내가 전면 유리를 통해 들어오는 햇살을 맞으며 창가에 서 있었다. 장신에 떡 벌어진 어깨, 그렇지만 비만하지 않은 잘빠진 체구다. 김대경이었다.

　　이성철이 쓰던 사무실을 그대로 쓰고 있어 산골에서 자란 그는 더없이 화려한 사무실이 어색하기만 했다.

　　10층 빌딩에서 내려다보는 도시의 숲은 연병장의 병사처럼 질서정연한 모습이다. 반듯한 고층 빌딩과 아파트 단지가 그의 시야를 차지하고 있었다.

　　한참을 미동도 없이 깊은 고뇌에 잠겨 있던 김대경이 몸을 돌려 햇살을 등졌다.

　　"민재야."

“예, 형님.”

소파에 앉아 분위기에 휩쓸려 숨죽이고 있던 조민재가 튕기듯이 일어났다.

“전에 네가 한 말, 기억하느냐?”

“어떤 말씀을?”

“이 바닥에 발을 담그면 빼기가 쉽지 않다는 말.”

신림동 사무실에서 나가는 김대경을 보고 혼잣말로 뱉은 말이다. 깜짝 놀란 조민재는 쑥스러운 듯이 뒷머리를 긁적였다.

“들으셨습니까?”

“아무것도 모르던 시골 촌놈이 빌딩 숲에서 한곳을 차지하고 서 있고, 2백 명의 동생을 책임져야 하는 위치에 올랐다. 이제 네 말대로 빼도 박도 못하게 되었다. 자, 그럼 이제 어떻게 할까?”

우물쭈물하는 조민재를 가만히 쳐다보다 김대경은 피식 웃었다.

“도망칠 수 없다면 앞으로 나가야 되겠지.”

김대경은 푹신한 고급 소파에 몸을 묻으며 말했다.

“간부를 소집해라. 조 사장과 신 변호사에게도 연락하고.”

한 시간 정도가 지나자 횅하던 사무실은 건장한 사내들로 가득 찼다. 태경회의 오인방과 일성협동조합의 두 간부, 별동대의 임승호까지 다 모여 있었다.

불쑥 김대경이 말을 던졌다.

“신 고문, 법률적인 문제는 이상 없습니까?”

김대경은 공적인 회의장에서는 존댓말을 썼다. 아버지뻘 되는 나이이기도 하지만 체계를 잡기 위해 신동인의 조언을 받아들인 것이다.

존댓말은 서로를 존중해 주는 의미도 있다.

"예, 토건과 유통, 조합 모두 등록을 마쳤습니다. 합법적인 사업체입니다."

"난 세금을 똑바로 내는 사람이 될 겁니다."

그러자 썰렁하던 사무실 안이 금방 훈훈해졌다. 김대경은 진심으로 말한 거지만 사내들은 농담으로 들은 것이다.

일반 기업체도 탈세를 하지 않는 곳을 찾기 힘든데 그들은 말할 것도 없다. 조직의 주 수입원 중의 하나가 무자료 주류 유통업이다.

태경상사는 인력 공급을 맡는 프로덕션과 토건, 유통, 조합으로 나누어져 있었다.

태경토건은 건설업으로 등록되어 있었다. 건설 자재 납품 사업은 전부터 해오던 일이기에 문제가 없었다. 고양시와 김포는 하루가 다르게 변하고 있어 일거리는 많았다.

지방의 군소 조직을 제하면 대형 조직들은 대개가 양지로 올라와 기업화되어 있었다. 보스나 두목이란 말은 역사의 뒤안길로 사라지고 기업군을 내세운 기업가이다.

조직 간 전쟁 시에도 일반인의 눈을 피해 일어나고, 예전처럼 선명하게 드러나는 무력 충돌은 서로가 원하지 않았다. 단체끼리의 싸움이 터지면 군, 관 할 것 없이 출동해 행동대원부터 두목까지 모두 잡아넣을 수가 있었다.

이번 전쟁 시에도 셔터를 내리고 밖에 내부 수리라고 붙인 채 안에서는 피 터지는 싸움을 했다. 전장이 밖이면 청소부라도 된 것처럼 깨끗이 뒷정리를 하고 떠났다. 피는 흘려 있어도 부상당한 사람은 적아를 가리지 않고 데려가는 것이다.

웃음소리가 잦아질 즈음 김대경이 오지훈을 보며 말했다.

"오 전무, 입찰에 개입하는 일은 삼가하세요. 우리는 시작 단계입니다. 관의 눈총을 받아 좋을 일은 없습니다."

납품 입찰에 참여해 경쟁 업체를 아예 입찰장에 들어오지 못하게 하는 일이나 폭력을 행사해 입찰 가격을 알아내는 등의 일을 말하는 것이다.

"예, 지시 내리겠습니다."

"그리고 조 사장, 조합 운영은 전적으로 조 사장에게 맡기겠습니다. 소신대로 하세요."

김대경의 눈길이 태경 오인방을 훑었다.

"우린 사채업자가 아니오. 태경은 일성에 간섭을 금합니다."

그의 눈길을 받는 간부는 없었다. 조직의 자금으로 만들어진 조합이기에 모두 조근식을 아랫사람으로 여기고 운영에 대해 전화 한두 통은 했던 것이다.

"그리고 임 부장은 집을 알아봐야겠어요."

김대경은 이한성이 김태수의 얘기를 꺼낼 때 심장이 내려앉는 기분이었다. 그가 호의를 가지고 있지 않은 적이었다면 김태수도 위험에 처할 수 있는 상황이었다.

"사장님이 머무르실 집은 이미 준비가 되었습니다."

고개를 저은 김대경은 좌중을 둘러보았다.

"나만이 아니고 간부도 그렇고 직원들도 모두가 지방 출신 아닙니까? 강원도에 경상도, 전라도까지 다 있습니다. 돈만 있으면 저기 아파트 단지 하나 사들이고 싶은데……."

그러면서 조근식을 보자 그는 말도 안 된다는 식으로 열심히 고개를 젓고 있었다.

"가능한 서로 가까운 데서 의지하며 살 수 있도록 알아보세요."

"그런데 혀, 사장님, 우리가 수배라도 받게 되면 어떻게 합니까? 한꺼번에 다 잡히는데요?"

오지훈이 고심이 가득 담긴 표정으로 말하자 신경식이 고개를 끄덕였다.

"우리는 도망가도 가족들은 살아야 할 거 아닙니까? 처자식이 있는 직원들도 있을 터이고. 여러분은 이제 떳떳한 회사원입니다. 저기 백 부장처럼 직원들 복장도 깔끔하게 입게 하고, 우린 마약이나 인신매매, 청부 폭력 따위는 안 합니다. 내가 이 자리에 서 있는 이유를 이제 대부분은 알 것이오."

찔리는 게 많았던 조민재와 오지훈, 백한만은 시선을 피했고, 후줄근한 군복을 벗고 감청색 양복을 입은 신경식은 부풀어 오른 어깨 선을 더욱 폈다.

"동생들을 보살피려면 돈이 많이 들어가는 것을 압니다. 그렇게 생각하니 이성철은 참 고마운 사람입니다. 넉넉한 자금을 주고 갔지 않습니까?"

바하마와 월광, 줄리에서 나오는 수입만으로도 조직을 운영할 자금은 나온다. 물론 제대로 세금을 내면 힘들지만 말이다.

조근식과 신동인을 내보낸 김대경은 눈빛이 강해졌다. 그리고 말투도 바뀌어져 있었다. 이제 회사 일이 아니라 태경회의 회의 자리다.

"김포의 일은?"

"지가 맡겠어라."

백한만이 대뜸 말하자 김대경은 고개를 저었다.

"백 부장은 따로 할 일이 있다."

그러면서 넥타이가 어색한지 목깃을 매만지는 신경식을 보았다.

"흐흐, 아작을 내주고 오지요."

"마 부장이 같이 가고, 네가 우진만과 연락을 주고받아라."

칼잡이들은 섬세한 면이 많다. 손끝의 감각만이 그런 게 아니라 성격이 날카롭고 치밀하다. 그래서 마른 몸매를 유지하는지는 모르지만 다혈질인 신경식을 보좌하기에는 적격이었다.

"김 상무가 뒤를 받쳐 주고."

"예, 사장님."

"임 부장은 날랜 애들로 다섯 명만 준비시켜라. 박 부장도 같이 간다."

갑작스런 김대경의 출동 명령에 임승호가 물었다.

"사장님, 어디로 모십니까?"

"서울."

봄을 재촉하는 비가 내려 촉촉이 젖은 신촌 거리는 대학생들로 가득 차 활기가 넘쳐흘렀다. 물기가 아직 마르지 않은 바닥엔 모자이크한 화판처럼 어지럽게 눈길을 자극하는 전단지들이 붙어 있었고, 으슥한 곳이면 어김없이 오바이트를 하는 젊은이들을 쉽게 찾아볼 수 있었다.

새학년이 시작되고 입시에서 해방된 신입생들은 대학에 들어와 들뜬 마음으로 대학 생활을 시작한다. 그들의 첫 관문이 술이고 개학 초기의 대학가는 고주망태가 된 술꾼들이 점령한다.

두 남학생이 정신을 잃고 제대로 걷지도 못하는 여학생을 부축해 지나가자 대로변 가로수 밑에 서 있던 한 사내가 혀를 찼다.

"허, 저 꼴로 3차를 간다고? 부모가 보면 좋아라 하겠다."

그 뒤를 따르는 대여섯 명의 학생들이 한 말을 들은 것이다.

"올 시간이 됐는데……."

사내가 시계를 보자 새벽 1시를 가리키고 있었다. 그가 고개를 들어 신촌역 삼거리에서 연대 방향 쪽으로 고개를 돌렸다.

그러면서 담배를 집으려고 주머니에 넣었던 손을 뺐다. 잘빠진 검정색 BMW 한 대가 막 코너를 돌고 있었다.

차가 부드러운 엔진 소리를 내며 앞에 서고 창이 내려갔다.

"일산에서 왔소."

조수석에 앉은 잘생긴 사내가 말을 건넸다.

"내가 차명훈이오."

차명훈이 고갯짓으로 한쪽을 가리켰다. 몸매의 윤곽이 선명이 드러나는 원피스 차림의 20대 초반의 여인이 웃으며 술을 들고 있었다.

"저년은 전직 장관 딸인데 그 어미는 땅 장사를 합니다. 사둔 땅마다 몇십 배씩 차익을 남겼죠. 아비의 외조가 확실했던 겁니다. 저년은 그 돈으로 10만원씩 하는 알약을 사 처먹고 말이죠."

백한만이 말을 받았다.

"잡것들이구마잉."

"하루 술값이 몇백이 되는 곳인데 저것들은 하루가 멀다 하고 옵니다. 한 달에 수천만 원씩 돈을 뿌리는 것이죠."

이대와 신촌의 중간에 있는 헤라는 5층짜리 건물로 모두 클럽인데, 손님에 따라 층수가 바뀐다. 입구에서 검열을 하듯이 웨이터들이 손님을 나누는 것이다.

어중이떠중이는 1, 2층에서 받고 명품으로 치장을 한 손님은 3, 4층에서, 5층은 회원제로 운영이 된다. 차명훈과 함께 들어온 김대경과 백한만은 5층에 들어와 있었다.

오백여 평 규모의 클럽 안은 입추의 여지없이 꽉 들어찬 상태였다.

"입구에서 보셔서 알겠지만 이곳은 있는 집 자식 아니면 받지 않는다는 말이죠. 저쪽을 보십시오."

차명훈의 시선이 벽 쪽으로 향했다.

"약을 사고 있는 겁니다. 저놈은 한꺼번에 수십 개씩 사서 섹스 파티를 하는 놈입니다."

두 사내와 한 여인이 웃으며 대화를 나누고 있는데, 사내들의 손이 테이블 밑으로 오가고 있는 모습이 보였다.

김대경이 눈을 가늘게 뜨고 말했다.

"신문에서 본 것 같다."

"빙산의 일각이죠."

차명훈이 혀를 차며 시선을 돌렸고, 김대경은 약을 사는 놈의 품에 안겨 있는 여인과 순간 시선이 마주쳤다. 술기에 약간은 붉은 기가 도는 여인은 청순한 용모였다. 약에 취해 혼음을 하는 여자라고는 상상이 되지 않았다.

"저 여자는?"

"저 새끼 품에 있는 긴 머리 말입니까? 음, 처음 보는 년인데?"

스치듯 지나가는 조명에 그녀의 환한 웃음이 드러났다. 김대경과 눈을 마주친 그녀는 고르고 하얀 치아를 드러내며 어깨를 두른 사내의 팔을 밀치고는 일어섰다.

긴 생머리에 흰 셔츠를 살짝 풀어헤친데다 청바지를 입은 그녀는 매

혹적인 미소를 지은 채 테이블을 가로질러 김대경에게 똑바로 다가왔다.

"어? 사장님, 저년이 이리로 오는데요?"

"바지가 맘에 안 들었나 보지 뭐."

차명훈이 놀라 말하자 바하마를 운영하는 백한만이 대수롭지 않게 말했다. 클럽 안에서는 짝을 찾기 위해 수십 번씩 파트너를 바꾼다.

그녀는 묻지도 않고 대뜸 김대경의 옆에 앉더니 큰 눈을 동그랗게 뜨고는 얼굴을 바짝 붙였다.

"너, 나 알지?"

맑은 눈이다. 아직 약에 취하지는 않은 것 같았다.

"우리 뉴욕에서 만난 것 같은데……."

"……."

"맨하탄인가?"

김대경이 처음으로 대꾸를 했다.

"어디에 있는 클럽이야?"

"…웃호호호호! 너, 디게 웃긴다."

김대경의 등을 두드리며 웃던 여인이 술잔을 들었다.

"너, 맘에 들었다. 술 한 잔 줘."

"저놈은?"

"몰라. 여기서 만난 놈이야. 재수없어."

김대경이 힐끔 백한만에게 시선을 주었다. 쓴웃음을 지은 그가 입을 열었다.

"아가씨 이름이 뭐여?"

"아가씨? 촌스럽게. 유나. 넌?"

백한만에게 관심이 없다는 듯이 다시 김대경을 보았다.

"김대경."

"대경? 어디가 그렇게 큰데?"

순간 당황해 김대경이 눈만 데굴데굴 굴리자 서유나가 김대경의 양 볼을 손바닥으로 눌렀다.

"호호호호호! 너, 진짜 귀엽다. 혹시 천연기념물 아냐? 오늘 재수가 좋은데?"

"험험험."

김대경의 얼굴이 부비부비를 당했고, 백한만은 그저 고개를 돌리며 헛기침을 했다. 싸움터에서는 절간의 사천왕상이 되는 김대경이 어쩔 줄 몰라 하고 있었다.

"허어, 이거 도무지……."

빤히 쳐다보는 서유나의 눈과 마주친 김대경은 고개를 숙여 시계를 보는 시늉을 했다.

"시간이…… 가자."

"천연기념물이 뭐냐?"

차에 몸을 싣자 김대경이 백한만에게 물었다.

"정말 모른당가요?"

"뭐냐니깐?"

"숫총각을 말하는디요, 행님. 정말……?"

"조용히 해."

말을 끊은 김대경은 차창으로 고개를 돌렸고, 백한만은 그런 김대경을 믿겨지지 않는다는 듯이 곁눈질로 보고 있었다. 사무실에 들어가면 조민재에게 꼭 물어봐야겠다고 다짐을 하면서.

"승호는?"

"무릎이 좀 저릴 건디. 저기요. 보이지는 않지라."

헤라 클럽 뒤편 지상 주차장이다. 김대경은 주차장으로 향하는 문에 시선을 주고 있었고, 백한만은 모서리를 가리키며 말했다.

주차장 안은 외제차 전시장을 방불케 했다. 국산 대형차는 보이지도 않았고, 우리 나라에 몇 대 없다는 수입차도 있었다.

한참 뜨고 있는 SUV의 차량에 몸을 붙이고 있던 임승호는 진짜 다리에 쥐가 날 지경이었다.

백한만의 연락을 받고는 주차장의 담을 넘어 바짝 몸을 낮춘 채 50여 대의 차 사이를 지나 차체가 높은 볼보로 다가갔다. 운전석에 한 사내가 앉아 있었는데, 의자를 눕혀놓고 누워 있는 모습이 보였다.

그때 차 안에서 핸드폰 벨이 울리며 사내의 대답 소리가 들려왔다. 짧게 통화를 마친 사내는 운전석을 세우고는 차에 시동을 걸었다.

운전석에 달라붙은 임승호는 손에 낀 쇠 장갑을 바짝 올리고는 상반신을 세웠다.

불쑥 그림자가 생기자 운전석의 사내는 무의식적으로 고개를 돌렸다. 순간 벌컥 문이 열리면서 임승호의 주먹이 날아 사내의 앞면에 정통으로 들어갔다.

퍼석!

바가지 깨지는 소리가 들리고 사내의 머리가 훌쩍 넘어갔다. 재빨리 차 안으로 상체를 밀어넣은 임승호는 사내의 멱살을 잡아당기면서 연타를 날렸다.

사내가 늘어지고 나서야 사내를 끄집어내어 뒷좌석 바닥에 밀어넣고는 운전석에 올랐다.

핸들은 잡은 임승호는 백한만에게 연락을 취하고는 천천히 차를 몰았다. 순간 건물의 뒷문으로 차를 몰아가던 그는 눈살을 찌푸렸다. 스포츠카의 뒷문을 열어두고 실랑이를 벌이는 네 명의 남녀가 보였기 때문이다.

“어! 그 유나라는 년이네?”

막 차에서 몸을 빼던 백한만은 파란 스포츠카 한 대가 문으로 향하고 곧이어 두 사내에게 끌려 나오는 여인을 보며 말했다.

엉덩이를 뒤로 빼고 있는 모양새가 억지로 끌려가고 있는 듯했다. 서유나의 팔을 잡아끄는 사내들은 테이블에서 약을 구입하던 놈들이었다.

임승호와 마찬가지로 눈살을 찌푸린 백한만이 김대경을 보았다.

“아, 미치것네. 시간이 없는디, 형님.”

뒷문을 열고 나온 김대경은 말없이 실랑이를 벌이는 쪽으로 걸어갔다.

“놔!! 이 새끼들아! 싫다는데 왜 지랄이야! 우리 아빠가 누군 줄 알아?”

서유나가 아버지까지 들먹이며 소리쳤지만 사내들은 냉소를 날렸다.

“네 아비가 누군데, 이년아! 우리 아버지는 국회의원이다. 입 다물어. 조금 있으면 더 해달라고 지랄을 할 거면서 힘 빼지 마라.”

서유나가 더욱 악을 쓰며 반항을 하자 한 사내가 주먹을 휘둘러 그녀의 배에 틀어박았다.

"커억!"

생전 처음 받아보는 고통이었다. 서유나는 다리가 풀려 주저앉아 속을 게웠다.

주먹을 휘두른 사내가 눈살을 찌푸리며 말했다.

"그지 같은 년이 더럽게."

"씻기고 먹으면 돼. 빨랑 실어."

사내들의 음성이 꿈결처럼 들리고 눈물을 쏟은 서유나는 먼발치에서 다가오는 사내의 긴 다리를 보았다. 도움을 요청하기 위해 입을 벌리려 했으나 말이 나오지 않았다.

그때였다. 갑자기 사내의 다리가 사라졌다.

열 발자국 정도를 남겨두었을 때 김대경은 배를 맞은 여인이 쓰러지는 모습을 보았다. 순간 얼굴을 굳힌 그는 한걸음에 뛰어갔다.

스포츠카를 끌고 온 사내가 차에서 내려 뒷차 문을 여는 중이었고 쓰러진 여인을 든 두 사내가 문으로 다가가던 순간이다.

열린 차 문을 잡고 있던 사내가 발자국 소리를 듣고는 고개를 돌렸다. 그러자 사내가 놀라 입을 벌렸다.

차를 뛰어넘으려는 듯이 몸을 날린 김대경은 차 지붕을 한 손으로 짚고는 회전하는 발길 그대로 입을 벌린 사내의 얼굴을 걷어찼다.

머리가 홱 돌아간 사내는 빙글 돌아 바닥에 고인 물에 얼굴을 박았다.

가볍게 차를 뛰어넘은 김대경은 깜짝 놀라 여인을 놓친 채 눈을 부릅뜬 사내의 턱을 왼 주먹으로 올려 쳤고, 얼굴이 하늘로 향한 그에게 왼발을 내밀고는 돌린 허리의 탄력을 실어 오른팔로 방아 찧듯이 그대로 사내의 안면에 훅을 날렸다.

빠악!

어찌나 힘이 강했던지 김대경의 오른 주먹은 사내의 얼굴에서 떼어지지 않고 그대로 밀어 열린 차창을 뚫고 들어갔고, 부드득 하며 뜯겨지는 소리가 들리며 차 문이 반대 방향으로 돌아갔다.

"이 새끼!"

나머지 한 사내는 그래도 제법 놀아본 구석이 있는지 그사이에 손칼을 빼 들어 김대경의 옆구리를 노리고는 내질렀다.

상체를 숙인 상태로 있던 김대경은 가볍게 왼발을 들어 사내의 손목을 차 올리고는 몸을 틀어 한걸음에 그에게 다가가서 왼손을 짝 벌려 목줄을 틀어쥐었다.

"쓰레기!"

바짝 사내의 얼굴을 당겨 코앞에서 강하게 한마디 내뱉은 그는 쇠집게처럼 목을 잡고 있는 손을 떼려고 바둥거리는 사내를 슬쩍 뒤로 밀고는 세찬 바람을 일으키며 오른 주먹을 날렸다.

빡!

콧대가 안면으로 들어가고 이가 왕장 털린 사내는 피분수를 뿜으며 3미터나 뒤로 날아가 건물 벽에 부딪치고는 한 발짝 앞으로 튕겨 나와 그대로 쓰러졌다.

"허어, 역시 행님은."

백한만의 말소리가 들리자 김대경이 차갑게 말했다.

"쑤셔 넣어!"

허겁지겁 김대경의 뒤를 쫓아온 박한만은 영화의 한 장면같이 차를 뛰어넘은 김대경의 활극에 입을 벌리고 있었다.

"아, 예!"

널브러진 사내들을 재빨리 스포츠카의 좌석에 몸을 기대게 해놓은 백한만은 운전석에 타며 말했다.

"저… 여자는 행님이……."

기절한 서유나를 쳐다본 김대경은 박한만의 말뜻을 알아채고는 그녀를 번쩍 들고는 차가 세워진 곳으로 갔다.

그가 서유나를 들 때쯤에 코너를 도는 차가 전조등을 비추어주었다. 임승호가 몰고 온 차였다.

백한만이 재빨리 스포츠카를 앞으로 빼고 문 앞을 비웠다.

김대경이 어둠 속으로 사라지자 야밤의 활극이 벌어졌던 장소에 손가방을 든 사내가 나타났다.

짙은 썬탠이 되어 있는 차를 확인한 사내가 차 문을 열 때 앞에 세워진 스포츠카의 문이 열리면서 백한만이 나왔다. 거침없이 사내에게 다가온 그는 경계의 빛을 띠는 사내에게 말했다.

"약 좀 주쇼."

차와 백한만의 인상을 확인한 사내는 긴장을 풀고는 웃었다. 수억원을 호가하는 스포츠카에, 뒤에는 여러 명이 타고 있었고, 다가온 사내는 머리부터 말끝까지 돈으로 처바른 놈이었다.

"얼마나?"

"네 명이 놀 거요."

"여덟 알은 필요하겠어."

말을 하면서 사내는 고개를 숙여 손가방을 열었고, 그 순간 옆머리에 강한 충격을 받고는 차체에 몸을 부딪쳤다.

관자놀이에 정통으로 주먹을 먹인 백한만은 사내가 휘청 무너지는 순간 다시 한 번 사내의 뒤통수를 발로 거세게 찍었다.

축 늘어진 사내를 들어 뒷자리에 쑤셔 넣고는 바닥에 떨어진 가방을 주워 가루가 담긴 봉지를 꺼내 스포츠카로 다가갔다. 백색 가루를 기절한 사내들에게 뿌린 그는 음흉한 미소를 지은 채 자리를 떴다.

종잇조각이 봄바람에 날리는 주차장엔 스포츠카 한 대가 을씨년스럽게 서 있었다.

어둠이 내린 주택가를 골목 코너에 세워진 가로등 하나가 외로이 지키고 있었다. 바람에 흔들거리는 불빛이 성채를 두른 듯한 담벼락을 비추어주었다. 종잇조각 하나 떨어져 있지 않은 깨끗한 골목길은 4차선 도로인 양 널찍했다.

가로등 아래 어두운 구석에 한 인형이 초조한 듯이 주변을 두리번거리며 핸드폰을 열었다. 새벽 3시 50분이었다.

하늘 높은 줄 모르고 세워진 담장의 고급 주택이 모여 있는 연희동 주택가는 동네 전체가 잠에 취한 듯 조용하기만 했다. 굳은 근육을 풀려고 몸을 흔들던 사내가 갑자기 벽에 바짝 달라붙었다.

우측의 길에서 낮은 엔진 소리가 들리며 헤드라이트 불빛이 점점 다가오고 있었다. 건너편 담장에 늘어진 넝쿨의 잎사귀 모습이 선명해지며 불빛을 받아 반짝였다.

사내가 가로등의 사각으로 더욱 몸을 숨기자 그의 앞으로 경찰 순찰차 한 대가 느린 속도로 지나갔다.

"새끼들, 시간은 정확하네."

엷은 숨을 내쉬고는 핸드폰을 뚜껑을 열었다.

"지나갔습니다."

통화를 끝낸 그가 맨손체조로 몸을 풀고 있을 때 두 대의 차량이 낮은 언덕을 올라 좌측 저택의 담장에 붙어 섰다.

곧 앞에 선 밴의 천장이 열리더니 사다리가 빠져나와 5미터쯤 되는 담에 드리워졌다. 연이어 가방을 허리에 두른 인형이 사다리를 타고 올라갔다.

담 끝에 올라간 인형은 열심히 몇 분간을 꼼지락거리고는 다시 내려갔고, 간편한 차림의 사내 하나가 담을 훌쩍 넘어 사라졌다.

그가 담을 넘자 밴과 뒤의 승용차에서 건장한 사내들이 최대한 기척을 숨기며 나와 저택의 쪽문 앞에 섰다. 곧이어 달칵거리는 소리가 들리고 안에서 문이 열렸다.

검정 잠바에 운동화 차림의 김대경은 마당으로 들어섰다. 300여 평규모의 저택 정원은 푸른 잔디가 깔려 있었고, 잘 다듬어진 정원수가 장식하고 있었다. 내로라하는 부촌의 고급 저택인 것이다. 경찰보다 경호원의 수가 더 많은 동네다.

현관으로 다가가자 창에서는 단 한 점의 불빛도 흘러나오지 않았지만 웅얼거리는 속삭임이 들려왔다. 김대경은 현관 문 손잡이를 잡았다. 잠겨 있지 않았는지 힘없이 돌아가고 벌어진 문 틈으로 환한 빛이 비쳤다. 틈이 생기자 소리는 더욱 뚜렷하게 들렸다.

"얼마나 필요하대? 천 개? 지금 사탕이 부족하니까 가루로 대신하자고 해. 응, 응, 시간 맞춰 연락하고."

김대경의 뒤에는 긴장한 일곱 명의 부하가 따르고 있었다. 세 명은 대문 옆의 건넛방으로 갔다. 그곳에도 감시를 맡은 패거리가 있었다.

"형님, 가격이 십만 원까지 올랐는데요. 물건을 달라고 난리에요."

전화 통화를 하던 사내의 목소리였고, 곧이어 카랑한 대답 소리가 들렸다.

"바다 위에 있을 거야. 일주일 정도면 풀리겠지. 재고를 가지고 있는 놈들은 살판이 났을 거다. 연락 안 온 데가 어디야?"

"홍대 스피어하고 이대 헤라, 현대 뒤의 놀이터로 간 애들이 아직입니다."

"이것들이 뭐가 바쁘다고. 수금한 돈을 가지고 튄 거 아냐? 계속 전화해. 들어오기만 해봐라."

두 시간에 한 번씩 연락을 하기로 되어 있었다. 헤라 같은 곳은 정기적으로 나가는 물량이 크기에 총판에서 직접 관리한다. 그곳의 사장도 일정액의 지분을 먹고 판매원들을 상주시켰다.

연락이 안 오는 판매원들을 벼르고 있는 천훈열은 신경질적으로 담배를 꺼내 물었다. 넓은 어깨에 험악한 인상이 한눈에 보아도 조폭이다. 실제로 40년의 인생 동안 열한 개의 별을 달고 15년을 교도소에서 보냈다. 서울 변두리에서 작은 조직을 거느리다 신촌에 자리를 잡은 것이 2년째다.

갑자기 찬 공기가 느껴져 현관으로 고개를 돌렸을 때 그는 순간 튕기듯이 일어났다.

안에서 들려오는 말소리에 귀를 기울이던 김대경은 손에 힘을 주었다. 이대와 신촌의 수금원은 밴 속에 있었다.

이한성이 지원해 준 차명훈이 마약상의 수금원을 집어주었고, 신촌 지역의 마약 공급처를 알아낸 것은 김대경이다.

연희동은 평지에 고급 주택이 들어서 있고 고지대에는 시민 아파트가 있었다. 고급 주택가에는 정치인과 외국인들이 많이 거주하였고, 동네에 문제가 생기면 직통으로 경찰청장에게 전화를 하는 사람들이다. 경찰이 더 신경 쓰는 곳에서 마약이 뿌려지고 있었다.

넓은 거실 안에는 다섯 명의 사내들이 모여 있었다. 장부에 무언가 열심히 기록하는 사내, 전화를 귀에 대고 떠드는 사내. 그러던 일순간 사내들은 동작을 멈추고 현관으로 물밀듯이 들어오는 침입자를 보았다. 단숨에 사태를 파악해 대비를 갖추었지만 한 박자씩 늦었다.

문을 열고 들어간 김대경과 부하들은 아무도 입을 열지 않았다. 사기를 올리기 위해 지르는 그 흔한 기합 소리 한 번 없었다. 그건 거실의 사내들도 마찬가지였다.

이를 앙다물고 눈을 치켜 올린 사내들이 자세를 잡기도 전에 쇠뭉치가 먼저 날았다. 소파를 밟고 넘으려던 한 사내가 정강이에 쇠뭉치를 맞고 뒤로 휘청 넘어가 탁자를 덮은 유리를 깨뜨리면서 처음 소음이 일었다.

"이 새끼들!"

발목에서 회칼을 꺼낸 천훈열은 본능적으로 김대경에게 시선이 갔다. 싸움판에서 발달한 감각이 위험 신호를 보내고 있었다. 오른쪽에서 휘두르는 무기를 피해 훌쩍 소파 위에 뛰어오른 그는 쇠뭉치를 든 사내의 어깨를 베었다. 그리고는 왼쪽에서 달려드는 사내에게 칼을 휘둘러 일정 거리를 유지했다. 이미 세 명의 부하가 당한 후였고, 두 명은 구석까지 밀려 뭇매질을 당하고 있었다.

그때 쿵쾅거리는 소리가 들리며 2층에서 다섯 명의 부하가 내려왔다. 교대하고 쉬러 간 이들이다.

눈에 생기가 돈 천훈열은 눈여겨보고 있던 사내에게 몸을 날렸다. 저놈이 대장일 것이다.

저택에 열네 명의 사내가 있다는 것을 알고 들어온 김대경이다. 주차장 쪽방에 두 명, 저택에 열두 명이다.

소파를 밟고 몸을 날린 사내가 위에서 내려친 회칼이 머리로 떨어지자 그는 반 걸음 사내 쪽으로 내디뎠다. 싸움에서 몸을 허공에 띄우는 것은 위험한 짓이다. 상대가 하수라면 달라지겠지만 디딜 곳이 없어 그 순간만은 몸을 자유롭게 움직일 수 없다.

그가 움직이자 상대가 노린 거리가 바뀌었다. 위에서 떨어지는 천훈열을 받는 자세가 된 그는 왼손으로 회칼을 휘두르는 팔꿈치를 잡고 오른 주먹을 그대로 올려쳐 텅 빈 명치 끝을 올려 쳤다.

복부에 주먹이 박힌 상태로 그대로 크게 원을 그리며 돌린 김대경은 사내를 등판부터 바닥에 내리꽂았다.

쾅!

쾅!

바닥에 개구리처럼 납작 뻗은 사람은 하나인데 연이어 두 번의 큰 소음이 들렸다. 쪽방의 경비들을 해결하고 들어온 백한만이었다. 이제 10대 5의 싸움이 되었다.

2차전은 더욱 손쉽게 끝났다. 계단에서 내려온 이들의 맨 앞에 선 사내가 어디선가 날아온 물체에 머리를 맞고 이마에서 피를 튀기며 뒤로 넘어갔다.

그 뒤에 있던 한 사내는 계단 손잡이 사이 공간으로 휘두른 칼을 다리에 맞아 계단을 굴렀다. 그렇게 1분도 지니지 않아 열세 명의 사내가 거실에 무릎을 꿇고 있었다.

"한 놈이 도망쳤어라. 부두목이라는디요."

저택을 뒤진 백한만이 김대경에게 말했다.

"어쩔 수 없지. 천훈열을 잡았으니 됐다. 어떻게든 윗선에 연락은 갈 거다."

서울의 중심가 중 한곳이 하룻밤 사이에 전멸을 했다. 이들에게 약을 대주는 최고위층이 모를 리 없다.

"형님, 이거 좀 보세요."

임승호가 부하 두 명과 커다란 자루를 메고서 지하실에서 올라왔다. 환한 얼굴이었다.

"대충 50억은 되는 거 같습니다."

마약 판매 대금과 마약이었다. 천훈열은 며칠 뒤에 풀릴 약을 사기 위해 목돈을 준비하고 있었다.

김대경이 고개를 끄덕이며 말했다.

"하룻밤 수고비치곤 괜찮은 수입이군."

자루에 담긴 돈은 10만 원권 수표로 한두 번씩은 돌린 헌 수표였다. 추적이 안 되기에 현금과 마찬가지다.

턱짓으로 천훈열을 가리킨 김대경이 말을 하며 몸을 돌렸다.

"저놈만 끌고 간다. 나머지는 서울 애들에게 넘겨."

수십억의 현금과 그만큼의 마약이 든 차가 출근길의 서울 시내를 빠져나갔다.

"아아아아아악! 내 아들!"

한 귀부인이 형체를 알아보기 힘들 정도로 처참하게 얼굴이 뭉개진 사내를 안고 오열을 하다 정신을 잃었다.

신촌 세브란스 병원 영안실 안이다. 헤라 클럽 주차장에 세워진 스포츠카에서 사경을 헤매던 사내들이 발견되어 병원에 실려오고, 그중 한 사내는 두 시간 만에 숨을 거두었다.

기절한 중년 여인을 보며 서대문 경찰서 수사과장 조일중은 입맛을 다셨다. 저 죽은 놈은 마약 복용 등으로 몇 번 경찰서를 들락거려 알고 있었다. 그가 이름까지 안 것은 그의 아버지가 국회의원이기 때문인데 번번히 웃으며 경찰서를 나갔다.

곧 있으면 귀신같이 냄새를 맡고 신문기자들이 들이닥칠 텐데 조일중은 고민이었다. 주 사인은 두개골 골절. 한마디로 맞아 죽었다.

그것까지는 좋았는데 몸에서도 그렇고 차 안에서도 마약이 발견된 것이다. 부검까지 안 해봐도 저놈이 마약쟁이라는 것을 알 만한 사람은 다 안다.

중환자실에 실려간 두 놈도 만만치 않은 배경이었다. 한 놈은 부장검사 출신의 아버지를 두었고 다른 놈은 이름만 대면 알 만한 기업가의 핏줄이었다.

마약과 관련된 살인이다. 마약은 국가 정책에 반하는 범죄로 절대 용서가 되지 않는다. 편두통이 밀려온 조일중은 관자놀이를 눌렀다.

"과장님, 저희 어르신이 뵙자고 하십니다."

양태만 국회의원의 보좌관이다. 조일중은 고개를 끄덕이고는 보좌관을 따랐다.

병원 주차장의 대형차에 오른 조일중은 눈에 핏줄이 선 양태만을 볼 수 있었다.

"허어, 내 금쪽 같은 아들이 죽었어."

"……."

"그놈 얼굴을 보았나? 20년을 넘게 키워온 내가 못 알아보았어. 어떤 놈들인가?"

"아직……."

차창 밖으로 시선을 고정시킨 양태만은 조일중과 시선을 맞추지 않왔다.

“마약이 나왔다고.”

양태만의 목소리가 무거워졌다. 이 일을 매스컴에서 떠든다면 20년 그의 정치 인생도 끝장이다.

조일중이 차분히 대답했다.

“예, 자제 분의 몸에서도 차에서도 상당량이 검출되었습니다.”

“끄응! 청장과 통화를 했어. 무슨 말인지 알겠나?”

“예.”

“다음 진급 땐 본청으로 출근할 수 있을 거네.”

삼성동 무역센터에서 강남역 교보 사거리까지 약 4킬로에 달하는 거리가 테헤란로. 일명 테헤란밸리다. 벤처 기업을 육성하는 정부의 정책으로 인해 비전 하나만 들고 뛰어드는 엘도라도의 땅이다.

하지만 실상은 황금을 꿈꾸다 지옥을 본 좌절의 땅이기도 했다. 백 개의 벤처 기업 중에서 하나도 성공하기가 힘든 것이 현실이었다.

일등만을 인정해 주는 사회 풍토가 실패를 맛본 벤처 사업가들을 더욱 무저갱의 지옥으로 밀어넣었다. 미국의 실리콘밸리를 본따 테헤란밸리라고 부르기도 하지만 실상은 천양지차다.

실패를 중요한 경험으로 인정해 주는 그곳과는 달리 우리 나라는 실패자란 낙인을 찍는다. 한 번 실패한 사람은 똑같은 전철을 밟는다는 이유였다.

테헤란로 일대의 고층 빌딩마다 꿈을 위해 노력하는 청춘들이 컵라면을 먹으며 밤을 뜬눈으로 새던 모습은 점차 사라지고 있었다.

수천 개에 달하던 벤처 기업들이 장기 불황과 임대료 인상 등으로 하나 둘 빠져나가고 그 자리를 한탕을 노리는 다단계 업체들과 부동산 회사, 사채업자들이 메우고 있었다. 이제는 한탕밸리라는 말이 더 어울릴 지경이었다.

테헤란로의 마천루 중의 한곳에 8층 전체를 쓰고 있는 영진물산의 사장실 안이다. 숨 막히는 긴장감 속에 도로를 지나는 차의 경적 소리가 희미하게 들려왔다.

상석에 앉은 영진물산의 사장 성삼천이 짙은 담배 연기를 내뿜고는 좌측에 무릎을 꿇고 있는 사내를 노려보았다.

"너 혼자만 도망쳤다고? 그래, 그렇게 빠져나와서 내가 얼씨구나 하고 반겨줄 줄 알았나?"

"……."

사내의 몸이 더욱 움츠려들고 고개가 숙여졌다.

"누구냐?"

"죄송합니다."

"죄송하다……. 네깟 놈의 사과 한마디가 오십억의 가치가 있다고 생각하느냐? 네가 골백 번을 죽어도 감당이 안 돼."

싸늘하게 냉소를 지은 성삼천은 보기도 싫다는 듯이 손을 내저었다. 그러자 문 양쪽에 석상처럼 서 있던 건장한 부하 둘이 바닥에 엎드린 사내를 끌고 나갔다.

목이 바짝 마른 성삼천은 냉수를 들이키고는 턱을 쓸었다.

"늙은 구렁이가 손을 쓴 것일까?"

"직접 나서지 않아서도 개입했을 가능성은 높습니다."

천훈열의 직속 상관인 유인환이 이마에 주름살을 만들며 말을 이었다. 그는 강서 지역 판매를 총괄하는 위치였다.

"일선에서 물러났다고는 해도 아직 그 늙은이의 영향력은 막강합니다. 고정진이 우리와 손을 잡은 것을 모를 리가 없지요."

한성회는 이한성이 일선에서 물러나면서 종로, 동대문, 서울역, 청량리, 신촌 일대 등의 다섯 군데의 보스들의 연합체로 운영되었다.

본래 강남의 소직들이 한성회에 대응하기 위해 만든 일도연합라는 반대가 되었다. 현재 일도는 말만 연합이지 논현동을 근거지로 시작한 강철민이란 사내의 일 인 체제였다.

한성회의 5대 보스들은 이한성을 이을 걸출한 인재가 없고, 고만고만하기에 고심 끝에 연합체로 만든 것이었다.

아직도 이한성이라는 버팀목이 건재해 한성회가 유지된다고는 하나 이권이 달린 일이라면 눈에 불을 켜고 달려드는 조직의 특성상 중재를 해주는 그만 없다면 삐거덕거릴 수밖에 없었다.

또한 사창가를 없애려는 정책에 청량리와 서울역은 점차 수익이 줄고, 젊은이들의 거리가 되어버린 신촌과 홍대는 날로 성장을 하고 있었다. 사돈이 땅을 사도 배가 아픈데 고운 눈길로 바라볼 그들이 아니었다. 다섯 명 모두는 최고의 자리를 노리고 있었다.

성삼천이 그 반목의 틈을 비집고 들어가 신촌의 고정진과 손을 잡은 것이다.

어느 조직이든지 강하게 만들려면 우선 돈이다. 돈은 귀신도 부린다. 돈이 있어야 사람이 모이고 충성을 얻을 수 있다. 의리니 뭐니 이런 말을 꺼내면 콧방귀도 뀌지 않는 세상이다. 돈 냄새를 맡고 사람이 모이는 것이다.

마약은 돈을 가장 많이 쉽고 빠르게 벌 수 있는 방법이었다.

상반신을 숙인 성삼천은 무릎에 양손을 올려놓았다. 기름 바른 머리에 이 대 팔 가르마가 훤히 보였다.

"늙은이의 직속 부대가 움직인 것 같아, 깨끗이 손을 털었다더만. 아홉 마리의 구렁이가 들어 있는 놈이니 감춰둔 패가 한둘이 아니겠지."

유인환의 앞에 앉은 거친 인상의 사내가 풀썩 웃고는 끼어들었다. 강남 총판 홍성윤이다.

"밤낮을 분리한 늙은이 아닙니까? 수십 개의 사업체로 분리하고 밑에 부하들에게 소유권을 나누어 주었다지만 지금도 웬만한 재벌가는 그 늙은이 앞에서는 명함도 내밀지 못할걸요."

조직을 합법적인 사업체로 탈바꿈시켜 양지로 올린 시초가 이한성이다. 정부의 입장에서는 환영할 일이었고, 정계 깊숙이 손을 쓸 수 있는 힘도 있었다. 군사 정권 시절 그의 돈을 먹지 않은 정치인이 없었고 그가 뒤치다꺼리를 해주지 않은 인물도 없다.

시대가 바뀌어 이한성은 손을 뗐어도 강철민은 아직도 깊숙이 관계를 맺고 있었다. 새천년이 밝았지만 8, 90년대의 정치인이 아직도 실세로 남아 있는 것이다.

"며칠 있으면 배가 들어오는데, 쯧쯧, 신촌은 떨거지들이 차지하겠군."

영진물산은 중국과 동남아시아를 대상으로 농산물과 목재를 수입하는 회사다. 실질적으로 연간 2백만불 규모의 무역량을 신고하기도 했다.

"제가 최대한 노력해 보겠습니다."

유인환은 노력한다고 말은 했지만 인상은 펴지지 않았다. 밤의 세계는 조폭도 그렇지만 무주공산이 된 곳은 어중이떠중이들이 순식간에 들어오는 것이다.

경찰이 한 조직을 소탕했다고 떠들어도 한 달도 못 돼 그 지역은 다른 놈들이 들어차 있다. 끊임없는 악순환이다.

그래서 이한성이 양성화를 시킬 때 정부에서 간접적인 도움을 주기도 하였다. 보이지 않는 것보다 보이는 것이 관리하기가 편하다.

성삼천이 아쉽다는 듯이 입맛을 다시며 말했다.

"어렵게 얻은 시장인데 한순간에 잃었어. 좆만한 놈들이 얼씨구나 하고 달려들겠네. 화장실에서 감기약을 디립다 처먹고 헬렐레하는 놈들도 나오겠지."

작년에 용산 사건 직후에도 단속반이 신경이 곤두서 있어 물량을 두 달가량 묶어놓았었다. 그때 약값이 천정부지로 치솟고 온갖 합성약이 판을 쳤었다. 군소 업자들이 몇 가지 유사 약품을 섞어 국내에서 질이 떨어지는 합성약을 제조하여 푼 것이다.

"에휴! 인환이가 저녁에 밑에 애 하나를 보내서 고정진을 만나보라 해. 뭐라 하나 들어보고, 놈들이 누군지도 알아보라고 해."

고정진의 거래처는 천훈열이었다. 그는 유인환을 보지도 못했다.

성삼천의 말이 이어졌다.

"이거 회장님께 잘되어간다고 보고를 드린 지가 며칠 되지도 않았는데."

그가 말하는 회장이 강철민이라는 것은 성삼천과 여기 모인 서울 지역 4대 총책밖에는 모른다. 영진물산은 강철민의 별도 조직인 것이다.

사무실로 돌아와 늦은 아침을 먹던 김대경은 숟가락을 멈췄다.

뉴스에서 헤라 클럽 사건에 대해 나오고 있었다. 정계의 제일당인 민국당의 중진 의원의 아들이 신촌에서 강도를 만나 격투 끝에 죽었다는 내용이었다. 중태로 병원에 입원한 두 친구에 대한 프로필이 나오고, 연이어 사건 장소와 그들이 타고 있던 차가 나오자 그의 얼굴이 굳었다. 자신이 손을 쓴 그놈들이었다.

김대경과 함께 밥을 먹고 있던 백한만과 임승호도 점점 입이 벌어지고 있었다.

"저, 저……."

백한만이 밥알이 묻은 숟가락으로 텔레비전을 가리키자 김대경이 낮게 말했다.

"그놈들이다."

"아니, 마약 얘기는 쏙 빼놓고."

밥알을 튀며 백한만이 말을 했지만 풀 죽은 음성이다. 그들 부모의 내력이 나왔으므로 자신의 말이 공허하게 들린 것이다. 같은 강간을 저지른 놈도 돈이 있으면 삼 일 만에 나가고, 없는 놈은 삼 년을 교도소에서 사는 세상이다.

"신경 쓸 거 없다. 밥이나 먹어."

증거는 없다. 그들과 자신들의 연관성은 두 눈을 씻고 찾아봐도 없었고, 당시 김대경이나 백한만이나 모두 장갑을 끼고 있었다. 또한 현장에 CCTV가 없는 것을 확인하였다. 헤라클럽 주차장 앞에는 부하도 망을 보았고 증인이라면 이 세 명밖에 없다.

"형님, 그 차명훈이라는 자는……."

차명훈은 클럽 안에서 수금원을 찍어주고 나갔지만 백한만은 신경이 쓰였다.

김대경이 고개도 들지 않은 채 대답했다.

"믿을 만한 사내야. 괜찮다니까. 밥 들어."

이한성의 제의를 받아들인 김대경은 아직 부하들에게 그와의 관계를 얘기하지 않았다.

"그럼 헤라에서 잡아온 놈들과 그년을 묻겠습니다."

임승호가 비장하게 말했다. 차명훈 외에 그들이 주차장에서 벌인 일과 연관된 사람이 세 명 더 있었다. 운전사와 수금원, 그리고 서유나다. 그는 아예 연관성이 있는 자들의 입을 막으려고 하는 것이다.

숟가락을 들었다 놓은 김대경이 굳은 얼굴의 임승호를 쳐다보았다.

"그 여자는 어디에 있느냐?"

"옆의 호텔에 데려다 놓았습니다."

"깨어나면 데리고 와봐. 그때 결정한다."

말을 마친 김대경이 다시 숟가락을 들었다.

하나 신경이 쓰이긴 매한가지다. 첫 살인은 아니라 생각하지만 이번엔 직접 손을 썼다. 자신도 모르는 사이에 숟가락이 떨리는 것을 보고는 배에 힘을 주었다. 스스로가 선택한 길이다.

■ 제6장

귀족(貴族)

귀족
貴族

　　　　　새하얀 피부에 물기를 머금은 영롱한 검은 눈동자,
한 떨기 백합 같은 청순함이 물씬 풍기는 여인이다. 20대 초반 정도나
되었을까? 풋풋함과 성숙함이 묘한 조화를 이루고 있었다. 그녀의 반
듯한 콧날 밑에 붉게 그어진 도톰한 입술이 열렸다.

　"고마워."

　어제처럼 대뜸 반말이다. 하나 김대경은 기분이 나쁘지 않았다.

　"여긴 어디야?"

　"사무실."

　당연한 말을 너무도 당연하게 하는 김대경은 서유나의 살짝 벌어진
입을 쳐다보았다. 새하얀 곧은 치열이 점점이 드러나고 있었다. 서유
나가 웃음기가 담긴 음성으로 물었다.

　"풋! 엉뚱한 거야, 웃기려고 그러는 거야?"

“너, 누구지?”

“유나, 서유나. 알면서 왜 물어?”

“이름 말고. 거기는 있는 집 자식들이 드나드는 곳이야. 쓰레기통이지, 구역질이 치미는. 넌 누구냐?”

서유나는 정색하며 입술을 깨물었다. 직접 대놓고 쓰레기라는 말을 듣고 기분 좋을 사람은 없다. 게다가 자신의 주변 사람들은 잘 보이려 애를 쓰지 저런 말을 면전에서 하지는 않는다. 뒤에서는 더 심한 욕을 할 테지만.

“……”

“네가 말을 안 해도 한 시간이면 알아올 수 있다.”

“쓰레기. 네 말대로. 대충 막 살아도 되는 그런 쓰레기.”

눈을 치켜뜬 그녀는 김대경을 똑바로 쏘아보며 말을 이었다.

“내가 너한테 이런 말을 들을 이유가 없을 것 같은데? 어제 그 자식들 일이라면 고마워. 집에 가면 사례하도록 할게. 얼마면 돼? 천? 이천?”

“대가리 속까지 철저히 썩은 년이군.”

“이!”

얼굴이 붉게 달아오른 서유나는 손을 날렸으나 간단히 잡혔다.

김대경의 날카로운 눈길이 부딪쳐 왔다. 곧이어 딱딱한 음성이 흘러나왔다.

“몸은 약에 취해 만신창이고 대가리엔 똥만 가득 찼어. 너 같은 년보다는 먹고살려고 몸을 파는 창녀가 더 낫다.”

“지랄하네. 그러는 넌?”

“나도 쓰레기지. 쓰레기 속에서 뒹구는 철저한 쓰레기. 더 악랄해지려 노력하는 그런 놈이다. 하지만 그런 나도 마약쟁이들은 참을 수가 없어.”

분한지 서유나는 붉어진 눈에는 눈물이 고여 있었다.

“……”

“어제 그 새끼가 죽었다.”

흠칫 머리를 치켜든 서유나는 굳은 얼굴로 입만 벌리고는 김대경을 보았다.

김대경의 말이 이어졌다.

“내가 죽였다. 그런데 난 할 일이 많은 사람이야. 그런 쓰레기 하나 치웠다고 잡혀갈 시간이 없다는 말이다. 너… 죽어야겠다.”

냉막한 표정으로 말하는 김대경이 농담을 한 것 같지는 않았다. 자살을 하려고도 해보았던 서유나지만 눈물이 흘렀다.

“그래, 죽여줘. 살기도 싫었는데 잘됐네. 나도 죽고 싶었거든. 근데 많이 아파?”

“그년 이름은 서유나가 맞습니다. 나이는 25세. 미국 줄리아나 음대에 유학 중인 걸로 되어 있습니다. 집은 도봉이고 아버지가 서인석입니다.”

“……!”

많이 들어본 이름이다. 흠칫 놀라는 김대경을 보며 임승호는 엷은 한숨을 쉬고는 말을 이었다.

“드림 앤 피플 그룹 회장입니다.”

D&P 그룹은 재계 서열 30위 안에 드는 대기업이다. 전자와 유통업을 기반으로 성장해 왔고, 김대경의 태경빌딩 건너편에도 유통업 계열

의 백화점이 서 있었다.

"서유나는 그 집의 막내로 두 명의 오빠가 있습니다. 장남은 전자 쪽에서, 차남은 유통에서 후계자 수업을 쌓고 있는 것으로 알려져 있습니다. 서유나는 외방 자식. 서인석이 외도를 해서 얻은 자식이라는 소문도 있습니다. 차남과 10년의 나이 차가 있어 그런 말이 도는지 모르지만 밝혀진 바는 없습니다. 게다가 유학을 떠나기 전에는 남자 문제로 말이 있었습니다. 집안 반대로 도피 행각까지 벌였다고 합니다. 그리고 일 년 전에 유학을 갔습니다. 지금은 수업 기간일 텐데 어제 헤라에 있었던 겁니다. 아마 집에선 입국한 사실을 모르고 있을 가망성이 높습니다. 조용히 처리할 수 있습니다."

"삼선 국회의원 자식에 이번엔 재벌가의 딸이라니……."

백한만이 한탄을 하며 긴 한숨을 쉬었다. 권력과 재력을 갖춘 이들이다. 일이 엉뚱하게 꼬여 버렸다.

"저… 형님, 그 냄비, 아니, 유나 씨도 피해자인디 불기야 하겠서라? 줘이면 뒤탈이 날 거 같은디요."

임승호가 뜻을 굽히지 않고 반박하였다.

"지금도 미국 체류 중인 걸로 알 겁니다. 깨끗이 처리할 수 있습니다."

"뭔 소리여. 공항에 컴퓨터만 때리면 다 나오는 세상여."

죽이자 살리자를 놓고 옥신각신하는 와중에도 김대경은 한마디도 하지 않았다. 그에게 재벌가의 여식이란 것 따위는 피부로 다가오지도 않았고 관심도 없었다. 그녀가 눈물을 흘리는 장면이 머리 속에서 맴돌고 있을 뿐이다.

턱에 괜 손을 내리며 김대경이 낮게 말했다.

"가둬."

"예?"

"한만이의 말도 일리가 있어. 다 죽일 수는 없는 노릇이다. 그리고 약에 취한 년에게 무슨 말을 하겠어? 일단 때를 벗기고 얘기를 들어보자. 적을 많이 만드는 것은 좋지 않아. 한만이가 책임지고 사람 만들어서 데려와."

사장실을 나온 백한만은 임승호를 돌아보며 말했다.

"이 자식아, 네가 인간 백정이여? 왜 다 죽이려고만 혀!"

"입을 막는 가장 확실한 방법이다. 우린 지금 형님이 없으면 아무것도 못해."

발길을 멈춘 임승호가 백한만의 어깨를 잡았다.

"정말 모시고 싶은 분을 만났어. 그런 계집 하나 때문에 놓치고 싶지 않아. 내가 형님의 칼이 될 거다."

눈을 동그랗게 뜬 백한만은 얼굴 근육을 무너뜨리고는 능글맞은 웃음을 지었다.

"어따, 근사한 말이디. 그런데 말이여, 그 아가씨를 형님이 맘에 두고 있는 것 같지 않냐? 얼마 모시지 않았어도 정말 칼날 같은 성격이었는디. 안 그냐?"

"글쎄, 난 모르겠다."

"니, 그거 알어? 이건 비밀인디, 형님 총각이다. 생아다란 말이여. 흐흐흐, 지훈 성님은 거시기가 완전히 마징가 제트 무쇠 다리더만 큰형님은 숫총각이라……. 겁나 웃겨잉."

중국의 자금성을 본따 지은 듯한 외형의 중화 요릿집에 건장한 사내가 들어섰다. 머리를 올백으로 넘기고 각진 얼굴의 사내에게 재빨리 종업원이 다가왔다.

"어서 오십시오. 몇 분이십니까?"

"비상엔터테이먼트의 온길호요. 회사 이름으로 예약을 한 걸로 아는데."

더욱 허리를 숙인 종업원이 그를 특실로 안내했다.

십여 명이 둘러앉아 먹을 수 있을 만큼 넓은 특실에 들어선 온길호는 의자에 앉아 옷을 매만졌다. 만날 상대가 거물이었기 때문이다.

비상엔터테이먼트는 연예 기획사로 실제 보유한 연예인도 있지만, 주로 강남 지역 술집에 인력을 공급하는 회사였다. 러시아나 조선족, 동남아의 여성들을 들여와 댄서나 접대부로 대주고 그녀들의 수입의 상당량을 떼어가는 것이다.

또한 국내 여성들에게 일본 남자와 결혼시켜 준다며 모집하고는 일본에 접대부로 팔기도 한다. 그들은 야쿠자와 선이 닿고 있었다.

십여 분이 지나자 작은 키에 풍만한 중년의 사내가 들어왔다. 벌떡 몸을 일으킨 온길호가 허리를 숙여 예를 차렸다.

"아드님 소식은 들었습니다, 의원님. 심심한 위로의 말씀을 전합니다."

"고맙소. 강 회장이 보내준 화환은 잘 받았다고 전해주시오. 그리고 지난 선거 때 힘을 써주어 고맙다는 말도 해주시오."

일도그룹은 건설과 금융으로 기반을 닦은 회사로 80년대 급성장을 해 백대 대기업의 반열에 올라섰다. 부동산을 많이 보유한 회사로 손꼽히는 곳이기도 했다. 군사 정부의 혜택을 입어 땅 투기로 돈을 벌었다는 말은 공공연한 비밀이었다.

일도연합의 강철민도 양지로 올라서며 한성회와 같이 밤낮을 구분
하였다. 일도그룹이 낮이면 비상이나 영진은 밤을 다스린다.

"잡아주시오. 돈은 얼마가 들어도 상관없소. 그놈을 내 앞에 데려다
주시오."

밑도 끝도 없이 던지는 양태만의 말을 온길호는 가만히 듣고 있었
다.

"내 아들이 맞아 죽었소. 그리고 그놈들은 교활하게도 차 안에 마약
을 뿌려놓고 갔소. 이건 나의 정치 생명을 노리는 배후가 있음이 분명
하오. 여당과 손을 잡은 놈들의 짓이오."

여소야대의 정국이다. 민국당은 40년 만에 집권 여당에서 야당으로
밀려났다. 그러나 군사 정권 시절부터 이어온 그들의 힘은 줄어들지
않았다. 관 수뇌부의 도처에 그들의 세력이 있었다. 국회의원의 임기
는 4년이지만 공무원은 정년 퇴임할 때까지는 철밥통이다.

"허어! 그런 일이 있었습니까? 지금 시대가 어느 시대인데 그런 잔
악무도한 놈들이 있다니, 회장님이 아시면 진노하실 일입니다. 제가
회장님께 말씀드려 알아보지요. 곧 좋은 소식을 들을 수 있을 겁니
다."

양태만이 목소리를 낮추어 말했다.

"부탁이 하나 있소. 그놈들을 내가 보는 앞에서 처리해 주시오."

"어찌 의원님같이 청렴하신 분께서 진흙탕에 발을 담그려 하십니까?
그런 일에 손댈 아이들은 따로 있습니다."

"아니오. 늙그막에 얻은 아들이오. 내 이 원한을 풀지 못하면 편히
눈을 감을 수가 없소이다."

양태만은 안주머니에서 봉투를 꺼내 밀었다.

"착수금이오. 온 사장만 믿겠소이다."

홍대의 미도는 겉보기에는 일식집같이 보이지 않는다. 위치도 주택가 속에 있어 간판 이름만 갖고는 찾기 힘들었다. 정원이 있는 일반 주택을 개조하여 만든 그곳은 조용한 분위기와 맛깔스런 음식으로 입소문이 나 미식가들이 종종 찾는 곳이었다.

그러나 저녁이 되면 분위기가 싹 바뀐다. 음식상과 함께 술 시중을 드는 접대부들이 들어온다. 변종 룸싸롱이라 볼 수 있었다.

여의도의 일식집에서 시작한 이런 형태의 업소는 홍대까지 흘러와 있었다. 주 고객은 대놓고 얼굴 드러내기를 꺼려하는 정치가나 문화계 인사, 기업가들이다. 따라서 여러 개의 밀실이 준비되어 있었다.

이층 밀실에서 창을 통해 밖을 보던 중년인이 고개를 돌렸다. 대춧빛처럼 붉은 윤기가 흐르는 사내가 가는 눈을 더욱 좁히고는 말했다.

"명예회장님께서는 각 기업의 일에는 일체 손을 대지 않으십니다. 물러나시며 서로 돕고 상의하라 하셨지요."

"잘 알고 있습니다. 지금도 그러고 있습니다. 종로의 정 회장님께서 많이 도와주고 계십니다. 제가 친형님처럼 모시고 있는 걸 고문님도 잘 아시지 않습니까?"

현재는 유명무실해진 한성회의 고문 하찬도는 흰 이를 드러내며 웃는 고정진을 빤히 쳐다보았다.

젊은 시절의 모습을 찾아보기 힘들 정도로 살이 붙고, 앞머리가 벗겨지기 시작한 고정진은 50대 중반의 하찬도와 동년배로 보였다.

하찬도가 말을 이었다.

"작년에 강남에서 일어난 비슷한 마약 사건이 신촌에서도 있었어요."

고정진도 아는 척을 했다.

"아! 저도 신문에서 본 기억이 납니다."

"그때 전진통상의 간부가 서에 들어갔다 나왔지요."

전진통상은 고정진이 가지고 있는 다섯 개의 사업체 중 하나다. 강서 일대에 주류를 공급하고 있었다.

"무죄로 밝혀졌지 않습니까?"

"고 회장이 손을 쓰셨더만요. 꽤 이름난 변호사를 사서 말이죠."

"죄없는 직원이 잡혀갔는데, 당연한 일입니다. 전 동생들을 제 살붙이같이 아낍니다."

풀썩 웃어 젖힌 하찬도의 눈빛이 강해졌다.

"아아, 물론 그러시겠지요. 그런데 담당 형사는 말이 다르더군요. 또한 며칠 전에 연희동에서 강도 사건이 있었습니다."

고정진은 정종 잔을 한숨에 털어 넣었다. 그리고는 하찬도를 빤히 쳐다보았다. 모르겠으니 더 말해 보란 태도였다.

"신촌의 마약 공급처가 무너진 겁니다."

고정진의 태도는 한 점 흐트러짐이 없었고 당당했다.

"허어, 그런 일이 있었습니까? 저는 듣도 보도 못한 얘기입니다. 이거 큰일입니다. 개나 소나 약을 들고 설치니. 애들에게 주의를 주겠습니다."

"명예회장님께서는 마약, 인신매매, 이권 다툼은 안 된다고 분명히 말씀하셨습니다. 고 회장, 지금 경고하는 겁니다."

"하하, 글쎄, 나는 모르는 일이라고 말씀드리지 않습니까. 아무리 고 문님이시라 해도 이렇게 핍박하시면 참지 않겠습니다."

하찬도의 붉은 얼굴이 더욱 달아올랐다. 이한성이 현역에 있을 때 자신은 이인자의 위치였다. 새까만 후배가 대가리가 컸다고 기어오르는 것이다.

"후후. 고 회장, 많이 컸어. 아무리 음지에서 환한 대낮으로 올라섰다고 해도 우린 밤에 뿌리를 두고 있어. 그런데 구두를 닦던 놈이 어느새 컸다고 참지 않겠다……. 반달곰이 불곰이 되었나? 날 손자 고추나 만질 늙은이로 생각하나 본데, 연희동은 경고였다. 회장님의 성질을 알 거야. 한 번 움직이시면 쑥대밭이 된다는 걸 말이야. 지금껏 쌓아 올린 걸 지키고 싶다면 잘 생각해 보라고. 앞으로 지켜보겠네. 알겠나?"

신촌역 앞에서 구두닦이로 시작해 현재의 위치에 오른 고정진이다. 그는 검정 구두약을 얼굴에 바르고 다니던 시절 얘기를 제일 싫어했다.

딱딱하게 굳은 고정진이 낮게 말했다.

"돛대 형님, 잘 알아들었습니다. 하지만 오늘 실수하신 겁니다. 연희동이나 마약은 저랑 상관없습니다. 크크, 옛 추억을 떠올려 주셔서 고맙습니다. 라면으로 끼니를 때우던 제가 이런 30만원짜리 회를 먹는 위치에 올랐군요. 오늘은 옛 친구들을 불러 술을 한잔해야 할 것 같습니다."

신촌 로타리의 전진통상 안이다. 이를 악문 고정진이 이를 가는 소리를 내었다.

"선전포고다. 경고로 그칠 늙은이가 아냐."

"그럼 4대 보스들과 전쟁을 하는 겁니까?"

허기석의 말에 고정진은 고개를 저었다.

"모른다. 그놈들인지 친위대인지."

숨을 들이킨 허기석이 핏발이 서 있는 고정진의 눈을 쳐다보았다. 이한성의 친위대라면 악명 높은 척결대를 말하는 것이다. 소속된 인원도 얼굴도 알려지지 않았다. 이한성에게 반하던 적들에게 귀신같이 나타나 목줄을 따고 사라지는 것으로 그들이 존재한다는 걸 안다. 행동대를 관리하는 허기석이 몸을 부르르 떨 때 고정진의 말이 이어졌다.

"어쩌면 이번에 후계자를 뽑을 생각인지도 모른다. 방만한 조직은 무너지게 되어 있어. 특히 우리와 같은 조직에 공존이란 없다. 그럼 4대 보스들이 눈에 불을 켜고 달려들 거야. 힘든 싸움이 될 거 같다."

벌떡 몸을 일으킨 고정진이 40대의 나이라 믿어지지 않을 정도로 잘 빠진 근육질의 몸을 흔들며 창가로 걸어갔다. 불을 밝힌 자동차들이 긴 행렬을 이루며 끝없이 늘어져 있었다.

"칠흑 같은 어둠이다."

적이 정해져 있지 않았다. 4대 보스 모두를 적으로 돌리는 것은 자살 행위다. 적아를 가려야 한다.

한 지역을 거머쥐는 위치에 오르려면 숱한 고비를 넘겨야 한다. 무력 하나만 가지고는 어림도 없는 일이다. 누구나 비장의 한 수, 아니, 두 수는 숨겨두고 있고 속마음을 드러내지 않는다.

곰곰이 생각에 잠겨 있던 고정진이 입을 열었다.

"서울역과 청량리에 기별을 넣어라. 한번 뵙자고 말이다."

삼성동의 일도빌딩 안이다. 31층의 회장실에는 늦은 밤까지 불이 밝혀져 있었다. 빌딩의 29층부터 31층까지는 외부인의 출입을 철저히 통제했다. 직원이라도 비서실의 허락을 받아야 출입이 가능하였다.

일도그룹의 두뇌인 기획 조정실과 정보 조직이 한 층씩 사용하고 있었다.

30명이 근무하는 웬만한 사무실 크기의 회장실은 화려하진 않지만 안목있는 사람이 보면 눈이 휘둥그레질 정도로 고급 가구로 채워져 있었다.

비서실장 안진영이 입을 열었다.

"회장님, 양 의원과 성 사장의 보고를 종합해 보면 둘은 동일 조직입니다. 이한성입니다."

부드러운 원목 냄새가 아직도 남아 있는 푹신한 소파에 몸을 묻은 단단한 인상의 사내는 물고 있던 담배를 재떨이에 비벼 껐다. 이 회장실의 주인인 강철민이다.

떡 벌어진 어깨와 큼직한 이목구비가 남성미를 물씬 풍겼다. 그래도 세월의 노련함을 배워 부드러운 인상이다.

"이 회장을 몇십 년간 겪었어. 아직도 모르나? 그렇게 경솔한 사람이 아니야. 촌부같이 보이는 사람이 생각 이상으로 치밀한 성품이야."

"그럼 양 의원의 말대로 여당에서 꾸민 음모란 말씀이십니까?"

안진영의 반문에 강철민이 목젖이 보이도록 웃었다.

"뭐? 푸하하하하하! 이 친구 이거, 늙은 거 아냐? 자네, 채팅이 뭔지나 아나? 하하하. 농담일세!"

걸걸한 음성으로 강철민이 부드럽게 말을 이었다.

"그 돌대가리는 아직도 제 놈들이 하던 짓에서 벗어나지 못한 거야. 그러니 생각이 그리 미치지. 음모는 무슨 얼어 죽을. 그 돈만 넙죽넙죽 처먹는 돼지새끼는 다음에 낙선이 뻔해. 제 아들놈이 약에 절은 놈이란 것은 나도 아는 사실이야. 마누라의 치마폭에 가려 쉬쉬하고 있어 저만 몰랐지. 여희동은 웅크려 있던 이한성이 기지개를 켠 거고, 강북엔 곧 태풍이 몰아칠 거야. 후계자 자리를 너무 오래 비어두었어. 다섯 마리의 늑대가 큼지막한 먹이를 놓고 싸우는 것을 보는 것도 재미있을 것 같지 않나?"

등받이에 기대고 있던 상반신을 세운 강철민이 미소를 지었다.

"물건을 풀어. 강북에 집중적으로 말야."

"이 회장이 이미 눈치 챘습니다. 위험하지 않을까요?"

"하하, 그 친구는 예전부터 알고 있었네. 기회를 기다리고 있었던 거야. 내 필생의 적수를 너무 얕보는군. 자네, 사무실에 오래 앉아 있더니 감각이 많이 떨어진 것 같아. 사자가 제 새끼를 절벽에 떨어뜨리는 것과 같다. 강한 한 놈이 올라오기를 기다리는 거야. 우린 거기에 기름을 부어주는 거고. 혼란은 기회다. 강북이 후계 구도가 뚜렷해지기 전에 더 많은 피를 흘리게 만들어야 돼. 그러나 우린 뒤에 숨어 있는다. 우리가 치고 올라가면 그놈들은 뭉쳐. 손해 볼 짓은 하면 안 돼."

일도는 두 명의 밤낮의 비서실장이 존재했고, 안진영은 밤의 조직을 총괄하였다.

"그럼 고정진을 지원하겠습니다."

"그래야지. 어설프게 드러내 놓지 말고."

"힘이 딸린다 싶으면 감질나게 조금씩 균형을 맞춰주도록 하지요.

지방 조직도 연결해 주는 겁니다.”

미소가 짙어진 강철민이 말했다.

“이제 슬슬 감이 돌아오나 보군. 브로커를 하나 내세워. 알 만한 놈으로 말이야.”

“예, 회장님. 학교를 나와 변두리에서 놀고 있는 놈들이 많습니다. 저한테 맡겨주십시오.”

고개를 끄덕이며 강철민이 말을 바꾸었다.

“선적은 끝났나?”

“일본에 보내는 물건을 말씀하시는군요. 온길호가 알아서 잘하고 있습니다. 전통 무용단으로 나가는 애들이라 비자에는 문제가 없습니다.”

“쪽바리 놈들에게 잘 감시하라고 해. 저번처럼 도망쳐 와서 시끄럽게 하지 말고.”

반대로 국내에서는 러시아나 조선족 여인들이 똑같은 일을 당하고 있었다. 이것도 선진 문화라고 그대로 수입해 온 것이다.

“저… 회장님, 그럼 양 의원은 어떻게 처리할까요?”

“귀찮으니까 알아서 해. 양아치 몇 놈 잡아다가 주든지. 음, 아니다. 이번 기회에 그 돼지새끼한테 들어간 돈을 조금이라도 게워내게 만들어라. 그놈 지역구의 상대가 누구지?”

“글쎄요. 알아보겠습니다.”

“그쪽 지역 당원을 알아봐서 한 놈 내세워.”

무릎을 탁 친 안진영은 감탄사를 내뱉었다.

“아하! 무슨 말씀이신지 잘 알겠습니다. 흐흐, 그놈, 똥줄 깨나 타겠는데요.”

"시대가 급속히 변하고 있어. 그런 놈은 이제 뒤로 물러나야 할 때가 왔지. 안가에서 고문이나 하던 놈이 어디 백주에 국회의원이라고 금배지를 달고 다녀? 봐라. 우리도 이렇게 변하는데 말이야. 하하하하!"

두 사내의 웃음소리가 길게 이어졌고, 박지리도 맞추려는 듯이 다급히 울리는 경찰차의 싸이렌 소리가 창을 통해 희미하게 들려왔다.

우당탕! 와장창!

"아악! 아아아아아악!"

집기 부서지는 소리와 고음의 비명이 들리자 태경상사의 영업 현황 보고서를 보고 있던 김대경은 눈살을 찌푸리며 방을 나섰다.

단출하게 꾸며진 거실을 가로질러 지하실로 내려가자 무덤덤한 표정으로 지하실 문 앞에 지키고 있던 사내가 벌떡 일어나 그를 맞았다.

"열어라."

"예."

쿵쾅거리는 소리는 나지 않았지만 비명은 계속 들리고 있었다. 하지만 군말없이 밖에서 잠근 자물쇠를 연 사내는 한쪽으로 비켜섰다.

김대경이 문을 열고 들어서자마자 무언가 얼굴로 날아왔다. 그가 고개를 살짝 기울여 피하자 플라스틱 그릇이 문에 부딪치며 내용물을 쏟아내었다.

얼굴에 누리끼리한 액체가 묻고 하얀 와이셔츠에 얼룩이 졌지만 김대경은 대수롭지 않게 손으로 털어내고는 표독스러운 얼굴로 노려보고 있는 서유나를 쳐다보았다.

물기에 젖은 듯했던 촉촉한 눈망울이 며칠 사이에 썩은 동태 눈깔처럼 변해 멍하니 초점도 없었고, 탄력있고 백옥 같던 피부는 모래사장처럼 푸석해져 노랗게 변해 있었다.

"마귀할멈이 따로 없군."

봉두난발의 머리카락에 광기에 젖은 누런 눈만이 번뜩였다.

김대경은 난장판이 되어버린 지하실 한쪽에 놓인 간이 침대를 보았다. 한 움큼 빠져 버린 머리카락이 널려 있었고, 침대보는 찢어져 광녀가 되어버린 서유나와 조화를 이루어 을씨년스럽게 보이기까지 했다. 그때 서유나의 꼬부라진 음성이 들렸다.

"이 새에기 너, 으리 아바에 마해서 가마이 안 두 거아."

"이년 이거 중증이네? 말도 제대로 못할 정도였나?"

혀를 찬 김대경이 밖에 있는 부하를 불렀다.

"영진아, 가서 거울 가져와."

"으으으으, 아아아아악! 시어, 시어!"

여자로서의 본능은 남아 있었는지 서유나는 앉은 채로 머리털을 움켜쥐더니 어린아이처럼 발을 내저었다.

저택을 경비하는 부하가 가져온 아크릴 거울을 손에 쥔 김대경은 망설임없이 서유나에게 다가갔다.

"봐. 이게 지금 네 꼴이야. 네 현실을 직시하란 말이다. 이게 사람이냐?"

눈을 꼭 감은 서유나는 도리질을 치며 울음을 터뜨렸다.

"앙앙앙앙앙! 아지시, 자못해서여. 하 버마 바주세여. 하 버마. 으헝어어어어엉!"

마약 중독 증세가 심하면 황달기가 오고 언어나 사고 기능에 손상이

온다는 말을 들었다. 하지만 이 정도일 줄은 몰랐다. 얼굴이 딱딱하게 변한 김대경은 매몰차게 귀싸대기를 날렸다.

짜악!

일시적으로 귀가 멍할 정도로 세게 뺨을 맞은 서유나는 고개가 돌아 간 채 굳어버렸다.

“고개 돌려!”

김대경이 버럭 소리를 지르자 뒷걸음질로 벽까지 도망간 서유나는 무릎을 세워 그 사이에 얼굴을 넣고 팔로 머리를 감싼 모습으로 잔뜩 웅크린 채 벌벌 떨었다. 몸의 떨림이 보일 정도였다.

비 맞은 강아지처럼 떨고 있는 그녀를 보자 처음 느껴보는 아련한 느낌이 마음 한쪽에 들었지만 곧 떨쳐 버렸다.

눈을 부릅뜬 성난 얼굴로 김대경은 손을 뻗어 머리카락을 잡고는 인 정사정없이 젖혔다.

사슴 같은 커다란 눈에서 눈물이 주르륵 흐르고 울음소리를 억지로 참았는지 입술을 깨물어 입 주위가 파랗게 변해 있었다.

빨갛게 부어오른 한쪽 뺨을 보자 김대경의 눈동자가 흔들렸다. 그러 나 그는 얼굴을 바짝 붙이고 씹어뱉듯이 말했다.

“여긴 널 돌봐줄 그 잘난 네 부모도 없고 오빠들도 없어. 난 네가 밥 을 처먹든 말든 신경 쓸 사람이 아냐. 다만 입 다물어. 한 번만 더 소리 치고 발광을 하면 넌 죽는다. 네년이 여기를 나갈 방법은 단 한 가지 야. 그 걸레같이 더러운 몸뚱아리가 깨끗해지는 것뿐이다.”

딸꾹! 딸꾹!

소름이 돋게 하는 공포스러운 기운에 서유나는 저도 모르게 딸꾹질 을 했다.

　김대경이 살심을 품어 자연적으로 살기를 방출한 것이다. 사람을 전문적으로 죽이는 특수 훈련을 쌓은 이들은 맹수와 같이 끈적끈적한 살기를 발하고 느낄 수 있다.

　그는 서유나를 만나고부터 생긴 묘한 감정이 싫었다. 생소한 느낌에 본능적으로 거부감이 든 것이다. 그 감정의 원인인 그녀가 없어지면 원래의 상태로 돌아갈 거란 생각이 순간적으로 들었다.

　사랑이니 동정이니 연민 따위는 모른다. 김태수에게만 느낀 감정에 다른 사람을 넣고 싶지 않았다.

　하지만 그녀의 공포에 질린 눈동자와 빨갛게 손자국이 난 얼굴을 보자 마음이 아팠다. 그리고 화가 났다. 그 대상이 명확하지 않았지만 화가 치밀어 올라 미칠 것 같았다.

　"네년 입에서 약을 달라는 소리가 내 귀에 들려오면 그때마다 손가락을 분질러 줄 테다."

　그때 서유나의 사타구니가 물기에 젖고 바닥에 물이 고였다.

　"빌어먹을!"

　그녀가 오줌을 지리고 멍하니 고개를 끄덕이자 김대경은 더 이상 볼 수가 없어 방을 나섰다.

　서유나가 김대경의 저택으로 들어온 것이 보름이 되었다. 처음에 백한만에게 맡기려 했던 김대경은 자꾸 신경이 쓰여 집으로 데려온 것이다.

　삼 일이 지나자 그녀의 금단 현상이 시작되었다. 잡혀 있어도 밝게 지내다가 어느 순간 신경질이 늘면서 멍하니 앉아 있는 시간이 점점 많아지고, 귀신을 본 듯 공포에 질리기 십상이었고, 밥을 가져다주는 부하 앞에서 약을 주면 시키는 짓은 다 하겠다며 옷을 벗은 적도 있었다.

마약 중독을 치료하는 방법을 알아보았는데, 약물 치료와 병행해 따뜻한 사랑이 필요하다고 했다. 호기심에 의한 중독보다는 내면의 억압된 감정 때문에 쉽게 손을 대는 것이고, 치료 후에도 근본적인 문제가 해결되지 않으면 다시 미약을 찾게 된다.

김대경은 거기까지 신경 쓸 정성도 시간도 없었다. D&P 그룹의 지사가 미국에 있다. 서인석이 전화 한 통화만 하면 당장에라도 알려진다. 그전에 제정신으로 만들어놓고 문제를 해결해야 한다.

사랑으로 할 수 없다면 뼈에 사무치는 극한 공포로 정신을 일깨울 수밖에 없는 것이다. 사람은 누구나 삶의 끝 자락을 놓지 않으려 한다.

부천과 연합한 김포 접수는 생각보다 쉽지 않았다. 하룻밤 자고 일어나면 마을 하나가 들어서는 곳이어서 김포의 기존 조직보다는 먹이를 노리고 모이는 하이에나들이 많았다. 한 구역을 청소하고 나면 그 옆에 건들거리는 놈들이 또 생겨나 혀를 내두를 정도였다.

그래서 김포보다 수 배나 큰 시장인 고양시를 보름 만에 장악하고도 김포는 이 개월이나 걸렸다.

김대경은 우진만과의 약속을 지켰다. 김포 시내에 영업장을 내지 않았고, 태경토건의 사무실 하나만 마련했다.

물론 태경이 토건 사업을 독점할 수 있는 것도 하는 것도 아니었고, 경쟁을 하는 것이지만 소규모 도급 공사는 지자체에서 지역 업체에 편의를 봐줍니다. 세수가 늘기 때문이지요. 게다가 아무리 큰 공사라도 자질구레한 떡고물은 떨어지기 마련이다.

김포는 부천이 관리하면서 사업을 공유하는 완충지대가 되었다.

서유나가 광녀에서 사람 모습을 찾은 것은 약을 끊고 한 달 반 정도
가 지난 후였다.

보통 치료 기관에서 6개월을 잡는 것에 비하면 대단히 빠른 것이었
다. 당연히 사후 관리 같은 것은 없으니 그럴지도 모르지만 말이다. 단
지 약만 찾지 않는 정도였다.

손바닥만한 작은 정원의 테라술에 서유나와 마주 앉은 김대경은 가
만히 그녀를 바라보았다.

한마디로 요조숙녀의 모습이었다. 살짝 내린 시선과 가지런히 모은
손은 무릎 위에 얹혀져 있었고, 바른 자세로 허리를 펴고 있었다. 얼굴
은 조금 여위고 피부가 많이 거칠어졌지만 여전히 고왔다.

"어떻소?"

김대경은 정중히 물었고, 서유나의 대답 또한 차분했다.

"괜찮아요."

"이제 당신이 누구인지 말해 주겠소?"

천천히 고개를 든 서유나는 굵직한 이목구비의 사내를 검은 눈동자
에 가득 담았다.

"아시지… 않나요?"

"전에 내가 알던 당신은 쓰레기오. 나 또한 쓰레기라 말했고…….
좋소. 내가 먼저 말하리다. 난 김대경이오. 깡패요. 조직 폭력배, 건
달이라고도 하오. 우연찮게 일이 있어 서울에 갔다가 당신이 내 일
에 끼어들었고, 지금 이 자리에 있는 것이오. 내가 당신을 약에서 벗
어나게 한 것은 맨정신의 당신에게 선택할 기회를 주기 위해서였
소."

"……."

“아직도 죽고 싶소?”

“…예.”

침을 삼킨 서유나는 김대경의 시선을 피하지 않고 들릴 듯 말 듯 작은 목소리로 말했다. 그녀의 손은 치마를 움켜쥐고 있었다.

“흐음, 좋소. 따라오시오.”

김대경의 저택은 낮은 구릉 위에 지어져 있었다. 고양과 파주의 경계쯤에 위치한 별장을 사들여 개조를 하였다. 아랫마을이 한눈에 내려다보이고 밑에선 수풀에 가려 집이 잘 보이지 않았다.

마을은 작은 개천을 끼고 생성된 곳으로 여름엔 가끔 번잡한 곳을 피해 가족 단위로 물놀이를 즐기려는 사람들이 찾기도 했다.

한 시간이면 서울에 갈 수 있는 곳이라 공해에 찌든 도시에서 벗어나 전원 생활을 즐기려는 이들이 이주를 하기도 했다.

까치마을이라 불리는 아랫마을엔 태경회의 가족들이 하나 둘 모이고 있었다. 김대경의 저택으로 오기 위해서는 아랫마을 지나야 한다. 이백 호도 되지 않는 작은 마을이라 낯선 사람이 들어오면 금방 눈에 띤다. 그 소식은 곧 태경회의 귀에도 들어온다.

태경회는 이곳에 저택을 마련하면서 태경상사의 이름으로 마을에 지원을 해주었고, 지금은 노인정과 아이들의 놀이방이 딸린 마을회관의 신축 공사가 진행 중이다. 그들도 외지 사람이기에 선심을 얻으려 한 것이다.

까치마을 사람들은 김대경을 젊은 나이에 성공한 기업가로 알고 있다. 그들은 매일 아침 출근하는 세 대의 고급 차를 보며 선망의 눈길을 보냈다.

서유나는 저택의 이층에는 처음 올라와 보았다. 먼지 하나 없이 깨끗한 그곳엔 방 두 개가 있었다. 왼쪽의 작은방과 한가운데의 큰방. 그녀는 큰방이 김대경의 침실이 아닐까 하는 생각이 들었다.

큰방 앞에 선 김대경은 조심스럽게 노크를 하였다. 그의 방이 아니었다.

"들어오세요."

방 안에서 여인의 낮은 목소리가 들렸고, 서유나는 김대경을 따라 방 안으로 들어갔다.

자연광이 잘 들어오게 커다란 창이 난 방은 온통 백색이었다. 눈송이처럼 새하얀 벽지와 바닥, 심지어 창가의 차 탁자에까지 흰 천을 씌워놓았다. 자연광이 잘 들어오도록 놓인 침대 가에 선 30대 초반의 여인이 그들을 반겼다. 그녀의 뒤로 산소 마스크를 쓴 채 죽은 듯 침대에 누워 있는 사내가 있었는데, 머리맡에는 사내의 상태를 수치로 나타내는 각종 기계가 놓여 있었다.

"제수씨, 항상 고맙습니다."

"아니에요, 사장님. 그런 말씀 하시지 마세요. 애 아빠와 같이 살게 해주신 것만으로도 감사해요."

볼살이 올라 둥근 얼굴의 여인은 김막동의 아내였다. 어릴 적 소꿉친구로 반강제적으로 동거를 시작했고, 지금은 일곱 살난 아들도 있다. 부부 싸움을 할 때마다 자식이 없었다면 벌써 도망갔다고 악을 쓰는 여인이다.

혼인 신고도 하지 못하고 친정에서 얹혀 살던 그녀를 까치마을에 자리를 잡으면서 데려왔다. 카지노가 들어서며 구역을 뺏긴 김막동이 부인과 아들을 피신시킨 것인데, 그 기간이 길어져 2년 만에 한집에서 살게 되었다. 간병인이 필요하다는 소리에 김막동은 서슴없이 부인을 보낸 것이다.

김태수의 간병인은 모두 네 명으로 부하들의 아내들이 돌아가며 맡고 있었고, 사내들만 북적이는 집에 기정부 역할도 했다. 김대경의 집에는 조민재의 친위대가 함께 거주하고 있었다.

김막동의 아내를 내보내고 김대경은 따뜻한 시선으로 김태수를 바라보았다. 두 눈은 감겨 있었고, 일체의 미동도 없었다. 그는 머리맡에 있는 기계에 의존해 목숨을 보존하고 있었다.

하지만 김대경에게는 투박한 김태수의 손길이 느껴지는 듯했다.

"우리 형이오. 내 삶의 의미오."

"많이 아프신가 봐요."

"이 년째 말 한마디 없이 누워만 계시오. 난 반드시 형님을 다시 일으켜 세울 거요."

침대 가의 의자에 앉은 김대경은 김태수의 굳은 손을 꼭 잡았다.

"웃기지 않소? 우리 형은 형사요. 범죄자를 잡다 이리 되셨지. 그런데 동생은 깡패가 되어 있으니 말이오."

"……."

"난 감정이 없소. 그런 걸 배우지도 않았고, 살기 위해 몸부림을 쳐야 했으니까. 솔직히 지금도 사람을 죽여도 무감각하오. 아무런 느낌이 없단 말이오. 그런데 어느 순간부터 형님의 얼굴이 떠올라 손끝이 망설여지게 되었소."

김대경은 팔을 뻗어 거친 김태수의 얼굴을 쓸었다.

"그 사람을 죽이면 나처럼 슬퍼하는 이가 있을 거란 생각이 들었단

말이오. 하지만 나와 같은 슬픔을 안겨주는 놈들은 다 없애 버릴 것이
오. 사회에 나와 맨 처음 깨달은 게 뭔지 아시오? 힘만 있으면 다 통한
다는 것이오. 그게 돈이든 주먹이든 권력이든 말이오. 난 주먹을 가지
고 있고 쓸 줄도 아오.”

김태수의 이불을 가지런히 매만진 김대경은 몸을 돌렸다. 눈가가 붉
어진 서유나가 소리없이 울고 있었다.

“당신은 없어져야 할 놈들과 다르오. 물론 그들도 사랑하는 이들이
있을 것이오. 하지만 내버려 두면 더 많은 사람이 슬픔을 겪게 되오,
나같이. 난 그렇게는 못하오. 하지만 당신은 마약을 판 것도 아니
고……. 그래서 망설였소. 당신을 아껴주는 사람들이 있소. 나같이 마
음이 찢어지는 고통을 느낄, 사랑하는 사람들이 있다는 말이오. 하지
만 당신은 내가 가는 길에 장애물이 되오. 어찌해야 하겠소? 정말 죽
여주리까? 그들의 아픔을 감당할 자신이 있소? 이 찢어지는 고통을!”

서유나는 하염없이 눈물만 흘리고 있었다.

“당신, 주워온 자식이오?”

그녀는 고개를 내저었다.

“친부모요?”

서유나는 손을 올려 얼굴을 가린 채 고개를 끄덕였다.

“그럼 죽고 싶은 이유가 그 남자 때문이오?

어깨만 들썩일 뿐 어떤 몸짓도 없었다.

“나는 남녀 관계는 모르오. 정말 당신이 목숨을 버릴 만큼 그런 사
이였는지도. 그 남자가 죽었소?”

“흑, 아니요.”

울먹이는 소리로 서유나는 말을 이었다.

"부모님은 절 사랑하지 않아요. 아빠는 일에 빠져 살고 엄마는 모임에 참석하기 바쁘구요. 오빠들도 아빠랑 똑같아요. 함께 식사한 적이 언제인지 기억도 안 나요. 가끔 용돈을 쥐어주는 게 끝이에요. 끅끅, 이렇게 살다 집안에서 정해주는 남자하고 결혼해야 해요. 그러다 그 사람을 만났어요. 흑흑, 정말 날 사랑해 주는 사람. 그 순간보다 행복한 적은 없었어요. 그런데 아빠가 준 돈을 받고 떠났어요. 나쁜 놈. 그 사람도 밉고 아빠도 미워요. 흐앙앙앙!"

김대경은 와락 눈살을 찌푸렸다. 호강에 겨워 투정하는 걸로 보였기 때문이다. 그따위 사소한 일로 마약에 절어 살 정도의 일이 아니라 생각했다.

그녀 입장에서는 애정 결핍으로 방황을 했을지도 모르지만 김대경은 부모의 얼굴도 모른다. 부모의 사랑 속에서 성장한 정상적인 환경이 아니다.

김태수의 말처럼 진짜로 자신이 유괴되었다면 부모님은 어딘가에서 자신을 잊고 편히 살기만을 바랄 뿐이었다.

"하아! 그따위 일로 죽고 싶다라……. 당신 몇 살이야?"

김대경의 말이 거칠어졌다.

"스물다섯이요."

"정신 차려, 이 여자야! 그놈은 네 돈을 보고 달려든 거고 너희 부모는 열심히 돈을 벌어 너를 통해 그놈 가져다주느라고 바쁜 거야!"

김대경은 남녀의 순수한 사랑을 몰랐다. 서유나와 그 남자의 관계가 진정한 사랑일지라도 그는 색안경을 끼고 볼 수밖에 없었다.

조민재의 사무실에서 본 남녀 관계는 항상 정상적이지 못했다. 제비족과 유부녀의 관계, 남편 뒤를 쫓는 부인, 성교 장면을 사진에 담아 협박하는 놈들을 잡는 일. 불륜 현장만 보아온 그로서는 다 그렇게 보이는 것이다.

조건도 맞아떨어졌다. 재벌집 여식과 돈을 받고 떠나 버린 남자. 헛웃음만 나왔다. 멍청한 건지 순진한 건지.

좋은 감정이 생겨 진실로 대해주었는데 나오는 말은 억장을 무너뜨렸다. 그의 말이 고울 리 없었다. 독특한 자신만의 세계를 가진 여인과 흑과 백밖에는 모르는 남자의 만남이었다.

"잘 들어. 너를 잡아가려다 죽은 그놈, 국회의원의 자식이다. 그 아비 양 뭐라는 그놈도 죽어 마땅한 놈이다. 성질 같아서는 아예 죽여 버리고 싶은데 국회의원이란 게 대단한 직위더구먼."

입맛을 다신 김대경은 인상을 팍 쓰고는 말을 이었다.

"서유나, 널 풀어주겠다. 그 대신 그날의 일은 입을 닫는 거다. 내 아비가 알아도 나랑 같은 생각일 거고. 그리고 마약은 끊어라. 약에 취해 떠벌릴 수도 있으니까. 만약 약에 취한 모습이 보이면 그때는 정말 뒷산에 묻어버린다."

마약 얘기가 나오자 서유나는 금단 현상이 일어날 때 오줌을 싼 모습이 기억났다. 얼굴이 붉게 달아오른 그녀는 고개를 푹 숙였다.

"그, 그렇게 할게요."

"네 아비가 아무리 대단한 사람이라도 난 마음만 먹으면 무슨 짓이든지 할 수 있어. 잘 알아두도록. 나가 봐."

김대경이 축객령을 내렸지만 서유나는 쭈뼛쭈뼛 그의 눈치를 보며 말했다.

"근데 몇 살이에요? 나보다 어려 보이는데……."

"……."

"아이고, 유나야."

중년의 귀부인이 현관 문을 빼꼼히 열고 얼굴을 내미는 서유나를 보고는 달려들었다.

"너, 어디 갔었어? 아이고, 내 딸!"

"으아앙! 엄마!"

초췌한 서유나의 얼굴을 매만지던 부인은 따뜻이 그녀를 안아주었다.

"아이구, 우리 막내가 얼굴이 반쪽이 됐구나. 일단 들어가자."

노봉산 근처의 고급 주택이다. 부자들은 강남에 모여 산다고 알고 있지만 진짜 알부자들은 한적한 곳에 산다. 도봉도 그런 곳의 하나로 차가 없으면 집에 가기도 힘들다. 시장을 보러 가는 가정부용 차량도 있는 집이 있으니 두말할 필요 없다.

산 중턱에 중세 때의 성같이 세워진 집들은 최첨단 보안망이 설치되어 있고, 넓은 정원 한 켠에 수영장과 간이 골프 연습장을 만들어놓은 곳도 많다.

서인석은 막내가 들어왔다는 전화를 받고 한 시간도 되지 않아 들이닥쳤다.

"이놈의 계……!"

"아빠! 아앙앙!"

맘먹고 혼찌검을 내주려던 서인석은 푸석해진 피부와 볼이 쏙 들어가 광대뼈가 약간 나온 딸의 얼굴을 보더니 말을 잇지 못했다.

둘째 아들과 나이 차가 10년이나 나는 딸을 얻은 서인석은 그날 만세를 불렀다. 갓 태어나 쭈글쭈글한 얼굴도 그리 예뻐 보일 수가 없었다.

금이니 옥이니 하며 공주처럼 키웠는데 옆길로 새어버렸다. 가족과 함께하지 못한 자신의 책임이 크다고 여겼다.

경기가 좋아 한참 회사가 성장할 때는 밤늦게 들어와 새벽에 출근을 했고, 나라 경제가 무너질 정도로 타격을 입은 IMF 이후 계속된 경제 불황으로 회사가 휘청거릴 지경이 되자 마누라 엉덩이 한번 두드릴 시간도 없이 회사에서 살았다. 그래서 항상 자식들이나 부인에게 미안했다.

아들놈들은 후계자 수업을 쌓으면서 그런 사정을 알기에 잘 따라주었지만 딸내미는 너무 감싸고 키웠다는 후회가 들기도 했다.

어디서 제비족 같은 놈을 데려와 결혼하겠다고 하지를 않나, 유학 보내놨더니 부모도 모르게 입국하고는 감쪽같이 사라져 애를 태웠다.

딸을 부탁한 미국 지사장을 다음 인사 조치에서 좌천시켜 버릴 생각을 가지고 있던 그였다. 그는 서유나가 미국에 가서 마약을 접했다는 사실을 전혀 모르고 있었다.

전에 옆집 어느 회장은 유학을 보낸 딸이 시커먼 놈을 데려와 결혼을 하겠다고 해서 난리가 난 적도 있었다.

서인석은 그나마 새하얗든가 새까맣든가 하는 놈은 보이지 않아 남모르게 한숨을 내쉬었다.

"어디, 네 말 좀 들어보자, 입국하고 두 달 동안 무엇을 하고 지냈는지."

고풍스럽게 꾸며진 거실에는 온 가족이 모여 있었다. 본사에서 서인석과 함께 온 장남 서지철과 경기도 물류 창고에 갔다가 달려온 차남 서남철, 그리고 그의 부인들까지 여섯 쌍의 눈동자가 서유나의 입에 모였다.

서유나는 눈에 물기를 담아 서인석을 쳐다보았다.

"미안해, 아빠. 내가 속 많이 썩였지. 미국에 혼자 있으니까 외롭고 해서 친구들을 만나려고 들어왔어."

조로의 나이시만 아직 단력있는 피부를 유지하는 서인석이 이마에 잔주름을 만들었다.

"네 친구들은 다 연락을 했다. 호텔에서 지냈다고 하더구나. 그리고 일주일 만에 없어졌고. 어디 있었어?"

"산에, 깊은 절에 들어가 있었어. 머리 깎고 비구니가 되려 했는데 고승을 만나시 좋은 말씀 많이 듣고 내려왔어. 아빠, 이제 잠할게 한국에 있게 해줘? 응? 그놈도 다 잊었어. 정말이야."

서유나는 얼음장처럼 차가운 표정의 김대경을 떠올렸다. 깡패가 순간 고승이 된 것이다. 저도 모르게 웃음이 나와 억지로 참자 얼굴이 붉게 달아올랐다.

서인석은 고개를 푹 숙이고 어깨를 들썩이는 서유나가 그리 애처롭게 보일 수가 없었다. 나이만 들었지 어린애나 다름없었다. 백발이 성성한 자식도 부모에게는 어리게 보이는 것이다.

문득 한 가지가 마음에 걸렸다.

"네가 없어진 날 그곳에서 사고가 있었어. 상관없는 거지?"

서인석은 이미 서유나의 행적을 파악했다. 한참 동안 신문 일면을 장식했던 양태만 의원 아들의 강도 살해 사건이 있었던 곳에서 서유나의 흔적이 발견되었다.

"무슨 사고? 몰라, 아빠. 집에 들어오긴 미안하고 해서 그냥 바람이나 쏘이려고 동해에 갔다가 설악산에 들어갔어."

“그 절이 어디냐?”

서유나의 큼지막한 눈에 다시 눈물이 고였다.

“아빠, 너무해. 지금 나를 못 믿는 거야? 흑흑흑.”

“아니, 그 고승께 사례라도 하려고.”

“필요없대. 맘 잡고 잘사는 게 은혜에 보답하는 거래. 그래서 난 그렇게 하겠다고 했어. 정말 좋은 분이지.”

금세 눈물을 손등으로 찍고는 다시 웃었다.

서인석은 한숨을 내쉬었다. 성격이 워낙 변화무쌍해서 다그칠 수도 없었다. 부인은 자기를 닮아 감수성이 예민해서 그렇다고 하는데 천방지축이라는 말이 딱 맞았다. 어디로 튈지 모르는 럭비공 같았다.

그사이에 문제를 일으켰으면 벌써 소식이 들렸을 거고 벌써 싸구려 연예지에서 떠들어댔을 거다. 서인석은 좋게 생각하기로 마음을 먹었다.

“좋다. 이번 일은 이 정도로 넘어가자. 그 대신 한 달간은 외출 금지다.

“아빠!”

“절대 안 돼. 네가 밥을 굶고 떼를 써도 이번은 안 돼!”

서유나가 불쑥 엉뚱한 말을 꺼냈다.

“그럼 나, 아빠 회사에 취직시켜 줘.”

“취직? 네가 일을 하겠다고?”

“응. 나 잘할 자신 있어. 아빠! 아빠!”

이마를 짚고는 서인석은 아들들에게 고개를 돌렸고, 그들은 시선을 피했다. 골칫덩이를 맡고 싶지 않아서였다.

“나 백화점에서 일할래. 일산에 백화점 있잖아. 거기로 보내줘.”

서인석이 이제 장성해 한 팔을 거들고 있는 아들들을 모아놓고 말했다.

"정말 절에 있었을까?"

"그럴 리가 없지요. 유나가 그런 적막한 곳에 한 시간이라도 있을 애입니까?"

서남철의 말에 서지철도 고개를 끄덕이고는 말했다.

"아버님, 저는 오히려 지금의 유나가 더 마음이 놓입니다. 매사에 신경질적이던 애가 밝아진 것 같지 않습니까?"

"그렇긴 해."

"떨어져 있으면 이상한 소문이 돌기 마련입니다. 유나가 원하는 대로 남철이가 데리고 있는 게 좋을 것 같습니다. 이제 시집갈 준비도 해야 되고 여기에 있는 편이 낫습니다."

장남인 서지철은 치밀한 사람이다. 그룹의 기획조정실장으로 사업 전반에 걸쳐 이끌고 있었고 불황을 잘 견뎌내어 이미 그룹의 차세대 오너로 간부들에게 인정을 받았다.

그는 서유나의 행적을 손바닥 보듯이 알고 있었다. 미국 지사에서 흘러오는 소문도 그가 차단을 해서 서인석의 귀에 들어가지 못하게 했고, 마약에 손을 댄다는 것 또한 물론이다. 한번 미국에 건너가 주의를 주고 상태가 심하면 그곳 전문 치료 기관에 입원을 시키려던 차에 이번 일이 생겼다.

서유나의 몰골로 봐서 약은 끊은 것 같아 한편으론 마음이 놓였다. 정확한 사정은 시간을 갖고 알아보면 될 일이다. 스스로 치료를 했는지 타인의 도움을 받았는지 말이다.

마음을 정리한 서지철이 서남철에게 말했다.

"공연한 일 만들지 말고 잘 보살펴."

"빨리 시집이나 보내지. 아주일보 아들이 호감을 갖고 있다던데."

"안 그래도 자리를 만들어볼 작정이다."

재벌가와 언론사, 정치인과의 결합은 흔한 일이다. 30대 재벌 가문의 계보를 보면 서로 얼키고 설킨 경우가 대부분이다. 그들만의 계층을 형성해 높은 벽을 두르고 산다. 신데렐라의 얘기는 동화책 속에서나 등장하는 일이다.

제7장
암영(暗營)

암영
暗影

“어! 종석이? 종석이 맞지?”

김포 신도시의 중심으로 자리잡은 사우 사거리의 횡단보도 앞에서 차를 기다리던 오종석은 자신을 부르는 목소리에 뒤를 돌아보았다.

헐렁한 긴팔 셔츠를 입은 한 사내가 떡 벌어진 어깨를 흔들며 다가왔다.

“광필이 형, 오랜만이유.”

“새끼, 신수 좋은데?”

전광필은 말쑥한 양복 차림의 오종석을 위아래로 훑어보더니 허리춤을 치켜 올렸다.

“갈보 년들 기둥서방하던 놈이 몰라보게 변했네?”

“하하, 언젯적 얘기를. 형은 여긴 어쩐 일이슈?”

어깨를 부풀린 전광필이 턱을 들었다.

"여기 우리 나와 버렸거든."

"인천 쪽에 있다는 얘기는 들었는데 부천이었구려?"

불쑥 머리를 밀고 바짝 다가선 전광필이 눈을 치켜 올렸다.

"너, 떡새 밑에 있었냐?"

"훗. 맞긴 한데, 거 말조심 좀 하쇼. 아무리 형이라도 그렇게 말하면 내가 듣기 거북허요."

"허! 새끼 정말 많이 컸네. 눈도 부라릴 줄 알고."

피식 웃은 오종석은 양복 상의에서 명함을 꺼내서는 내밀었다.

"나도 김포에 있는데 가끔 볼 수 있겠네."

한글과 영문으로 적혀 있는 명함을 받아 든 전광필이 앞뒤로 돌려보았다.

"태경토건 대리라……. 이거 나도 명함을 하나 파든지 해야지."

"형, 영업장이 어디유?"

떨떠름하게 전광필이 대답했다. 후배한테 꿀리는 기분이 들었기 때문이다.

"시내 오락실."

"지금은 사무실에 들어가야 하니까 이따 저녁에 한잔하죠."

비상등을 켜고 다가온 중형차가 멈추어 서고 운전석의 부하가 내려 문을 열어주자 오종석이 몸을 싣고 떠났다.

그 광경을 지켜보던 전광필은 입맛을 다셨다. 그는 오종석의 동향 3년 선배로 건달 생활을 시작한 지 5년이 넘었지만 별만 두 개 달았을 뿐 아직 영업장을 맡지도 못했다.

전광필이 다시 오종석과 마주 앉은 것은 저녁 10시 무렵이었다.

벌떼클럽이라는 과부촌에서 술잔을 기울이던 전광필은 계속 떫은 감 씹은 얼굴이었다. 술값이 만만치 않았기 때문인데, 명색이 선배이니 그가 사야 하는 입장이었다. 하지만 지갑엔 먼지만 날렸다.

게다가 이 과부촌은 조직에서 관리하는 곳이라 깽판을 칠 수도 없었다.

그런 전광필의 미음을 아는지 오종석이 밝게 말했다.

"형, 뭐 그리 똥 씹은 표정이유? 이거 내가 쏴. 계집도 넣어줄 테니까 편하게 먹어."

"험! 내가 요즘 들어간 돈이 많아서……."

"형 사정 뻔히 아는데 걱정하지 마. 이래 봬도 밑으로 다섯 명을 돌봐, 내가."

"새끼, 진짜 많이 컸네. 떡새가 영업장 하나 내주든?"

얼굴을 찌푸린 오종석이 술잔을 들었다.

"거참, 말조심 좀 하래도."

"알았다, 새꺄."

"영업장은 없고 그냥 대리야. 대리, 과장 밑에 대리."

"씨발 놈아, 내가 그것도 모르는 줄 알아? 그게 아니라 내 말은……."

"알어, 알어. 우린 월급 받아. 월급쟁이가 됐다. 그리고 내 앞으로 오천만 원짜리 주식도 있어. 다 큰형님이, 아니, 우리 큰사장님이 주신 거야."

오종석의 말을 듣던 전광필은 멍한 표정이었다. 큰사장이라면 보스를 말하는 것일 텐데, 그가 오천만 원을 부하들에게 나누어 주었다는 말이다.

"그냥 줘? 오천을?"

오종석은 고개를 치켜들고는 대답했다.

“우리 사장님은 그래. 그리고 지난달엔 오백을 보너스로 받았수다.”

“오백?”

“엉, 사업이 잘 풀렸나 봐.”

테이블을 넘어갈 태세로 전광필이 다그치듯이 물었다.

“오천은 뭐고 오백은 또 뭐야?”

“조직, 아니, 회사 돈을 나누어 주신 거지, 우리 큰사장님이. 막내에게까지 전부. 나 요즘 살맛나요. 매달 꼬박꼬박 엄니한테 용돈도 부쳐 드리고 적금도 들어. 회사 일이 잘 풀렸다고 보너스도 받고. 하하하!”

전광필은 오종석의 말을 이해하기가 힘들었다. 중간 간부들이 영업장을 맡으면 거기에서 벌어들이는 돈에서 상당액을 보스에게 상납하고 나머지로 부하들을 관리한다.

후한 형님을 모시면 주머니에서 돈 떨어지지 않게 살긴 하지만 포장마차나 작은 점포 등의 자잘한 곳에서 자릿세를 받아 용돈 벌이를 하였다.

건달 체면에 노점상을 등치는 게 쪽팔리기는 해도 당장 궁하니 그런 걸 따질 계제가 아니었다.

전광필은 이 바닥에 3년이나 먼저 발을 디뎠는데도 아직도 오락실에서 기도를 보고 있는 자신의 처지가 한심해 보였다. 번듯한 양복에 고급 차는 언감생심이고 호적에 빨간 줄만 갔다.

일본에는 우리 나라에 대한 관광 가이드 책이 있다. 한국의 문화 유산에 대한 정보만 있는 것이 아니고, 그중에는 일명 기생 관광이라는

섹스 상품에 대한 자세한 소개와 위치, 가격, 행태들을 책으로 엮은 것
도 있는데 서울 북창동은 사진까지 실릴 정도로 유명했다.

북창동에서도 3층 건물에 룸이 150개나 달린 월드컵클럽은 서울역
일대와 이태원까지 관할하는 홍두식의 주 사업장의 하나로, 그가 밤을
새고서도 조기 축구를 할 정도로 축구를 좋아해 붙인 이름이다.

홍두식은 월드컵 때 이탈리아 전 로얄석 표를 지갑에 넣고 다니며
행운의 증표로 삼았을 만큼 열성적인 축구광이다.

"아니, 이걸 어디서 구했어?"

입이 함지박만하게 벌어진 홍두식이 지난해 월드컵 때 역전골을 넣
었던 선수의 유니폼을 받고는 이리저리 살펴보았다.

"사업 관계로 아는 사람에게 부탁해서 얻었습니다. 등에 사인도 받
았지요."

고정진은 헤벌죽 웃으며 아이처럼 좋아하는 홍두식을 보며 속으로
혀를 찼다. 저렇게 축구를 좋아해서 공 차듯이 머리통을 날려 버리는
홍두식이란 걸 안다. 앞굽에 철판을 넣은 신발을 신고 말이다.

"형님, 장사는 잘되나 보네요. 들어와 보니까 빈 방이 보이지 않던데
요."

고정진은 한성회의 다섯 회장 중에서 배분상 세 번째고 홍두식이 종
로 다음의 위치이기에 깍듯이 존댓말을 썼다.

유니폼을 한쪽에 치워놓은 홍두식이 웃는 얼굴에서 금세 인상을 구
기면서 말했다.

"에이, 니기미. 굶어 죽지 않으면 다행이다. 꼭대기 층은 아예 문을
닫았어. 채권 일도 마찬가지야. 요즘 돈 떼먹고 도망간 놈들이 더 많아
서 적자다, 적자."

선이자를 20퍼센트나 떼고 연 이자가 원금의 열다섯 배, 1,500퍼센트나 되면서 적자라는 아무도 믿지 않을 말을 태연히 늘어놓는 홍두식이었다.

"괜스레 말하고 나니까 또 열받네."

다리를 꼰 홍두식은 덥지도 않은데 부채질하는 시늉을 하며 셔츠의 윗 단추를 풀었다. 컬러풀한 용 문신이 셔츠 사이로 드러났다. 가슴의 중앙에 새겨진 용의 눈동자가 매섭게 보였다.

"형님, 명예회장님께서 무슨 말 없으셨습니까?"

"뭔 말?"

손가락으로 귀를 후비는 홍두식을 뚫어지게 바라보던 고정진은 과장된 커다란 한숨을 내뱉었다. 그는 정말 마약에 대한 일을 모르는 것 같았다. 홍두식은 성격이 불과 같아서 속내가 그대로 얼굴에 드러나는 사람이다.

"제가 모함을 당했습니다."

"엥? 뭐?"

"어떤 놈들이 제 구역에서 조직적으로 마약을 팔았는데 회장님의 친위대에게 걸려 작살이 났답니다."

마약이란 소리는 들리지도 않았는지 홍두식은 친위대란 소리에 상체를 세웠다.

"지, 지금 친위대라 했어?"

무겁게 고개를 끄덕이며 고정진이 말을 이었다.

"명예회장님은 조직을 해체하셨다고 하지만 분명 남아 있습니다. 제 눈을 피하고 그렇게 순식간에 처리할 조직은 회장님의 친위대밖에는 없습니다. 연희동 주택가에 숨어든 마약 총판이 하룻밤 사이에 거덜이

났습니다."

"그런데?"

다시 한 번 한숨을 푹 쉬며 고정진이 위스키를 벌컥 들이키고는 말했다.

"고문님을 통해서 저에게 책임을 지라 하셨습니다."

"허허."

고정진은 테이블에 상체를 붙이며 말소리를 낮추었다. 룸의 조명이 그의 벗겨진 앞머리에 반사되는 듯이 빛이 났다.

"형님, 이제 시작한 겁니다."

무슨 소리냐는 듯이 턱을 치켜든 홍두식에게 고정진이 낮지만 또렷이 말했다.

"후계자 싸움이 말입니다."

"……."

"제가 선빵을 맞은 것입니다. 손놓고 있다가 되게 한 대 맞았습니다. 제가 형님과 친하다는 것은 한성회 사람이라면 다 알고 있습니다."

고정진이 천안에서 한창 이름을 날리고 있을 때 그를 서울로 올린 사람이 홍두식이었다. 80년대에 접어들면서 기존 조직들이 된서리를 맞아 흩어지고, 그 자리에 어중이떠중이들이 모여들 때 이한성이 그 틈을 파고들어 강북을 정리하며 한성회를 세웠다.

강북의 영역을 점령해 나갈 때는 사이가 좋았지만 체제가 정비되고 서로 구역을 맡고부터는 서먹하게 변했다. 이권이 걸린 사업에서 얼굴을 붉힌 적이 몇 번 있었다. 동생이라고 모두 양보할 수는 없는 노릇이었다.

"저를 먼저 제거하고 형님을 노리는 겁니다. 한성회의 회장이 될 만한 사람은 종로 정 회장과 형님입니다. 그렇게 양파전이 되면 저는 형님 손을 들어드립니다. 당연한 일이지요.”

“그럼!”

“종로에서 저에게 모함을 한 겁니다. 노(老)회장님은 절대 마약은 안 된다고 하셨습니다. 웬 바지 새끼 하나를 지방에서 골라와 제 구역에 풀어놓은 겁니다. 그러면서 막대한 자금을 모아놓고 제게 올가미를 씌운 겁니다.”

머리를 갸우뚱한 홍두식은 믿는 얼굴이 아니다.

“노회장님이 나설 정도면 작은 규모가 아니었을 텐데 동생이 몰랐을까?”

“허허, 형님 구역에서는 약장사가 없습니까? 남대문시장 하면 유명하지 않습니까? 신문에도 여러 번 올랐다 내렸습니다. 그 때문에 형님도 곤혹을 치르지 않았습니까? 그 약 맞은 쥐새끼들은 바퀴벌레보다 더한 놈들이란 걸 뻔히 알면서 그러십니다. 전 정말 몰랐습니다. 이상한 낌새를 채기는 했는데 늦었지요. 고관 저택들이 즐비한 곳에서 약을 팔 줄은 생각도 못했습니다.”

얼굴까지 시뻘게진 고정진은 열변을 토했다.

홍두식도 이한성에게 마약 때문에 호되게 혼이 난 적이 있었다. 눈 깜박할 사이에 거래가 이루어져 잡기란 쉬운 일이 아니었다. 그렇다고 사업을 뒤로 미루고 약쟁이들을 잡으러 다닐 수도 없다.

고정진이 생각하기에는 홍두식도 슬쩍 눈을 감아주는 조건으로 돈을 받기도 했을 것이다. 그보다 수익이 높은 사업을 찾기 힘들다.

외국의 마약상들은 국내 조직과 손을 잡기를 원한다. 거래만 이루어지면 순식간에 시장과 판매망을 확보하게 되기 때문이다.

마약류 범죄 지수를 나타내는 인구 10만 명당 마약 사범 수로 비교할 때 우리 나라는 18명이다. 이에 반해 미국은 420명, 영국 161명이니 선진국에 비해 훨씬 낮은 수준이다. 그런 점에서 매력적인 시장으로 꼽히고 있다.

게다가 현지에서 이산천 원 하는 알약 하나가 국내에 들어오면 20배가 넘는 가격에 거래된다. 위험이 큰 만큼 엄청난 수익이 보장되는 사업이다. 알게 모르게 국내의 조직들도 대부분 손을 대고 있을 것이다.

"형님, 늦으면 밀려납니다. 정 회장이 저를 쳤다는 것은 이미 준비를 마쳤다는 말입니다. 노회장님이 전문 경영인에게 맡겨놓은 회사의 재산이 수조 원은 될 겁니다. 그게 어디로 갑니까? 눈 뜨고 다 뺏길지도 모릅니다."

홍두식은 침을 삼켰다. 이한성의 재산은 그도 다 모르는 것이다. 양성화시켜 전문 경영인을 사장에 앉힌 회사만도 열댓 개는 된다. 이중에는 이름만 대면 알 만한 회사도 많다. 이한성의 이름으로 되어 있는 곳은 당연히 하나도 없지만 그의 영향력 아래에 있다.

한성회의 후계자 자리는 단순히 강북의 밤을 지배하는 것만으로 끝나는 게 아니다.

"휴우!"

짙은 담배 연기를 내뱉은 홍두식은 차창을 열고 담뱃재를 털었다. 곧 시원한 새벽 공기가 들어와 텁텁한 담배 냄새를 밀어내었다. 어둠에 잠긴 주택가는 적막했고, 부드러운 엔진 소리만이 들렸다.

홍두식은 아무런 의미 없이 임의의 한 점에 시선을 맞추고 있다가 옆에 놓인 선물 박스에 손을 얹고는 고개를 돌렸다. 내일이 어린이날이다. 이제 막 열 살에 접어든 아들에게 줄 선물이다.

폭력 단체 조직, 청부 폭력, 정치 주먹 등의 굵직굵직한 사건을 일으켜 47년의 인생 중에서 삼분의 일을 사회와 격리되어 감옥에서 보낸 그는 이한성을 만나 안정을 찾고 30대 후반에야 겨우 가정을 꾸렸다.

홍두식의 솔직한 심정은 그냥 이대로 편안히 노후를 보내는 것이다. 한성회의 후계자 자리가 탐이 나지 않는 것은 아니지만 이 이태원의 200평 규모의 고급 주택에 사는 이웃들이 알고 있는 대로 건실한 사업가로 젊은 부인과 어린 자식을 거느린 충실한 가장(家長) 홍두식으로 살고자 하는 마음이 있었다.

목포 항구에서 태어난 그는 아버지의 얼굴을 모른다. 선술집 잡부였던 어머니는 몸을 팔아 연명을 했기에 그녀도 몰랐다. 한국전쟁으로 국토가 황폐화된 시기여서 할 수 없이 생계를 위해 양색시가 되는 여인들도 많았던 것이다.

어린 시절을 술집 밖에 쪼그리고 앉아 뱃사람들의 질퍽한 농담과 수작질을 받아넘기는 어머니의 모습과 술 취한 한탄을 보고 듣고 자란 그는 따뜻한 가정이 그리웠다.

그러다 배운 것이 도둑질이라고 건달이 되었지만 마음 한구석에서는 가정의 정이 그리웠던 것이다. 단순 무식하기로 유명한 그가 뒤늦게 정식으로 장가를 가고 자식이 생기자 몰라보게 부드러워져 늙어서 한물 갔다는 소리가 들리기도 했지만 그는 전혀 개의치 않았다.

지금이 그의 인생에서 제일 행복한 시기이고, 마음의 안정을 찾을 수 있었기 때문이다. 열두 살이나 어린 아내의 애교와 어린 자식의 재롱이 사무실에 앉아 있어도 눈에 아롱거렸다.

"흐음."

몇 차례 한숨 소리가 들리자 조수석에 앉은 안성태가 고개를 돌렸다.

"최장님, 무슨 신려라도 있습니까?"

왼쪽 이마로부터 눈 가장자리까지 쭉 찢어진 상처가 흐린 불빛 사이로 보였다.

북파 공작원 출신이라는 30대 중반의 안성태는 홍두식의 경호 책임자이자 그의 조직에서 다섯 손가락 안에 들어가는 실력자이다. 무력뿐만이 아니라 머리도 비상해서 중용하고 있었다. 홍두식의 경호대는 대부분 안성태가 데려온 무술의 달인들이었다.

"음, 성태야."

"예, 형님."

실장이라는 직책 대신에 이름을 부르면 중요한 일이든가 사적인 얘기였다.

"고정진이 찾아왔다."

이미 알고 있던 일이기에 안성태는 고개를 끄덕였다.

"그놈 독사 같은 놈이다. 내가 거두어들인 놈이지만 품고 있기도 거북하고 싹을 잘라 버리기도 힘들어 풀어주었다. 그놈이 모함을 당했다고 하더구나. 믿기가 힘들어. 그러더니 자신이 힘을 보태줄 테니깐 종로와 전쟁을 하라고 부추기더구나. 한성회를 가지라고 말이다."

"제가 알기론 모두가 다 준비를 하고 있습니다."

"네 말이 맞다. 그러나 종로 형님과 나, 그리고 고정진을 제하면 나머지 둘은 재편 후에 살아남기 위해 힘을 모으는 게다."

홍두식도 빠른 시일 내에 세력 구도의 변화가 있을 것이란 것쯤은 알고 있었다. 그도 이 바닥에서 잔뼈가 굵은 백전노장이다. 하이에나들을 조율해 줄 사자가 없어, 아니, 사자가 늙어서 질퍽한 피비린내를 풍기는 고기에 달려들 형국이었다. 지금은 늙은 사자가 좀 더 지치기만을 기다리는 중이었다.

"큰형님은 아버님 같은 분이다. 나도 그분을 모시고 물러났어야 했거늘. 성태야."

"예, 형님."

"이제 전반적인 일은 네가 맡아서 하거라."

갑작스런 말에 당황한 안성태는 이어지는 홍두식의 말을 들었다.

"배부른 맹수는 독기가 없다. 어지러운 형국을 헤쳐 나갈 날카로운 이빨이 없다는 거다. 큰형님을 한번 뵈어야겠다."

홍두식은 예전과는 달랐다. 앞뒤 가리지 않고 저돌적으로 밀어붙이던 과거와는 달리 이한성의 의도를 알고자 하는 것이다.

이한성이 원한다면 예전처럼 꽁지에 불붙은 소처럼 날뛸 것이고, 그도 아니라면 안성태에게 힘을 실어주어 청명회의 후계 구도를 잡아나갈 것이다.

홍두식이 탄 차가 언덕배기를 오르며 중심이 뒤로 쏠리자 그는 몸을 등받이에 깊게 묻었다. 앞의 경호 차량이 좌회전을 하며 오른쪽 차폭등이 사라졌고, 앞 삼거리의 붉은 담장이 전조등의 불빛에 드러났다.

차가 막 오르막길을 올라 좌회전을 하며 홍두식의 몸이 우측으로 쏠릴 때 정적에 잠긴 주택가를 깨우는 요란한 기계음이 들려왔다.

반사적으로 고개를 돌린 홍두식은 시커먼 담장이 다가온다 생각했다. 정사각형의 물체가 급속도로 동공을 채우며 가까워졌다. 전조등을 커지도 않은 덤프 트럭이다.

"형님, 몸을!"

안성태의 다급한 목소리는 충돌음에 묻혀 버리고 곧 차 문이 움푹 들어가며 연이어 홍두식은 몸이 허공에 뜨는 기분이 들었다.

쾅!

끼이익!

부아앙!

홍두식의 차를 커브 길의 옆면에서 들이받은 덤프 트럭은 타이어가 찢어질 정도로 후진하며 물러났다.

가속을 받아 달린 거리가 아니었기에 홍두식의 차는 옆면이 움푹 들어갔을 뿐 그 외에는 멀쩡했다. 최신 외제 대형차의 단단함도 한몫을 했다.

그 대신 충돌로 인해 터진 에어백이 홍두식의 시야를 방해했다. 사면에서 튀어나온 에어백을 헤치며 차 문을 열려고 하던 홍두식은 다시 한 번 충격을 받았다. 후진을 한 덤프 트럭이 또다시 들이받은 것이다.

"뭐 해! 회장님 차 앞을 막아! 밟아!"

뒤에서 따라오던 강병덕은 정신을 차리지 못하는 운전수에게 버럭 소리를 질렀다. 그때 홍두식의 차를 받아버린 덤프가 후진하는 모습이 보였다. 차체가 높고 밑에서 올려다보아야 하기 때문에 운전석에 앉은 놈의 얼굴은 보이지 않았지만 그는 뚫어지게 쳐다보고 있었다.

그가 타고 있는 차가 팅기듯이 앞차를 제치고 올라섰을 때 다시 한 번 덤프가 받으면서 벽으로 밀어붙이는 모습이 보였다.

"박아! 박아! 박아, 새끼야!"

천장에 달린 손잡이를 잡은 강병덕은 차의 앞 범퍼가 덤프의 바퀴에 들이받히는 충격에 몸이 흔들리마자 차 문을 열고 뛰어나갔다. 어느새 그의 손엔 팔뚝만한 손도끼가 들려 있었다.

쇄애액!

강병덕은 차에서 내리자마자 볼 것도 없이 손도끼를 던졌다. 이미 여러 명의 손가락을 잘라 버린 그의 애병은 여지없이 덤프의 차창을 하얗게 만들며 유리를 깨고 들어갔고, 그는 결과도 보지 않고 덤프로 뛰어올랐다.

왼손으로 백미러를 잡고 오른 주먹을 운전석에 앉은 검은 그림자에 날렸을 때 번뜩이는 칼날이 불쑥 교차하며 그의 왼쪽 얼굴을 스치고 지나갔고, 본능적으로 고개를 돌렸지만 귀가 떨어지는 고통이 밀려왔다.

"으윽!"

왼 볼과 귀에서 뜨거운 물기가 흘러내렸지만 그는 이를 악물어 참고는 운전석의 놈을 잡으러 손을 집어넣으려 할 때 차가 뒤로 튕기듯이 급발진을 했다.

부아앙!

중심을 잡지 못한 강병덕은 차체에 등을 받고는 떨어지고, 덤프는 담장을 뒤로 받으면서 멈추었다. 그때서야 수많은 구둣발 소리가 들리면서 경호원들이 달려들었다.

운전석을 향해 쇠파이프질 한 번이나 했을까? 그들도 강병덕과 마찬가지로 나가떨어지고 말았다. 잡으려는 이쪽이나 도망치려는 그쪽이나 목숨이 걸린 상황인 것이다.

차체에 매달린 사내들을 떼어내려고 지그재그로 운전하며 도망치는 덤프는 벽면에 옆면을 긁혔다. 쇠를 긁는 마찰음과 불똥이 튀며 하나 둘 사내들이 떨어져 나갔다.

"으아아아아악!"

오른쪽 귀가 반이 떨어져 덜렁거리는 강병덕은 분에 못 이겨 괴성을
질렀다.

"차! 차 가져와!"

멀어지는 덤프의 미등이 200여 미터는 떨어진 모퉁이를 돌아 사라
질 때쯤에야 맨 앞에서 일행을 인도하던 차가 쫓기 시작했다.

스쳐 가는 부하들의 차를 보며 강병덕이 악을 썼다.

"잡아와! 못 잡으면 내 손에 죽어!"

몸을 돌린 그는 옆면이 삼분지 일이 움푹 들어간 홍두식의 벤츠로
뛰어가며 널브러지고 넋이 빠진 부하들에게 소리쳤다.

"이 새끼들아, 발딱 못 일어나! 얼른 회사에 전화해서 저 새끼들 잡
는 데 모두 투입시켜! 넌 119에! 회장님! 회장님! 야! 연장 가져와!"

정신이 없기는 그 또한 마찬가지였다. 목숨으로 지켜야 할 홍두식이
자신의 눈앞에서 생사가 불투명한 것이다. 차의 한쪽 면이 담장에 바
짝 붙어 있었고, 들이받힌 곳이 밖으로 나와 있어 그는 찌그러진 문을
열기 위해 쇠뭉치를 끼우며 애를 썼다. 그러다 찢겨진 귀가 거추장스
러웠는지 우악스럽게 잡아 뜯었다.

"회장님!!"

자신도 모르게 눈물을 쏟으며 문을 잡고 실랑이를 벌이던 강병덕은
낮은 목소리를 들은 듯했다.

"멈춰!"

같이 달라붙어 있는 부하들에게 소리친 그는 귀를 기울였다.

“서, 성태…….”

“회장님!”

한성태를 찾는 홍두식의 목소리였다. 생사를 확인하자 강병덕은 어느 정도 정신을 차렸다. 그리고는 쇠뭉치를 집어 던지고 맨손으로 뒷차창의 안전 유리를 잡아 뜯었다.

“실례합니다.”

점퍼 차림의 운동화를 신은 두 사내가 다가오자 건장한 세 부하가 홍성윤의 앞을 막아섰다.

“당신들, 뭐여?”

목이 굵어 몸과 얼굴이 바로 연결된 것처럼 보이는 한 사내가 위압적인 자세로 점퍼사내들을 막았다.

색 바랜 검정 점퍼를 입은 김주영은 눈살을 찌푸리고 앞을 막은 사내의 위아래를 훑어보았다.

“당신이 홍성윤이야?”

“뭐냐니까? 귓구멍에다 좆을 박아놨나!”

“이 새끼가 주둥아리에 걸레를 물고 사나? 너, 주민증 내봐.”

김주영이 손을 안주머니에 넣자 옆구리의 권총 집이 얼핏 보였다. 그러자 앞을 막아선 사내의 잔뜩 부풀린 어깨가 처졌다. 경찰이다.

지갑을 꺼낸 김주영은 경찰 마크가 새겨진 신분증을 내밀었다.

“강북서의 임 형사요.”

경찰 신분증이 나오고서야 한발 물러서 있던 홍성윤이 앞으로 나섰다.

“바쁘신 양반들이 강북에서 예까지 무슨 일이신가?”

고급 양복에 깔끔한 인상의 홍성윤은 40대 초반으로 보였다. 뒷짐을 지고 김주영을 맞이한 그의 시선은 흔들림이 없었다.

그러나 홍성윤을 경호하는 세 사내는 굳은 얼굴로 손을 풀어 내리고 뒷굽을 살짝 든 자세다. 주먹깨나 쓰는 사내들로 예비 동작 없이 언제든 공격을 힐 수 있도록 몸을 풀고 있는 것이다.

홍성윤은 영진물산의 부장이지만 또 다른 신분이 강남 지역 마약 총판매책이다. 만약 마약 사건으로 나왔다면 단 두 명의 형사만이 오지 않았을 것이어서 순순히 맞았다.

“홍성윤 씨, 박소영이라고 아시죠? 단발머리에 보조개가 귀여운 애인데.”

형사의 입이 벌려지기만을 기다리던 사내들은 웬 여자의 이름이 나오자 긴장을 조금 풀었다. 형사의 말소리가 이어졌다.

“서에 좀 가주셔야겠습니다.”

“그 박 뭐라는 애가 누군데 나를…….”

한 발짝 다가선 김주영은 작은 목소리로 말했다.

“박소영은 중학교 2학년 여학생인데 그 아이의 수첩에서 당신 이름과 전화번호가 나왔어요.”

“그런데?”

한쪽 입꼬리를 올려 비틀어 웃은 김주영이 말했다.

“허허, 알 만한 사람이. 여기가 당신 집이지? 창피를 당해야 순순히 가겠어?”

“도대체 무슨 일이냐니까?”

“원조 교제. 당신, 청소년 성 매매범으로 연행하는 거야. 동네 사람들 다 듣게 다시 한 번 크게 떠들어줄까? 순순히 가자고. 멀쩡한 양반이 딸자식 같은 애랑 그 무슨 추태야. 앙! 조용히 갑시다."

헛웃음을 지은 홍성윤이 짐짓 으름장을 놓았다.

"이봐, 당신들 실수하는 거야. 원조라니? 허허, 난 그런 적이 없어."

"누구나 그렇게 말들을 하지. 어제 잡아온 변호사 새끼도 그런 말을 했어. 그런데 그 애들이 몸 구석구석 특징을 말하니까 입을 다물고 제발 집에만 알리지 말아달라고 사정을 하더군."

방배동의 주상 복합 아파트 앞이었다. 홍성윤은 10억 원을 호가하는 고급 아파트에 살고 있었다. 어느새 주민들이 힐끔거리며 다섯 사내를 보고 있었다.

"서로 쪽팔리게 이러지 말자고. 죄가 없으면 백배 사죄하고 풀어줄 테니까 가자고, 이 양반아. 여기 동행장도 받아왔으니까 확인해 보고. 변호사를 불러도 상관없어. 점잖아 보이는 사람이 원조 교제라니, 세상이 말세야. 에이, 씨발."

김주영은 원조를 강조하면서 계속 말했다. 그러자 주변에서 수군덕거리는 소리가 커져 갔다.

홍성윤이 당황하고 있을 때 김주영이 세 사내를 쳐다보며 말했다.

"이 새끼들, 냄새가 나는데? 너, 주민증 줘봐."

"……."

"어서!"

입구에서 더욱 소란이 커져 가자 홍성윤이 김주영의 팔을 잡았다.

"갑시다, 가. 내 당신들, 고소할 거야. 옷을 벗게 만들어주지."

홍성윤은 색을 좋아하긴 했지만 원조 교제는 말만 들었다. 채팅으로 만난다는데 컴맹이라 어떻게 하는지도 몰랐다. 하지만 워낙 저질러 놓은 짓이 많아서 그중에 하나일지도 모른다 생각하고 넘겼다. 신호에

걸려 서 있는 차에 다가오는 10대들도 있어 용돈을 주고 만나기도 했
었다.

부하들에게 일단 성삼천에게 연락을 취하라고 말한 후 홍성윤은 형
사들의 차에 올라탔다. 뒷좌석에는 건장한 한 청년이 앉아 있었다.

대로를 달리는 차 안은 조용했다. 바소영이란 여자 애가 어떤 애인
가를 한참을 생각하던 홍성윤은 도저히 기억이 나지 않았다.

"언제 내가 자기를 만났다고 했소?

"작년 이맘때."

조수석에 앉은 형사의 대답을 듣자 홍성윤은 더욱 머리가 아팠다.
두세 달 전의 일도 가물가물한데 일 년 전이라니. 기억을 뒤지다 포기
한 그는 한강을 비추는 대교의 가로등불을 보았다. 서울의 야경은 어
느 도시에 비교해도 뒤지지 않는다. 순간 대교를 넘던 차가 우회전을
하며 강변도로로 빠져들었다.

"지금 어디로 가는 거야?"

"조용한 곳."

옆에 앉은 청년의 낮은 목소리다. 차에 타고 처음 듣는 목소리였다.
고개를 돌려 청년의 굳은 옆모습을 보았다. 마침 사내도 고개를 돌려
홍성윤과 마주 보았다. 사내의 우뚝 솟은 코 밑으로 흰 줄이 가는가 싶
었다. 그 순간이다.

무언가 번쩍하고 턱을 스치고 지나갔고, 홍성윤의 턱이 살짝 돌아갔
다.

"이!"

불의의 일격을 받은 홍성윤이 막 팔을 들려 할 때 청년의 강인한 인
상이 흐물거리며 시야가 일그러졌다. 그리고는 머리가 띵해지면서 근

육이 풀렸다.

룸미러로 뒷좌석을 주시하고 있던 김주영은 입을 헤 벌린 채 김대경의 얼굴을 쳐다보고 있었다.

"저, 사장님, 어떻게 하신 겁니까?"

축 늘어진 홍성윤을 구석에 밀어 넣은 김대경은 의자에 등을 붙이고 편히 앉았다.

"뇌에 충격을 준 거다."

"죄송한 말씀인데요, 사장님. 어디를 치셨는지 보지도 못해서……."

"턱 끝. 권투 선수들은 핵 주먹이니 송곳 펀치라 말하더구나. 이건 그 송곳 펀치라고 보면 맞을 게다. 사람의 몸은 단단한 것 같으면서도 한없이 약해. 턱 끝 1센티만 쳐도 뇌에 충격이 전해져 저리된다."

복싱에서 녹다운이 되는 경우는 여러 가지가 있다. 그중에서도 뇌에 충격을 주는 것과 심장에 연이은 타격으로 일시적으로 심장 박동이 멈출 때 일어나는 것이 있다.

펀치를 많이 허용하는 복서들은 은퇴 후에도 펀치 드렁크로 인해 고생을 한다. 그중에서도 뇌에 손상이 일어나 노인성 치매의 일환인 병을 얻기도 하는데 전설적인 복서인 전 헤비급 챔피언 무하마드 알리도 이로 인해 파킨슨병을 앓고 있었다.

"삼식아."

김대경의 부름에 운전석의 나삼식이 대답했다.

"예, 큰형님."

"입원시켜 드렸어?"

"예. 감사합니다, 큰형님. 저번 주에 일산으로 모셔왔습니다."

나삼식은 조민재와 같이 복덕방에서 김대경을 맞은 해결사 출신이었다. 지금은 김대경의 운전대를 잡고 있다.

김대경은 설명을 하는 와중에 나삼식의 치매에 걸린 어머니가 생각났다. 조민재와 대화를 하다 나삼식의 얘기를 들어 모셔오라고 한 것이다.

"끄아아아악!!"

까치마을을 굽어보는 야산의 중턱이다. 태경회 직원들의 체력 단련장을 겸해 세워놓은 세 채의 가건물 안쪽에서 비명 소리가 어렴풋이 들려왔다.

김대경의 저택에서 차 한 대 다닐 정도의 길을 닦아놓은 단련장에는 다섯 대의 차가 보였고 20여 명의 건장한 사내들이 부동자세로 서 있었다.

맨 앞에 달빛을 받아 잘빠진 곡선을 뽐내고 있는 대형차 안에는 비명 소리를 감상이라도 하는 듯이 김대경이 눈을 감고 있었다.

나삼식은 룸미러로 흘끔 김대경을 보았다. 부하들의 사소한 것 하나까지 챙겨주는 그지만 이런 모습을 볼 때면 다른 사람을 보는 듯했다

신촌에서 천훈열을 잡아 이들이 김태수의 사건에 관련된 조직인 걸 확인하였다. 또한 그의 윗선이 유인환인 걸 알아내고도 기다렸다. 잡으려고 하면 가능하기도 했지만 참았다.

그 대신 그에게 꼬리를 붙여 마약 조직의 맵을 그렸다. 거기에 걸려든 것이 영진물산의 성삼천과 강남 총책 홍성윤이다. 유인환은 경계가 삼엄하기에 그를 먼저 노린 것이다.

홍성윤이 건물에 잡혀 들어간 지 반 시간 정도가 지났을 때 냉막한 인상의 마천기가 건물을 나와 더욱 휜창을 번뜩이며 다가왔다.

김대경이 몸을 싣고 있는 뒷좌석으로 다가온 그는 허리를 꺾었다.

"생각대로 일도연합과 관련이 있습니다. 홍성윤은 직접 강철민을 보지는 못했다고 합니다. 그리고 저희가 생각을 잘못했습니다. 성삼천이 진두지휘를 한다고 합니다."

영진물산은 동남아시아와 중국을 상대로 무역을 하는 회사다. 그래서 사장인 성삼천은 전문 경영인을 앉혀놓은 것이라 생각했고, 하수인일 뿐이지 주장은 아니라 여겼다.

별 변화 없이 지그시 눈을 감고 있는 김대경에게 마천기가 말을 이었다.

"창고가 십여 개가 넘습니다. 서울에서는 주로 세네 곳을 사용하는데 물건이 들어오면 옮겨 다닌다고 합니다."

"몇 시지?"

"예, 2시 5분 전입니다."

김대경의 말뜻을 알아차린 신경식이 재빨리 말했다.

"4시 전에는 도착할 수 있습니다."

"비상망을 가동시켜. 열 곳이라고?"

"확실한 곳은 세 곳입니다."

"상관없다. 복면을 쓰라고 해. 아직 얼굴이 알려지면 안 된다."

인사를 하고 몸을 돌린 마천기는 전화기를 꺼내 들었다.

곧 잠에 취해 있던 까치마을에 하나 둘 불이 켜지고 김대경이 탄 대형 승용차가 국도로 들어섰을 때에는 다섯 대의 차량이 더 불어나 열 대의 긴 줄이 되었다.

같은 시간 일산 태경회의 주 영업장의 주차장에서도 십여 대의 승용차가 조용히 움직여 서울로 향했다.

마천루가 즐비한 테헤란로에 들어선 두 대의 대형 승용차는 부드럽게 우성빌딩이라 음각된 비위가 세워진 고층 건물 앞에 멈추어 섰다. 벤처 기업이 입주한 빌딩들답게 동틀 시간이 다가오는데도 곳곳에 불 켜진 사무실들이 많았다.

차에서 내린 김대경은 고개를 들었다. 하늘에 닿을 듯 높게 솟은 빌딩을 따라 유리창으로 층 수를 세었다. 영진물산이 사용한다는 8층엔 불이 꺼져 있었고, 그가 찾는 7층에 불이 켜진 곳을 확인했다. 강남 총판의 중앙 조정실 역할을 하는 곳이 영진물산의 아래층에 있었다.

두 개 조로 나누어 여덟 명의 사내들이 순차적으로 빌딩 안으로 들어갔다. 건물엔 피라미드 회사도 있었는지 10여 명의 사람들이 로비에서 이야기를 주고받고 있었고, 가려는 사람을 억지로 부여잡아 언성을 높이는 곳도 있어 김대경 일행에게 관심을 갖는 사람은 없었다.

사무실 전용으로 세워진 빌딩에서는 흔히 찾아볼 수 있는 광경이다. 듣도 보도 못한 이상한 상표를 단 물건을 고가에 구매하게 하고 하위 회원을 늘리면서 고액 연봉을 받을 수 있다는 허황된 생각을 주입시키는 피라미드 회사들은 한탕밸리에 잘 어울리는 회사다. 말 그대로 한탕 하고 회사는 폐업을 하면 책임을 지는 사람도 없다. 똑같은 수법으로 상호를 바꾸어 다시 개업을 하고 또 폐업을 해 자취를 감춘다.

꿈을 꾸는 청춘들은 시들어가고 한탕을 노리는 이들이 테헤란로를 하나 둘 점령하고 있었다.

7층 버튼을 누른 김주영은 조용히 숨을 들이켰다. 큰형님과 작업을 하는 것은 처음이어서 긴장이 되기도 했고, 강남에서 일을 벌이는 것도 긴장이 되는 것이다. 우리 나라에서 내로라하는 고급 호텔과 클럽이 밀집되어 있는 곳이다.

[땡! 7층입니다.]

여자 목소리의 기계음이 들리고 엘리베이터 문이 천천히 열렸다. 숨 죽인 김주영과 부하들은 품 안에서 눈 구멍만 뚫린 복면을 꺼내면서 밖으로 나섰다. 엘리베이터 안에는 감시 카메라가 있었다.

7층 복도에 들어선 김대경은 재빨리 주변을 훑고는 성큼성큼 걸어갔다. 뒤이어 복도에 들어선 부하들은 복면을 뒤집어쓰고 제각기 숨겨온 연장을 들었다.

705호라 호실이 붙어 있고 시실리 커뮤니케이션이란 명판이 달린 사무실 앞에 선 김대경은 문 손잡이를 돌렸다. 사무실 안에선 소리가 들리는 듯한데 문은 잠겨 있었다.

숨을 깊게 들이킨 그는 다른 한 손을 손잡이에 더 얹고는 호흡을 조절했다. 눈을 반개하고 기를 끌어올렸다. 손잡이를 잡고 있는 손등에 굵은 핏줄이 드러나고 한 방울의 땀이 이마에 흐를 때쯤에 '우지직' 하는 소리가 들리며 손잡이가 돌아갔다.

문을 밀치고 들어간 김대경은 정면에 시선을 주고 주변 시야를 확인했다. 사람의 시야는 정면 시야와 주변 시야로 나눌 수 있는데 사람은 보통 좌우로 100도를 볼 수 있다.

무도가나 운동 선수들은 훈련을 통해 숨겨진 80도의 사각을 찾기 위해 안법을 단련하기도 한다.

지금 김대경의 눈에는 한 장의 스냅 사진처럼 사무실의 광경이 한눈에 들어왔다. 정면에 담배를 물고 창밖을 보는 듯한 자세에서 고개만 돌린 사내, 서류철 너머로 머리만 보이는 사내, 전화를 들고 있는 사내, 쇼파에 앉아서 졸고 있는 사내만 제하면 모두가 놀란 표정이다.

마약 공급자는 몇 겹의 보안 장치를 한 다음 판매상에게 물건을 넘긴다. 공급자는 판매상의 신원을 확인하고 거래를 하지만 판매상은 공급자에 대해 아는 것이 전무하다. 호칭과 연락처만이 알 뿐이어서 사무실은 물론 물건을 건네주는 공급원의 얼굴도 잘 모르는 경우가 많다.

오늘 하루도 무사히 보낸 강덕용은 영업을 마감하고 담배 한 개비를 물던 중이었다. 경찰청의 마약 단속반의 움직임과 서울 곳곳에서 거래를 하는 부하들의 동태를 연락받고 체크하는 이곳은 두뇌 역할을 하고 있었다.

마약 단속반의 움직임을 미리미리 파악해서 그들이 출동하는 지역에 공급원들을 잠수시키고, 소규모 마약 조직들을 찾아내 정보를 주어 단속반의 실적을 올려주며 싹을 자른다. 성삼천은 경찰청의 고위직과도 선이 닿고 있어 주고받는 것이다.

강덕용은 자신도 모르게 단속반의 동향을 보고한 부하를 보았으나 그놈도 놀라 엉거주춤 몸을 일으키고 있었다. 다시 우르르 굴러 들어오는 사내들의 모습을 확인한 후에야 사태를 파악했다. 사내들은 복면을 하고 있었다.

김대경은 문을 밀치고 들어가자마자 허리춤을 훑어 뿌렸다.

"끄흑!"

형광등 불빛에 반짝 빛을 발한 쇠침들이 여지없이 목표로 정한 사내들의 물렁한 살속을 파고들었다. 큰 보폭으로 두 걸음을 지나는 사이 네 사내의 비명 소리를 들은 김대경은 처음부터 시선을 고정한 창가의 사내에게로 달려들었다.

막 사내가 손을 등 뒤에서 빼고 있었는데 손에는 30센티 정도 길이의 칼이 들려 있었다.

이미 사무실 안은 물밀듯이 밀고 들어온 김대경의 부하들과 마약상들의 접전이 벌어지고 있었으나 마약상들은 금세 기세를 잃고 밀렸다. 사무 집기가 부서지는 소리와 비명 소리가 사무실 안을 가득 메웠다.

어느 놈이 던진 의자를 손으로 쳐낸 김대경의 눈앞에 번뜩이는 시퍼런 빛살이 쏘아져 들어왔다. 허물어지듯이 뒷다리로 중심을 옮겨 허리를 꺾자 한 올 차이로 코앞으로 회칼이 지나갔고 몸을 숙인 자세 그대로 앞발을 차 올렸다.

한 발을 뻗어 칼을 휘두른 강덕용은 눈알이 튀어나올 정도로 사타구니에 충격을 받고는 엉덩이를 뺐다. 그때 세찬 바람이 밑에서부터 치솟으며 숙인 얼굴에 쇠뭉치로 맞은 느낌이 들었다.

일어나는 자세 그대로 강덕용의 얼굴을 올려 찬 김대경은 뒤로 날아가 벽에 부딪치는 그를 보지도 않고 몸을 돌렸다. 좌측의 내문이 열리며 사내들이 쏟아져 들어오고 있었는데 옆 사무실로 연결되어 있었던 것이다. 두 개의 사무실을 연결해서 쓴다고는 홍성윤에게 듣지 못했다.

그때 다른 한 놈이 휘두르는 주먹을 오는 방향으로 고개를 돌려 피하고, 그놈의 겨드랑이 밑으로 팔을 끼워 넣어 목줄을 번쩍 들어 책상 모서리에 내려쳤다.

입에서 붉은 피를 토하는 놈을 뒤로하고 그대로 책상 위로 올라간 김대경은 새로 등장한 한 사내에게 칼침을 맞는 부하의 모습을 보았다. 놈들의 수가 많아지자 처음의 기세를 잃고 부하들이 점점 밀리고 있는 형국이 되어 있었다.

이를 악문 김대경이 세 개의 책상이 붙여진 거리를 한 번에 건너뛰자 하체로 두 개의 몽둥이가 후려쳐 왔다. 몸을 날려 벽을 왼발을 디딤발로 짚고 허리를 돌린 그는 한 놈의 뒤통수를 수박 깨지는 소리가 들릴 정도로 차버리고는 그 옆에 붙어 있는 놈의 머리털을 움켜쥐며 착지했다.

그의 우악스런 손길에 머리가 숙여진 놈의 안면을 무릎으로 성형을 해주자 옆의 한 놈이 좁은 공간으로 칼을 찔러왔다. 발을 떼지도 않고 미끄러져 놈과의 공간을 좁힌 김대경은 칼을 허리 너머로 흘리고 오른 팔꿈치로 놈의 턱을 올려 쳤다.

풀썩 앞으로 허물어지는 몸을 안은 그는 놈의 허리띠를 잡고는 들어 올려 적들에게 집어 던졌다. 놈과 부딪친 두 명의 사내가 같이 뒹굴고 순간 사무실 안은 정리가 되어가고 있었다.

사내들의 신음 소리와 일방적인 타작 소리가 이어지가 김대경의 목소리가 들렸다.

"과장!"

신분을 노출하지 않아야 해서 김대경은 김주영을 과장이라 불렀고, 중키의 한 사내가 재빨리 다가왔다.

"저 새끼들은 병신을 만들고 마약을 찾아 사무실에 뿌려! 책임자 놈은 잡아간다! 빨리 서둘러라!"

빌딩 내부에서 무슨 종교 단체의 집회라도 하는 듯이 구호를 외치는 소리가 들렸지만, 이 정도 소란이면 곧 경찰이 들이닥칠 것이다. 그전에 빠져나가야 한다. 피라미드 회사가 도움이 될 줄은 김대경은 생각지도 못했다.

강남서의 안성일 경위가 우성빌딩에 도착했을 때는 들것에 실린 사내들이 엘리베이터에서 내리고 있었다. 학교의 졸업식 때 봄 직한 밀가루를 뒤집어쓴 모습인데 몇 놈은 입에 게거품을 물고 있는 놈도 있었다. 마약을 과다 복용할 때 생기는 현상이다.

혀를 찬 안성일은 반코트 깃을 세우며 엘리베이터에 올랐다.

정복을 입은 순경들의 경례를 받으며 사무실로 들어가자 사복 차림의 사내가 다가왔다.

"반장님 오셨습니까? 이거, 아침에 뉴스 보기가 겁이 나는데요."

스포츠 머리에 잠바 차림의 그는 안성일의 직속 부하로 전찬우 경사다. 20대 후반의 그는 활동성이 강한 사람으로 아직 때가 덜 묻은 강직한 경찰이었다.

"저 하얀 게 전부 마약입니다."

아수라장이 된 사무실 내부는 서리가 내린 것처럼 온통 하얗게 덮여 있었고, 그 밑으로 우박과 같은 작은 알약들이 자갈밭을 연상케 했다.

"CCTV는?"

"엘리베이터 카메라를 확인했는데 얼굴 윤곽이 잡힌 게 없습니다."

"그렇겠지. 도심 한복판에서 이런 일을 벌인 놈들인데 쉽게 얼굴을 남기겠냐?"

오면서 보고받은 내용이 열두 명의 사내들이 중상을 입었다는 것과 사무실이 마약 천지라는 것이었다. 안성일이 전찬우를 보며 물었다.

"조회했어?"

"예, 연관성이 별로 없던데요. 폭력, 마약, 다양합니다. 대가리를 찾을 수가 없었습니다. 새끼들, 별이 한두 개씩은 있는 놈들이었는데 감방 동기들인가?"

앰뷸런스에 실려간 사내들을 묻는 것이다. 그때 통행을 막은 경찰들 사이로 세 명의 사내가 다가왔다.

귀밑에 흰머리가 보이는 사내가 손을 내밀면서 말했다.

"단속반의 박만호요."

"안성일입니다."

"뭐 좀 나온 게 있소?"

어깨를 들썩인 안성일은 보라는 듯이 몸을 틀었다.

"눈밭을 만들어놨습니다. 기자 놈들은 아주 좋아할 명장면이지만 저는 속이 쓰립니다. 아예 몇 놈은 목구멍에 가루를 처박아 넣어놨더군요."

박만호는 슬쩍 내부를 둘러보고는 물었다.

"목격자는 찾았소?"

"아직요. 근데 저 정도 양이면 얼마나 될까요?"

마약에 대해 물어보는 것이다.

"글쎄요. 명함만한 봉지가 10만 원 정도 가니까 계산해 보시구려. 수고하셨소. 이제부터 여긴 우리가 맡겠소이다."

"무슨 말씀이십니까? 우리 구역인데."

전찬우가 불쑥 끼어들었지만 박만호의 단 한 마디에 말문이 막혔다.

"마약 사건이오."

"폭력도 됩니다. 열두 명이나 병원에 실려갔습니다. 놈들 중에 아는 얼굴도 있었습니다."

정색한 전찬우에게 무슨 말이냐는 듯이 안성일이 쳐다보고는 고개를 절레절레 흔들었다. 의욕에 불타는 얼굴이다. 요 근래에 이런 대형 사건이 없었다.

박만호는 그저 피식 웃었다. 경찰 생활 20년의 베테랑이다. 집 한 채 얻지 못한 박봉의 생활이었지만 저 젊은 친구처럼 의욕 하나로 버텨온 세월이었다.

"흠, 좋소. 내 당신네 서장한테 얘기를 건네보지."

특실에 입원한 홍두식은 가벼운 찰과상 정도의 경상이었다. 하나 조수석에 탔던 안성태는 오른쪽 무릎뼈가 가루가 되어 불구자가 될 수도 있어 경과를 지켜보아야 했다.

습격한 놈들을 쫓아간 부하들은 허탕을 치고 옆 병실에 누워 있었다. 주택가를 벗어날 때쯤에 대기하던 놈들의 조력자가 나타나 묵사발이 된 것이다.

아침나절에 오른쪽 팔에 부목을 대고 창가에 서서 이를 부드득 갈고 있던 홍두식은 반가운 얼굴을 대하였다. 이한성의 그림자 같은 하찬도 고문이었다.

"오랜만에 뵙습니다, 고문님."

넉넉한 웃음을 지은 하찬도는 홍두식의 투박한 손을 잡았다.

"허허, 다행이야, 다행. 형님이 걱정을 많이 하셨네."

"심려를 끼쳐 드려 죄송합니다."

"그런 말씀 마시게. 이리 건강한 모습을 보여주어 고마우이."

새벽에 일어난 사건 경과를 주고받으며 홍두식이 하찬도의 안색을 살폈다. 무언가 알고 왔나 싶어서였다. 남의 눈치를 살피는 것은 성격에 맞지 않아 그는 정색을 하고는 단도직입적으로 물었다.

"고문님, 솔직히 대답해 주십시오."

"말해 보게."

"큰형님의 의도가 무엇입니까?"

"……."

"그리고 정말 덕문 형님이 저를 슈킹한 겁니까?"

덕문은 종로 정 회장의 이름이다. 고정진의 말을 들은 바가 있는 홍두식은 내심으로 그를 범인으로 지목하고 있었다.

"그래서 내가 달려온 거네. 자네 어제 고정진을 만났지?"

"알고 계셨군요."

"기분 나쁘게는 생각지 말게. 그놈을 쫓다가 홍 회장과 만나는 모습을 보게 된 거니까."

하찬도의 말투에서 홍두식은 자신이 모르는 일이 진행되고 있다는 것을 알았다. 고정진의 호칭이 놈으로 되어 있는 것이다.

"내 경고를 했건만 자네에게 달려가더군. 그놈은 몇 년 전부터 마약에 손을 대고 있었어. 그것도 꽤 큰 규모로 말이야. 우리 나라에서 대규모 물량을 정기적으로 들여올 수 있는 조직은 강철민 그놈밖에는 없어."

신촌의 마약 조직을 정리했다는 말을 들었을 때부터 의심이 가던 일이다. 20년 가까이 모셔온 자신도 얼굴을 보기 힘든 이한성인데 그가 직접 나섰다는 것은 상당한 규모의 조직이라는 말이다.

"그럼 정진이가 일도와 손을 잡았다는 말씀이십니까?"

"자네가 사고를 당한 그 시각에 확인을 했네. 얼마 전에 나도 모르게 형님이 수양아들을 한 명 얻었다네."

"수양아들요?"

"후후, 그래. 오늘 새벽에서야 알게 됐어. 그 친구가 그러는데 신촌에 터를 잡고 있었던 놈들이 일도 애들이 확실하다고 하더군. 공교롭

게도 자네가 습격을 당한 그 시각에 그 친구는 강남을 쳤다고 하네. 하
하, 강철민이 그놈, 간담이 서늘했을 거야. 아침에 뉴스 봤나?"

어느 방송사든 주요 뉴스로 다룬 사건이었다. 한 벤처 기업으로 위
장한 사무실에 마약이 뿌려져 있고, 그곳의 직원 10여 명이 중상을 입
었다는 내용이었다.

홍두식의 놀란 표정을 즐기며 하찬도가 말을 이었다.

"바쁘신 민중의 지팡이님들은 강철민을 찾지 못하겠지만, 몇 달간은
약장사 놈들이 자라목이 되어 숨어들 거네. 그리고 말일세. 솔직히 자
네를 습격한 놈들은 누구인지 모르겠구먼."

"정진이는 자기 구역에 마약을 뿌린 게 덕문 형님이라고 했습니다.
후계자 싸움을 시작하려는 것이라고요."

"흠, 그건 아니지. 고정진이 그놈이 거짓말을 했어. 자네와 정 회장
사이를 이간질시킬 의도를 가지고 말이야. 어부지리를 노리는 것일 게
야. 어제까지만 해도 증거가 없어 경고로만 그쳤지만 이제 달라졌네.
명백한 증거가 있으니 큰형님이 어떤 조치를 취하실 거야. 내가 자네
소식을 듣자마자 달려온 이유를 알겠나?"

경거망동하지 말란 뜻으로 받아들인 홍두식은 분을 삭였다.

"그런데 큰형님의 수양아들이 누굽니까?"

"껄껄, 형님이 가실 날이 가까워졌는지 장난이 심해지셨어. 알아맞
혀 보라고 하던데 자네와 나 중에 누가 먼저 찾아내는지 내기해 보지
않으려나? 하하하!"

연공
連攻

"*저기* 고깃덩어리가 보이냐?"

욱신거리는 머리를 흔들며 강덕용이 정신을 차렸을 때 코앞으로 불쑥 철조선(鐵條線)이 감겨 있는 각목이 나타났다. 흐린 조명 속에 가시를 달아놓은 쇠 줄이 더욱 섬뜩하게 보였다.

퍽!

"아이고!"

정신을 놓고 있는 강덕용은 턱에 찌릿한 충격을 받고는 비명을 질렀다.

"닥쳐! 한 번만 말한다! 빠릿하게 대답해! 보여, 안 보여!"

정신을 잃은 것이 사무실에 괴한들이 침입한 후라는 것을 깨닫고 번쩍 정신이 든 강덕용은 자신의 처지를 파악했다. 그놈들에게 잡혀온 것이다.

각목을 들고 있는 사내의 손짓을 따라 시선을 돌리자 피칠을 한 인형이 벽에 푸줏간의 고기처럼 걸려 있는 모습이 눈에 가득 들어왔다. 그는 자신도 모르게 침을 꿀꺽 삼켰다.

그 소리가 제법 컸는지 주변에서 흐릿하게 웃는 소리가 들렸다. 앞의 한 사내만 있는 것이 아니었다.

그때 음침한 사내의 말소리가 들렸다.

"저 새끼가 홍성윤이야. 딱 30분 걸렸다, 저놈 입을 여는데. 다음이 네 차례야. 근디 너는 내기가 걸려 있단 말이야. 난 30분이 넘지 않는다는 데 걸었거든. 왜냐하면 내가 너의 입을 열게 만들 거니까. 자, 이제 시작을 해볼까?"

"자, 잠깐만."

강덕용은 '무엇이든 물어보세요'라고 말하려 했으나 얼굴이 가려져 드럼통만한 허리만 보이는 사내가 솥뚜껑만한 손을 뻗어 그의 얼굴을 한 손에 쥐고는 입을 막아버렸다.

재갈이 물린 강덕용은 세상이 거꾸로 보였다. 이미 다리를 묶어놓은 쇠사슬이 천장에 걸려 있어 사내가 손짓을 하자 줄을 잡아당겨 물구나무를 선 꼴이 되었다.

살려달라고, 무엇이든지 다 말하겠다고 말을 하고 싶었지만 소리는 나오지 않았다. 그 대신 사내의 웃음기가 담긴 음성이 들렸다.

"저 새끼가 우릴 속였어. 내 친구 옆구리에 바람 구멍이 났지."

우성빌딩의 사무실이 두 개인 것을 말하지 않은 것을 의미하는 말이다.

"하여튼 신사적으로 대하면 대갈빡을 굴리려는 놈들이 있어서 말야. 일단 분위기를 잡고."

그때부터 시작이었다. 사내의 거친 숨소리와 물에 젖은 모래 주머니 두드리는 소리만이 지하실에 울렸다.

강덕용은 지옥을 보았다. 언제나 강자의 입장에 서서 타인에게 고통을 주며 조소를 보내기만 한 그가 죽을지도 모른다는 공포를 맛보며 온몸의 뼈가 가루가 되는 극통을 처음으로 당해보는 것이다.

"우힛!"

"예에!"

죽이 맞은 오지훈과 백한만이 서로 박자를 넣어가며 헤벌쭉해져 있자 김막동이 피식 웃었다.

"새끼들, 입에 파리 들어가겠다."

"들어가라고 그래. 으흐흐흐흐."

오지훈의 눈엔 아무것도 보이지 않았다. 단지 책상 위에 올려진 돈뭉치만이 들어왔다. 이는 팔까지 걷어붙이고 돈을 세고 있는 백한만 또한 마찬가지다.

"흐흐흐, 워메, 이 좋은 냄시. 흠흠흠, 행님. 우리 약장사 놈들만 털고 살아도 좋을 성싶소잉."

"졸라 좋은 생각이다. 이참에 전업을 해버릴까?"

"나가 팍팍 밀어줄소만."

마약이 암거래인만큼 태경회가 습격한 공급책들의 사무실에는 현금이 가득 있었다. 대부분 현금과 소액 수표였다.

마약은 흩어버리던가 하수구에 처박아 못 쓰게 만들고 금고를 깨끗이 털어온 것이다. 이미 신촌을 습격한 경험이 있어 그곳이 은행 창고보다 낫다는 걸 알고 있었다.

“새끼들, 잘들 논다. 아주 둘이 강도로 나서지 그러냐?”

김막동이 비꼬는 투로 얘기했지만 함박웃음을 지은 오지훈은 막무가내다.

“강도면 어뗘요? 약 파는 놈들보다 낫지. 우린 대통령한테 훈장 받을 일을 한 거요. 이거 신문에 대문짝만하게 얼굴 실린 일인데, 아숩다.”

“그라제. 신문사에 연락할까요, 성님?”

“웅? 풋하하하하하!”

백한만의 추임새 같은 맞장구에 더욱 신이 난 오지훈은 탱크 굴러가는 듯한 광소를 터뜨렸다.

“뭐가 그리 즐거워?”

문을 열고 들어오며 김대경이 묻자 반색을 한 오지훈이 재빨리 말했다.

“형님, 이걸로 침대를 만들어드릴까요?”

“뭐? 침대?”

“돈 침대 말입니다, 돈 침대. 자고 일어나면 날아갈 듯 몸이 가벼울 것 같은디요.”

“녀석, 실없는 소리는. 대충 정리하고 실어서 조 사장한테 보내. 애들은 어뗘냐?”

한 켠의 의자에 앉으며 부상당한 부하들의 상태를 물었다.

“그 정도는 훈장이지라. 제왕절개를 한 넘이 세 넘이고 나머지는 자고 일어나면 팔팔해져 돌아다닐 거여라.”

칼에 맞아 배가 찢어져 수술을 하는 것을 백한만은 제왕절개라 표현한 것이다.

"이거 한 뭉치 집어주면 당장이라도 벌떡 일어날걸."

백한만의 말을 오지훈이 받으며 고무줄에 묶인 돈 한 다발을 들어보였다.

갑작스런 출동이었어도 부상자는 그리 많지 않았다. 이미 적의 전력을 알고 습격해 피해를 줄였고, 대비를 하지 못한 적이었던 것이다.

개운히 샤워를 하고 들어와 얼마 전에 배운 담배 한 개비를 꺼내 물자 단정한 옷차림의 임승호가 들어왔다. 조직이 개편되면서 그는 전투조가 아닌 별동대를 맡으면서 후방 지원을 하고 있었다.

백억 원에 가까운 돈을 담은 상자들이 밖으로 나가고 수뇌들이 둘러앉았다.

방 안이 어느 정도 정리되자 임승호가 수첩을 펼쳤다.

"강덕용. 32세. 태권도 국가대표 상비군을 지낸 경력이 있습니다. 부상을 입어 운동을 접고 대학을 다니던 중에 일도에 들어갔습니다. 성삼천의 참모 역과 감시 역을 맡은 자입니다. 강철민이 파견했더군요. 자금과 조직 관리를 병행하고 있었습니다."

별동대를 맡고 있는 임승호가 목소리를 높이며 수첩의 다음 장을 넘겼다. 그는 조민재의 정보 조직을 다듬고 더욱 체계화시켜 운영하고 있었다.

"성삼천. 본명은 곽우성입니다. 마산을 활동 무대로 삼던 주먹 출신으로 영진에 있는 놈들은 그의 부하들이 대부분입니다. 80년대 정치주먹으로 활동한 전적이 있던 자로 칠 년 전 오 년간의 복역을 마치고 출소해서 사라졌는데, 영진물산의 사장으로 둔갑해 있었습니다. 강철민과 직접적인 연줄은 없습니다. 강철민이 마약 조직을 꾸릴 인물을 물색하던 중에 눈에 띈 것 같습니다."

청부 폭력으로 복역을 하고 나온 성삼천은 기반과 동생들까지 다 잃었다. 굵직한 머리들이 모두 잡혀 들어갔기 때문인데, 그의 지역은 이미 타 조직이 장악을 하고 있었고, 다시 재기를 노리며 변두리에서 소규모 조직을 만들어 입에 풀칠을 하고 있을 때 강철민의 제의를 받은 것이다.

그에게는 하늘의 광영이요, 가뭄의 단비였다. 강철민의 지원으로 자금을 확보한 성삼천은 흩어진 부하들을 규합하고 뒤도 돌아보지 않고 마산을 떴다. 서울과 마산은 비교가 되지 않는 것이다.

보고를 듣고 있던 김대경이 불쑥 물었다.

"자금이라고 했나?"

"예, 그렇습니다. 마약으로 벌어들인 돈을 세탁해서 강철민의 비자금으로 조성하는 것 같습니다."

"지금 성삼천은 어디에 있지?"

"아직 출근을 하지 않았답니다. 어제는 논현동에 들어앉힌 정부의 아파트에서 묵었는데 움직임이 없답니다."

"없는 게 아니라 놓친 거야."

김막동의 말이다. 그가 말을 이었다.

"곽우성은 저도 들은 적이 있는 놈입니다. 뒤통수를 잘 치는 놈이라 알고 있습니다. 선거판에서 설치던 놈인데 잠수를 기가 막히게 탑니다. 정치판이 수시로 변하는 거라 한 건 하고 깊숙이 가라앉으면 찾기 힘듭니다. 게다가 지금은 약까지 손대고 있으니 뒷구멍을 수십 개는 파놓았을 겁니다."

"흠."

무언가 생각에 잠겨 있던 김대경이 정리를 하고는 고개를 들어 임승
호를 보았다.

"파악된 그놈의 거처가 세 곳이라고 했나?"

미행을 붙여 확인한 곳만 세 곳이다. 그 주위엔 임승호의 부하들이
동태를 살피고 있었다.

"아직 연락 온 데가 없습니다."

"강덕용은?"

말을 멈추자 임승호가 즉시 대답했다.

"숨은 붙여놓았습니다."

"데려와."

몸을 돌린 임승호는 혼잣말처럼 말하는 김대경의 목소리를 들었다.

"굴에 불을 때면 어느 구멍에서든지 튀어나오겠지."

"아니, 이 여편네가 무슨 일인데 바쁜 사람을 오라 가라야!"

송화기에 대고 대뜸 소리를 쳤지만 양지용은 흐느끼는 부인의 목소
리를 듣고는 정색을 했다.

"뭐, 화란이가? 응. 그래, 알았어. 바로 갈게. 간다니깐!"

거칠게 전화기를 내려놓은 양지용은 신경질적으로 담배를 꺼내 물
었다. 그리고는 인터폰을 눌렀다.

"이 양, 차 대기시켜!"

아침 밥을 먹으면서 신문을 보던 그는 일면을 장식한 마약 사건 때
문에 밥을 먹는 둥 마는 둥 하고 출근을 했다. 사건 현장의 위치가 우
성빌딩이고 그가 영진물산의 세무 일을 맡고 있는 회계사인데 비밀스
런 일을 해주고 있었기 때문이다.

회계사의 업무는 회계 감사와 세무 대행, 그리고 경영 컨설팅 자문도 한다. 주로 재무 구조와 자금 운영에 관한 자문으로 그는 영진물산의 자금을 관리해 주고 있었다.

회사 매출과는 비교가 되지 않을 정도의 자금이 유입되고 흘러 나가서 혹시 그 사건과 연관되어 있지 않을까 걱정이 되었다.

마음도 심란한데 아침까지만 해도 멀쩡하던 딸이 갑자기 쓰러졌다는 연락을 받았다. 자신의 주치의를 집으로 불렀다니 가고 있지만 영 떨떠름했다. 병원에 보내 정밀 진단을 받아야지 의사를 불렀다는 게 이해가 가지 않았다. 그렇다고 울고 불고 하는 마누라에게 뭐라 할 수도 없었다. 출근한 지 한 시간도 되지 않아 다시 돌아가기에 오늘은 하루 쉬자고 마음먹었다. 영 일진이 좋지 않은 날이다.

이런 저런 생각을 하며 집에 도착해 현관 문을 여는 순간 심장이 내려앉았다. 세 명의 웬 사내들이 자기 집인 양 거실에 턱하니 진을 치고 있었다.

"양지용 씨."

갑자기 옆에서 생소한 목소리가 들려 돌아보자 시선에 턱이 부딪쳤다. 그가 고개를 들어 사내의 얼굴을 보았을 때 한인상 하는 사내가 씨익 웃으며 목덜미를 잡고는 집 안으로 끌어들였다.

"안녕하쇼?"

구겨지듯이 소파에 처박히자 상석에 앉아 사시미로 손톱을 다듬던 사내가 고개를 들며 말했다.

"다, 당신들!"

"아아, 쉿! 내가 질문을 하고 당신은 대답을 하는 거야. 알았나?"

쭉 째진 눈에 광대뼈가 불거져 나온 사내가 번뜩이는 칼날을 입술에 대었다. 그러고는 비릿한 웃음을 지었다.

"일단 당신 가족은 안방에 편히 모셔놨으니 안심하고. 아, 서울여대 다니는 당신 딸은 우리가 좋은 대화를 통해 서로 만족할 만한 성과를 이루어내면 돌려보내 주지. 뭐, 쓸 만한 성과가 없으면 어느 이름 모를 섬에 팔려갈지도 몰라. 동생 놈들이 성격이 하두 지랄 같아서. 후후후."

채권을 대신 받아주는 해결사 일을 업으로 삼던 강필호는 이 정도 협박은 작년까지만 해도 조민재의 밑에서 밥 먹듯이 하던 일이다.

마른 몸을 일으킨 강필호는 무슨 일인가 해서 눈만 굴리고 있는 양지용에게 다가가 탁자에 걸터앉았다. 그리고는 아무런 말도 없이 사시미를 양지용의 허벅지에 살짝 꽂았다.

"으헉!"

"안 죽어. 겨우 1센티나 들어갔을까? 봐봐. 피도 한 방울밖에 안 나잖아. 뭐, 조금 있다가는 이게 네 창자 구경을 시켜줄지도 모르지만서도. 그런 말도 있잖아. 창자로 줄넘기하는 소리 하지 말라고. 처음 듣는 말이라고? 그럼 오늘 한번 경험해 봐."

얼굴이 시뻘게지고 식은땀을 줄줄 흘리며 사시나무 떨듯 떨고 있는 양지용을 보며 강필호는 더욱 웃음이 짙어졌다. 이미 반은 성공한 것이다.

그는 책가방 줄이 긴 인간들을 상대하는 방법을 잘 알았다. 이들은 머리만 쓸 줄 알았지 몸은 잼병이다. 직접적인 육체의 고통을 경험해 보지 못했기에 약간의 고통은 효과가 탁월했다.

"내가 이 바쁜 시간을 쪼개 여기까지 왜 왔냐면 내 돈을 찾아갈 게 있어서 말이야. 성삼천이 알지? 그놈이 내 구역을 차지하고 장사를 해

서 손해가 막심하거든. 이런이런, 모르겠다는 얼굴이네? 아침 뉴스 봤
어?"

양지용은 맨살을 후비는 고통에 눈을 좁히고 있다가 급격히 확장시
켰다. 역시 자신의 생각이 어느 정도 맞았다.

"그거 내가 한 일이거든. 애들아, 몇 명이나 골로 보냈지?"

"한 열댓 명 병신 되었습죠."

병풍처럼 양지용을 두른 사내 중 하나가 별일 아니라는 듯 대답하였
다.

"내가 말이야, 새벽에 작업을 해서 조금 피곤하거든. 우리 빨리빨리
해치우자고."

양지용이 대한은행 대치동 지점에 나타난 것은 점심 무렵이다. 신분
을 확인하고 은행원의 안내를 받아 대여 금고에 들어가 열쇠를 꺼내
들었으나 그는 손이 떨려 제대로 구멍에 끼우질 못했다.

성삼천이 보낸 자금으로 타인 명의를 빌려 부동산 등에 투자를 하고
처분한 돈을 다시 국공채나 무기명 채권 등의 유가증권을 사들여 은행
의 특수 금고인 대여 금고에 보관하는 것이다.

은행에서 보관 물품에 대한 제한을 두지만 그건 일반인들 얘기고
VIP고객은 해당 사항이 없다. 이미 지점장과 안면도 터 있는 사이였
다.

서랍식으로 되어 있는 금고를 빼내 든 양지용은 밀실로 들어가 개봉
하였다.

수십 개의 예금증서와 주식, 채권 등을 가져온 서류 가방에 옮겨 담
는 동안 그는 10년은 늙은 것 같았다. 저들의 말로는 성삼천도 곧 잡혀

죽을 거라지만 정지용은 그런 말은 귀에 들어오지도 않았다. 그는 성삼천이 마약상이라는 것조차 오늘 알았다.

불법으로 벌어들인 돈을 자신이 굴러서 세탁을 하고 있었지만 성삼천은 자신의 정체를 숨겼던 것인데, 당장은 잡혀 있는 가족이 걱정되었다. 그러나 저늘이 불려간 후가 더 큰일이다. 분명 성삼전이 보복을 해 올 것이다.

하지만 당장 목숨이 위태로워 성삼천에게 알릴 수도 없는 상황이었다. 경찰에 신고를 한다면 자금 추적에 들어갈 것이고 마약으로 벌어들인 돈이라는 것이 밝혀진다면 자신은 물론 가족들까지 모두 사회에서 매장당할 것이다. 이래저래 빛이 들어오지 않는 암실에 갇힌 기분이었다.

양지용이 서류 가방을 들고 은행에서 나오자 두 대의 중형 세단이 다가왔고, 그가 앞차에 타자 그를 은행 안에서부터 멀찍이 따라오던 사내들은 뒷차에 올랐다.

다섯 개의 은행을 더 돌고 집에 돌아온 양지용은 이들의 우두머리인 듯한 사내를 맞았다.

자신보다 머리통 하나는 더 클 것 같은 사내인데 처음의 사내들과는 달리 정중했다.

“수고하셨습니다. 이리 앉으시죠.”

부드럽게 말한 조민재는 자리를 권하며 봉투 하나를 내밀었다.

“비행기표입니다. 내일 저녁 마지막 시간입니다. 아들이 미국에 유학을 가 있드만요. 당분간은 거기로 피해 있으시죠. 성삼천을 정리하면 연락드리겠습니다. 아드님은 미국 시민권도 있던데 그대로 미국에 눌러 살아도 상관은 없습니다만.”

양지용은 봉투를 뚫어지게 쳐다보고만 있었다.

"그 대신 당신 재산의 반은 놓고 가야 합니다. 당신도 그놈으로 인해 짭짤한 수입을 올렸을 겁니다. 모르고 한 일이라기에 관용을 베푸는 겁니다. 보셔서 아시겠지만 우리는 뵈는 게 없는 놈들입니다. 당신 하나 묻어버리는 것은 일도 아닙니다. 조금 있으면 따님 분도 올 테니 짐을 꾸리시죠."

침을 꿀꺽 삼킨 양지용이 조심스럽게 물었다.

"저… 오늘 가면 안 될까요?"

고개를 저은 조민재가 은근히 말했다.

"당신이 운용하는 부동산을 처분하려면 아무리 급매라도 이틀은 걸리지 않겠습니까?"

"제가 가지고 있는 문서는 몇 개 되지 않는데……."

"내역을 작성해 주시죠. 나머지는 저희가 알아서 하겠습니다. 성삼천의 보복이 두려운 거라면 걱정하지 마십시오. 그놈은 며칠 동안 정신이 없을 겁니다. 그리고 놈은 곧 잡힙니다."

"여보세요."

[아, 박 반장이오?]

"그런데요."

[당신들, 우리가 낸 세금으로 월급을 타면서 그따위로밖에 일을 못해? 대한민국이 마약 중독자들 천지가 돼야 그때부터 일할 거야! 앙!]

새벽부터 굵직한 사건이 터져 잠도 설치고 여러 사람에게 시달린 박만호는 울컥 화가 치밀어 올랐으나 핸드폰을 귀에서 떼고 한숨을 쉬고는 참았다.

“당신, 누구요?”

[나? 세금 잘 내는 대한민국의 국민이지.]

“……”

[잘 들으셔. 당신 머리가 얼마나 좋으냐에 따라 성과가 달라질 테니까. 메모를 하려면 해도 좋고. 지금부터 마약 공급상의 위치와 이름을 불러줄 거야. 이거 장난 아니거든. 왕창 실적을 올려보라고. 먼저 강남은…….]

“어, 어, 이, 이봐!”

당황한 박만호가 전화를 건 사내의 말을 제지하려 했으나 사내는 일방적으로 쏟아 붓듯이 말을 하고는 한마디를 남기고 끊었다.

[당신 진급할 거야. 나중에 혹시라도 만나게 되면 진급 턱을 질퍽하게 쏘라고. 지금부터 뛰어다니셔. 잠수 타면 당신 책임이야. 수고하더라고. 하하하!]

“아니, 이봐!”

핸드폰을 내려놓은 박만호는 순간 당황했지만 기억을 되살렸다. 단속반의 전화가 아니라 개인 휴대폰 번호를 알고 연락을 했으니 장난은 아닐 것이다.

박만호는 급히 단속반으로 전화를 걸었다.

[여보세요.]

“응, 나야.”

[반장님, 수고하십니다.]

“그래, 다름이 아니라 방금 내 핸드폰으로 걸려온 전화 발신처를 알아봐. 그리고 비상 걸어. 나도 곧 사무실로 들어갈 거야. 전경도 두 개 중대 지원받고. 알았어?”

[예. 그런데 무슨 일입니까?]

"들어가서 얘기할게. 급하니 서둘러."

다급히 단속반에 들어온 박만호는 자리에 앉기도 전에 물었다. 다가
서는 장준혁에게 물었다.

"어디서 걸려온 전화야?"

"공중전화입니다. 대치역 역사 주변."

"그래? 자자, 다 이리 모여봐."

별로 기대도 안 했는지 흘려들은 박만호는 회의실로 수사 1반 형사
들을 모았다.

"장 형사는 이거 확인해 보고."

수첩을 내밀며 그가 말을 이었다.

"제보 전화가 있었다. 새벽 사건과 관련이 있는 놈인 것 같은데 놈
이 말하는 곳 중에 몇 곳은 우리도 의심을 하던 곳이라 신빙성이 있는
것 같다."

박만호의 수첩을 보고 있던 장준혁이 고개를 들었다.

"그럼 마약 조직 간의 세력 싸움이란 말인 것 같은데, 좀 이상하지
않습니까? 새로운 조직의 등장이라면 눈이 시뻘게져 마약을 가져갔을
텐데 버리고 갈 리가 없잖습니까? 원한인가?"

"나도 그게 이상하긴 해. 그래도 원한이라고 보기에는 좀……. 사건
을 저지른 놈들도 만만치 않은 세력을 가진 조직이고 말이야. 게다가
신흥 조직이라면 기존 조직의 유통망을 확보하려고 할 텐데 유형이 다
르지 않나? 아니면 조직력이 뛰어난 놈들이라 새 판을 짜려는지도 모
르겠고."

잔뜩 인상을 찌푸린 박만호가 말을 멈추었으므로 회의실은 정적에 싸였다. 마약 때문에 폐가망신한 사람이 한둘이겠는가만은 그들이 모여 복수를 했다는 것은 말도 안 되고 분명 세력을 갖춘 조직 간의 싸움인데 유형이 달랐다.

마약의 유통망은 워낙 은밀하고 공급자는 이중, 삼중으로 보호 장치를 걸어두고 판매상의 정보를 파악한 다음에야 만난다. 아무나 물건만 가지고 있다고 개나 소나 팔 수 있는 것이 아니다.

그래서 신흥 조직들은 유통망 확보가 가장 중요하다. 길에다 좌판을 벌여놓고 팔 수 있는 것도 아니니 말이다. 판매상은 자신만의 고객들을 확보해 놓고 물건을 건네고 공급상은 판매상의 뒷조사를 다 한 다음에야 약을 공급한다. 우리 나라는 국민의 정신을 좀먹는 마약에 관해서는 관대하지가 않다.

박만호가 생각을 접으며 소리쳤다.

"에이! 여하튼 단서 하나는 잡았다. 일단은 쪽팔리기는 해도 떨어진 떡고물을 주워 먹자. 한쪽을 조지다 보면 그놈들하고 치고받는 놈들의 윤곽도 드러나겠지. 우리가 언제부터 머리를 썼냐? 손바닥만한 땅이다. 뛰어다녀. 야, 2반에 지원 요청하고, 나는 과장님한테 보고하고 올게."

툭하면 여론의 질타를 받는 경찰이다. 열 포졸이 한 도둑을 막지 못한다는 말도 있는데 경찰의 인력과 장비는 열 도둑이 한 경찰을 희롱하는 형국이었다.

"일단 성과를 보여 저 펜대만 굴리는 놈들 주둥이를 막고 보자고. 이번 건은 우리가 건진 거다."

한마디를 남긴 박만호가 회의실을 나섰다. 제보를 통해 정보를 얻었다는 말을 하지 말라는 것이다.

굵직한 사건이 터지면 여론은 과거 이야기부터 꺼내기를 좋아한다. 늘상 과오만 저지른 것처럼 확대 재생산하기에 박만호를 비롯한 마약단속반 형사들은 죽을 맛이었다. 뉴스 시간만 되면 하루 종일 우성빌딩 사건을 내보내는 것이다.

"으아아아아!"

와장창!

거실의 탁자를 집어 던진 성삼천은 그래도 분이 풀리지 않는지 거친 숨을 몰아쉬었다. 그의 불타는 시선이 머리를 푹 숙이고 있는 사내들을 훑고 지나갔다.

"조한구!"

"옛!"

반사적으로 벌떡 일어난 조한구는 시선을 벽으로 향했다. 조직을 보호하는 행동대를 맡고 있는 그로서는 차마 성삼천의 얼굴을 볼 수 없었기 때문이다.

퍽!

이미 예상을 했는지 어금니를 콱 깨문 그의 안면에 성삼천의 주먹이 강타를 했고, 뒤로 홀떡 넘어간 조한구는 팅기듯이 다시 기립했다.

퍽! 퍼퍼퍼퍼벅!

얼굴이며 상체를 가리지 않고 난타를 한 성삼천이 잇새로 말했다.

"이 병신 새끼, 네놈이 하는 일이 뭐야!"

성삼천의 분노를 그대로 반영해 눈두덩이 퉁퉁 붓고 코피가 줄줄 흐르는 얼굴이 된 조한구가 허리를 꺾었다.

“죄송합니다.”

“신촌 일 때문에 내가 얼마나 큰어른께 면목이 없었는데 그놈들 꼬랑지도 보지 못하고 이번엔 아예 안방을 털려! 이이, 나가 죽어!”

다시 오 분여에 걸친 타작을 한 성삼천이 소파에 털썩 앉더니 벌컥 냉수를 늘이켰다.

서울 곳곳에 마련된 안가 중의 한곳으로 창동의 참조은빌라 안이었다. 새벽에 연락을 받은 성삼천은 회사도 출근하지 못한 채 부하들의 보고를 듣고는 이를 갈고 있었다.

“떡용이가 끌려갔다고?”

“예.”

살벌한 분위기에 바짝 긴장한 유인환이 대답했으나 자신의 목소리가 떨리는 듯해서 입을 앙다물고는 힘을 주었다.

성삼천이 구긴 인상을 풀지 않고 말했다.

“초저녁에 성윤이 새끼가 경찰에 잡혀가고 다섯 시간 정도가 지난 다음에 우성과 강남의 세 군데 공급장이 털렸다. 그런데 그 경찰이란 놈은 있지도 않은 놈이고, 성윤이 이 죽일 놈이 주댕이를 나불거려 강남이 쑥밭이 된 거다 이거지?”

“그, 그렇습니다.”

“그럼 어떻게, 누가 어떻게 이 씹어 먹을 성윤이를 알았냐 이거야!”

좌중은 쥐 죽은 듯이 조용했다. 알지도 못했거니와 입을 여는 순간 꼭지까지 돌아버린 성삼천의 화풀이 대상이 될 게 뻔했다.

성삼천의 말이 이어졌다.

“이제 떡팔이가 잡혀갔으니 그놈도 별다르지 않겠지. 그럼 그 갈가리 찢어서 동대문에 널어놓을 놈들이 무려 5년이나 닦아놓은 서울을

난장판으로 만드는 것이 시간문제란 말이냐? 엉? 그런 거야? 어떻게
할 거야? 어떻게에에에!”

버럭버럭 악을 쓰며 소파에 둘러앉은 간부들의 싸대기를 차례로 날렸
다. 문가에 석상처럼 서 있던 부하가 조심스레 전화를 받고는 다가왔다.

“사, 사장님.”

“뭐야!”

“강남입니다.”

순식간에 부동자세로 변한 성삼천은 공손히 핸드폰을 들었다.

“안녕하십니까? 성삼천입니다.”

통화의 시간이 길어질수록 예, 예만 연발을 한 성삼천은 참담한 얼
굴로 연신 식은땀을 흘리며 바로 앞에 전화 상대가 있는 양 허리를 숙
였다.

소리가 나지 않도록 조심스럽게 폴더를 닫은 성삼천은 폐부 깊숙이
끌어낸 긴 숨을 내뱉었다. 그리고는 생살이라도 씹어 먹을 듯한 비장
한 얼굴로 낮게 말했다.

“마지막 기회다! 당장 나가서 놈들을 찾아와! 당자아아앙!

간부들이 뛰어나가자 편두통이 밀려든 성삼천은 지친 몸을 소파에
묻었다. 자잘한 피라미들은 몇 개의 조직이 눈에 띄었지만 자신들을
대적할 만한 곳은 없었다. 그 피라미들도 손가락만 까딱하면 없앨 수
있었다.

그러나 독점은, 특히 마약을 한 조직이 독점하면 아무리 멍청한 경
찰이라도 시선이 한곳에 몰려 표적이 될 수밖에 없기에 물을 흐리긴
하지만 살려두었었다.

성삼천은 아무리 머리를 굴려도 특별한 상대가 떠오르지 않았다. 부

산에 왜놈의 마약 조직이 손을 뻗치고 있는 것은 알지만 아직은 터를 잡지 못했고, 짱개 놈들도 조선족과 섞여 들어와 틈을 노리고 있었지만 마찬가지였다.

어찌 보면 자신은 애국자였다. 눈이 시뻘게져 달려드는 외국 조직들을 다 막아내지 않았던가? 물론 약간의 구역은 인정해 주었지만서도 서울만큼은 확실히 지켜내었다.

강철민은 이번이 마지막이라 했다. 그가 손짓을 하면 마누라를 팔아서라도 들어올 놈들은 널리고 널렸다. 자신은 해외 공급선은 알지도 못한다. 강철민이 들어온 물건을 대리로 공급하는 것이다.

그는 이인자를 키우는 것을 싫어했다. 나중에 머리가 커서 공급선을 가로채고 독립을 할까 봐서인데, 뒤통수를 맞을 일은 애당초 만들지를 않았다. 자신을 키워준 형님을 은퇴시키고 조직을 장악했기에 같은 전철을 밟지 않기 위해서 일도에는 오직 보스밖에 없었다.

"휴우!"

성삼천은 자신에게 맡겨달라고 해놓기는 했지만 앞이 막막했다. 정말 지푸라기라도 잡고 싶은 심정이었다.

"우헤헤헤헤, 내가 경찰 제복을 다 입어보다니. 형님, 어떻습니까?"

오지훈은 넓은 어깨가 불편한지 팔을 돌리며 실물 모형과 똑같이 만들어진 가스총을 만지작거리고 있는 김대경을 보았다.

경찰용 38구경과 똑같은 모양으로 발사 소리까지 비슷하였다. 총집에 찔러 넣고는 어딘지 모르게 어색한 오지훈을 마주 보며 피식 웃었다. 그러자 백한만이 재빨리 한마디를 던졌다.

"뚝입다요, 행님. 근디 입사귀가 두 개라 거시기혀요. 무궁화 하나는 달아야제.”

“흐음, 좀 그러지잉. 덩치로 보나 품위로 봐도 서장감인디, 내가.”

“그라지요. 나가서 무궁화를 따올까요?”

“한 열댓 개 따와라. 하하하!”

기차 화통을 삶아 먹은 오지훈과 간드러지는 사투리로 쉬지 않고 떠들어대는 백한만을 무시한 임승호가 김대경에게 정색을 하고 다가왔다.

“형님, 떴습니다.”

“좋아.”

김대경이 벌떡 몸을 일으키자 잡담으로 긴장을 풀고 있던 사내들이 입을 닫았다. 부하들의 시선을 받고는 그가 굵직하게 말했다.

“승호는 여기 남아서 계속 경찰의 동태를 보고하고. 자, 오늘은 경찰과 합동 작전이다. 가자!”

잡고 와서야 안 일이지만 강덕용은 대어였다. 중앙 사령탑으로 서울 전 지역의 거래를 총괄하고 있는 위치였던 것이다. 우성빌딩은 일종의 중앙 통제실의 구실을 했고, 그는 실장의 위치에 있었다.

그런 그가 잡혔으니 필히 성삼천은 잠수를 타든가 각 지역의 사무실을 옮기고 경비를 강화했을 것이다.

김대경으로서는 일일이 확인을 할 시간도 장비도 없었기에 경찰을 동원했다. 성삼천이 딴주머니를 차고 있지 않다면 열에 한둘은 걸릴 것이고, 그중 확률이 높은 곳을 김대경이 노리는 것이다. 이는 그만 아는 합동 작전이었다.

“무슨 일 있어? 기동대까지 뜨고.”

점심을 먹고 3시쯤에나 어슬렁거리며 청으로 들어온 한상주 경장이 바쁘게 지나가는 마약 수사 1과 형사들에게 물었으나 별다른 대답을 듣지 못했다. 극비 작전이어서 출동한 후에나 자신들도 알 수 있다고 말을 했는데 그의 얼굴엔 불쾌한 기색이 역력했다.

일선 형사들이나 반장들은 자신을 무시했다. 이는 어찌 보면 텃새라 할 수 있었는데 한상주는 뚝 떨어진 낙하산이라 과장에게 직접적인 보고를 하는 경우가 많았다.

맛있게 먹은 점심이 걸린 것 같은 기분이 든 한상주가 과장실로 발걸음을 했을 때 마침 선임 반장인 박만호가 나왔다.

"박 반장, 무슨 일이야?"

"과장님께 보고를 올렸습니다. 저는 시간이 없어서 이만."

나이도 어린 놈이 꼬박꼬박 반말이다. 과장도 자신에게 반 존대를 해주는데 쥐뿔도 모르는 게 간섭만 하려고 든다.

한상주가 스쳐 지나가는 박한만의 뒤통수에 대고 말했다.

"이봐, 난 당신 상관이야!"

"시간이 없었습니다. 범죄자 놈들은 한가하게 밥 먹을 때까지 기다려 주지 않습니다."

자리를 비운 한상주를 탓하는 말이다. 자리에 있다 해도 보고할 생각은 없었지만.

"과장님께 물어보십시오."

던지듯 말한 박만호는 바쁜 걸음으로 지나갔고, 그런 한상주는 그의 뒤통수를 노려보았다.

경찰 내부에도 알게 모르게 경찰대 출신과 비 경찰대 출신 간의 알력이 있었다. 수사 분야 쪽에는 경찰대 출신이 적은 편으로 과장 또한 마찬가지였다. 떨떠름한 표정으로 한상주는 문을 두드렸다.

"형님, 저 새끼들, 아까부터 계속 있는데요."

비디오 카메라가 보내오는 영상을 주시하던 부하 하나가 송승우를 돌아보며 말했다.

반주를 한잔하면서 점심 겸 저녁을 들고 있던 송승우는 숟가락을 내려놓고는 풍선처럼 부푼 몸을 흔들면서 다가왔다.

"저기 식당 앞이랑 모퉁이의 회색 차요."

브라운관은 어둑해져 있었고 좁은 골목길에는 교복을 입은 학생들이 삼삼오오 모여 지나갔다.

"언제부터 있었어?"

"한 시간은 된 것 같은데……."

"잘 걸렸다, 시불 놈들. 애들 준비시키고 연락해. 놈들이 나타났다고."

강덕용이 잡혀간 후로 성삼천은 허술한 곳은 철수시켰고, 송승우가 맡고 있는 한남동과 같이 건물 주변에 보안 카메라를 숨겨놓고 살필 수 있는 곳에는 부하들을 모아놓았다.

그가 있는 사무실의 한 방에는 여덟 대의 브라운관이 있어 건물의 계단부터 시작해 전방 200미터는 한눈에 살필 수 있게 만들어놓았다. 경찰의 단속을 피하기 위해 몰래카메라를 설치해 놓은 것이었다. 물론 도망갈 수 있는 뒷문도 있어 여의치 않으면 썰물처럼 빠져나가면 된다.

부하가 다급히 말했다.

"형님, 놈들이 차에서 내렸습니다. 하나, 둘, 여섯 놈입니다. 새끼들 꼬라지가 지방에서 노는 촌놈들인데요."

하나같이 편한 옷차림에 운동화를 신었다. 슬슬 날씨가 더워져 반팔을 입기 시작하는 사람도 많은데 그들은 점퍼를 입고 있었다. 무기를 숨기고 있는 차림이었다.

그때 핸드폰이 울려 긴장하고 있던 송승우는 깜짝 놀랐다.

"아, 여보세요."

일부러 느긋한 목소리로 전화를 받는 그와는 달리 상대편은 다급히 소리를 높였고, 그의 얼굴이 순식간에 구겨졌다.

"예!"

전화를 내동댕이치듯이 끊은 그는 버럭 소리쳤다.

"튀어! 경찰이다!"

말을 하는 사이 그는 이미 문 손잡이를 잡고 있었다.

지역 경찰의 협조를 받아 지형을 파악해 둔 마약반의 대비도 만만치 않았다. 혜성빌딩이란 5층 건물을 중심으로 원을 그리듯이 기동대를 배치해 골목길을 막아놓았다.

불순한 의도를 가진 제보자가 불러준 곳이 다섯 군데다. 수사과장을 대면한 박만호는 그도 상부에서 상당히 시달렸음을 알 수 있었고, 수사과장은 현장마다 한 개 중대의 기동대를 지원해 주었다. 새벽의 사건으로 관이 발칵 뒤집어졌기에 가능한 일이었다.

지휘를 하는 박만호에게 무전이 날아온 것은 송승우가 막 건물의 뒷골목에 모습을 보일 때였다.

[빠져나가는 놈들이 있습니다. 타깃으로 보입니다. 이런, 10여 명 정도가 나왔는데 두 방향으로 갈라졌습니다. 길가에 세워진 차에 탑니다.]

현장 중계를 하는 건너편 건물 옥상 감시조의 목소리가 높아지고 덩달아 박만호도 심장 박동이 빨라졌다. 제대로 짚은 것이다. 잡아야 한다. 그의 목소리가 높아졌다.

"들었지! 길을 막아! 김 형사 조는 사무실에 들어가고 윤형사 조는 뒤편으로 빨리!"

무전기에 명령을 쏟아 붓은 박만호는 자신의 차가 출발하는 것을 느끼며 고개를 돌리자 마침 웃고 지나가는 정다운 가족의 모습이 차창 너머로 보였다. 같은 시대를 살아가도 서로 다른 세상이었다.

"이런, 씨발 놈들아! 쏴봐! 병신들, 쏘지도 못하면서 멋으로 차고 다니는 놈들이! 쏴봐! 씨발!"

총구가 앞에 있지만 송승우는 들고 있는 칼을 내릴 생각은 하지 않았다. 이번에 또다시 잡혀 들어가면 가중 처벌을 받아 늙다리가 되어서야 빛을 볼 수 있었다.

스윽!

자신의 가슴을 그어 자해를 한 송승우는 피가 묻은 칼을 휘두르며 소리쳤다.

"이래저래 끝장난 인생이야! 다가오면 너도 죽고 나도 죽는 거야!"

그러더니 칼을 휘젓고는 다시 말했다.

"아이, 씨발, 좋은 게 좋은 거 아냐! 한 번만 봐주라! 짱박혀서 나오지 않을게! 다신 나쁜 짓 하지 않을 게! 응? 정말이야! 이번에 들어가면 오십이 넘어야 나온단 말이야! 형님들, 한 번만."

협박과 애원을 하는 송승우의 앞에는 두 명의 형사가 그를 견제하고 있었다. 차를 타고 가던 그가 앞이 막히자 도주한 것을 반 시간이 넘게 쫓아와 대면을 한 것이다.

한 형사는 삼단 봉을 들고 있었고 뒤에서 보조를 해주는 형사는 권총을 들고 칼을 버릴 것을 종용하고 있는 상황이었다.

"이봐, 이름이 뭐야?"

한 형사가 물었으나 송승우는 입을 다물었다.

"순순히 가자. 내가 쓸 만한 정보를 주면 자수로 처리해 주마. 어때?"

조직을 배신하면 어찌 된다는 것을 알고 있는 그였다. 감옥에 있어도 피할 수 없고 운이 좋아 출소를 해도 숨어 살아야 한다. 일부러 히트맨을 감옥에까지 보내면서 보복을 한다.

"좆까. 단물만 빼먹고 나 몰라라 하면서."

그때 골목길을 울리는 발자국 소리에 다급해진 송승우는 이를 악물었다.

"으아아아!"

"탕! 탕! 탕!"

"경찰청에서 나왔습니다."

[무슨 일이신데요?]

"성삼천 씨, 아니, 곽우성 씨 아시죠?"

[그런 사람 몰라요.]

인터폰에서 자르듯이 말하는 여자의 목소리가 흘러나오자 제복 차림의 오지훈이 버럭 소리쳤다.

"다 알고 왔어! 문 열어!"

[경찰에 신고하겠어요.]

"허허, 우리가 경찰이야. 여기 영장도 있어. 계속 이러면 강제 집행을 할 거고 당신도 공범으로 집어넣을 거야."

그때서야 철컹거리는 소리가 들리며 문이 열렸다. 성삼천의 안가 중의 하나로 들어앉힌 여자도 있는 곳이었다.

대문을 지나 현관에 들어선 김대경은 어딘가로 통화를 하는 한 여인을 보았다. 거의 벗고 있다시피한 여인은 잘빠진 몸매에 미인 축에 드는 얼굴이었다.

구둣발로 집 안에 들어간 김대경은 눈을 동그랗게 뜨고 쳐다보는 여인의 전화기를 뺏어 들었다.

"성삼천?"

김대경이 수화기에 대고 한마디 했을 때 오지훈은 여인을 잡았고, 그의 뒤로 쏟아져 들어온 사내들은 이층을 뛰어다니며 집 안을 훑었다.

[…….]

"맞나 보군. 반가워. 쥐새끼처럼 어디에 숨어 계시나? 난 네놈이 보고 싶은데."

그때서야 상대편의 목소리가 들려왔다.

[누구냐?]

"경찰이 아니란 건 알아챘을 테고, 네놈을 잡아 죽일 사람."

[이 새끼!]

"후후, 잘 숨어 있어. 머리카락 한 올이라도 보이면 네놈 목을 따러 갈 테니까. 강철민의 바짓가랑이를 붙잡고 있어야 할 거야. 그래야 조금이라도 목숨을 보존하지."

[넌 내 손에 죽어.]

"병신, 여기가 네놈 안방이냐? 꼴값 떨지 말어. 목 닦고 기다려. 조만간 만나게 될 테니까. 아, 그리고 무섭다고 전화번호 바꾸지 말고. 가끔 통화하자고. 난 네놈의 목소리가 듣고 싶거든. 마치 연인이랑 통화하는 기분이야. 넌 날 보고 싶지 않나?”

딸각.

일방적으로 전화를 끊자 쓴웃음을 지은 김대경은 전화기를 내려놓고는 주인인 양 소파에 앉아 담배를 꺼내 물었다.

“이름이 뭐지?”

오지훈의 위협에 벌벌 떨며 고개를 숙이고 있는 여인에게 물었다.

“여, 연정이요. 사, 살려주세요. 저는 아무것도 몰라…….”

“닥쳐!”

최연정이 눈물로 마스카라가 번진 얼굴을 들려고 하자 오지훈이 머리를 찍어 눌렀다.

그때 싸늘한 김대경의 말이 그녀를 더욱 떨리게 만들었다.

“봐서. 난 여자를 죽이고 싶은 생각은 별로 없거든. 성삼천에 대해 말을 해봐. 잠자리 버릇까지 말이야.”

[이번 경찰의 대처는 놀라울 정도로 빨랐으며 그에 대한 성과도 뛰어…….]

똥 씹은 얼굴에 퀭하게 변한 눈으로 성삼천은 초점없이 뉴스를 보고 있었다.

경찰의 치안력에 대한 국민의 불안을 가라앉히려는지 관과 매스컴이 손발을 맞춰 서울 마약 조직의 일제 소탕 작전을 현장 중계하듯이 비춰주었다.

앵커의 말대로 경찰의 행동은 눈부실 정도로 빨랐다. 또한 앵커의 딱딱한 말을 듣다 보면 경찰이 검거 작전을 계획하고 있던 중에 우성 빌딩 사건이 터진 것처럼 느껴질 정도였다.

이번은 소 잃고 외양간 고친 격이 아니라는 뉘앙스를 풍겼다. 이 정도의 대규모 검거 작전은 하루 이틀 준비해서 되는 일이 아니라는 것이다. 한 조직을 검거하면 나머지 사범들이 흔적도 없이 숨기에 전체적인 윤곽을 파악하고 일제 소탕을 하였다는 내용이었다.

자정이 넘은 시각. 일반 사람들은 하루의 피로를 풀고 내일을 위해 휴식에 들어가는 시간이지만 성삼천과 같은 부류는 한창 활동할 시간이었다.

그러나 오늘은 정적만이 흘렀다. 그가 머물고 있는 빌라 안에는 열 명이 넘는 건장한 사내들이 있었지만 분위기를 파악할 정도는 되었다.

숨소리 하나 들리지 않는 거실엔 텔레비전의 조명과 성삼천이 줄담배로 뿜어내는 연기로 가득 차 있었다.

딜리리리! 딜리리리!

그때 핸드폰 벨 소리가 정적을 깨웠다. 하지만 성삼천은 여전히 멍한 상태로 미동도 없었다.

그러자 현관 옆 방문이 스르륵 열리면서 빛이 흘러나왔고, 까치발을 한 사내가 왼쪽 벽면 진열장 위에 올려진 다섯 대의 핸드폰 중에서 하나를 집어 들었다.

"사장님, 어르신 직통 전화입니다."

성삼천은 세 개의 주민등록증과 핸드폰을 다섯 대나 가지고 다녔고, 그중 하나는 강철민과의 직통 라인이었다.

핫라인이라는 말을 듣고서야 정신을 차린 성삼천은 전화를 귀에 대었다.

“죄송합니다.”

인사도 없이 메마른 음성으로 말을 했을 때 강철민의 목소리가 아닌 조금은 걸걸한 음성이 들렸다.

[나 안 실장이야.]

안진영이다. 강철민이 심복으로 밤의 조직에 강철민의 명령을 전달하고 조직 간에 불협화음이 발생하지 않게 조율하는 인물이었다.

[자네 지금 어디에 있나?]

“창동입니다.”

[지금 청평으로 오게. 두 시간이면 되겠나? 회장님이 보자고 하시네.]

마른침을 삼킨 성삼천은 온몸의 힘이 쭉 빠졌다. 마치 사형선고를 받은 기분이었다.

안진영의 목소리가 이어졌다.

[내가 파악하기로는 경찰이 출동한 것도 그놈들의 짓 같으이. 일단 와서 회장님께 무조건 빌고 다음을 논의하자고. 우리도 아직 놈들의 정체를 파악하지 못했어. 자네의 잘못이 크기는 해도 회장님께서 아량을 배푸실 거야. 알겠나?]

“예, 실장님. 부탁드립니다. 지금 출발하겠습니다.”

등받이에 몸을 묻고 한참을 천장을 멍하니 바라보던 성삼천은 어금니를 물고는 상체를 세웠다.

“한구야!”

“예, 형님!”

우렁찬 대답 소리와 함께 조한구와 유인환이 같이 뛰어나왔다.

“회장님의 호출을 받았다.”

숨죽인 그들은 입을 다물고는 성삼천의 얼굴만을 바라보았다.

"안 실장이 전화를 했어. 내가, 이 성삼천이 정리를 당하는 것 같다. 다음을 생각하자고 하는데 아닌 것 같아."

강철민은 치밀한 사람이다. 성삼천의 마약 조직은 그가 만든 것과 진배없지만 증거 자료는 없다. 강덕용이와 마찬가지로 성삼천의 조직 곳곳에는 그가 심어둔 눈과 귀가 있었고, 마약의 판매량은 매일 보고를 하고 물건을 건네받을 때도 길가의 공용 주차장 같은 곳에 차를 세워 놓고 사람을 시켜 키를 보낸다.

성삼천이 판매 대금을 몇 번을 돌려 세탁을 하고 넘길 때도 매번 방법이 다르다. 은행의 대여 금고를 이용하기도 하고 역사의 보관함, 퀵 배달원 복장을 한 조직원이 와서 박스에 담아놓은 대금을 가져갈 때도 있고, 아예 강철민이 내세운 사람 명의로 부동산을 구입하기도 했다.

세탁을 마친 대금만 가져간다. 이는 전적으로 성삼천을 믿은 게 아니라 자신이 심어놓은 눈과 귀를 피할 수 없을 거라고 생각했기 때문이고 현실도 그랬다.

일을 맡은 부하가 딴마음을 먹고 도망치는 일도 있었지만 대부분이 국내를 벗어나지도 못하고 잡힌다. 부하의 일거수일투족이 다 보고가 되는 것이다. 성삼천이 머물고 있는 저택에도 그가 심어놓은 정보원이 있을지 몰랐다.

일의 능률을 올리기 위해 약간의 딴주머니를 차는 것은 용서를 해주 지만 그게 과하면 여지없이 응징을 하는 게 강철민이 부하를 다루는 방식이었다. 그런 이유로 통이 크다고 소문이 났다.

성삼천이 목소리를 낮추었다.

"이대로 죽을 수는 없다."

“그럼.”

“쉿!”

그는 자신이 데려온 부하도 믿지 못할 처지가 되었으나 뒷골목을 누비던 시절부터 함께한 조한구와 유인환은 자신의 사람이라 믿었다.

“니희가 믿는 부하만 데리고 칭평으로 긴다.”

다섯 명을 태운 차가 참조은빌라 앞을 떠난 것은 10분 후였다.

골목을 벗어나 대로로 나온 차는 방향을 반대로 돌려 강남으로 향했다. 차 안에서 성삼천은 연신 전화를 걸었으나 통화를 할 수가 없었다.

“큰일이다. 양가 놈이 전화를 안 받아.”

그는 양지용 회계사에게 전화를 한 것인데 집도 핸드폰도 모두 불통이었다. 돈은 분산하는 것이 안전하지만 그의 입장에서는 반대였다. 아무리 비밀이라도 새기 마련이고 입은 적은 것이 낫다. 평시에는 그도 강철민처럼 양지용을 감시하지만 이번은 비상 사태이기에 신경을 쓰지 못했다.

“강철민이 벌써 손을 썼구나.”

이젠 이름을 불렀다. 이미 그는 강철민과 등을 돌렸다. 육감이 청평으로 가면 죽는다고 신호를 보냈다.

우성빌딩 앞에 도착한 성삼천은 주변의 동태를 살폈다. 아직도 경찰이 배치되어 있었다. 성삼천은 경찰이 이리 반가운 것은 처음이었다.

“다행이다. 인환아, 따라와라.”

영진물산의 금고에 삼억 정도의 돈이 있어 도피 자금을 마련하러 사무실에 왔는데 혹시나 이곳도 강철민의 부하들이 깔려 있을까 봐 걱정을 했다. 그런데 다행히도 경찰들이 배치되어 있어 그들이 오지를 못한 것이다.

현관의 경비원에게 과장된 인사를 건넨 성삼천은 짐이 많다며 일부러 그를 대동하고 사무실로 올라갔다. 경찰의 제재를 피하기 위해서였다.

그가 서류 가방을 들고 차에 탔을 때 직통 라인이 울려댔으나 그는 핸드폰을 차 밖으로 집어 던졌다.

길가에 내동댕이쳐진 핸드폰은 한 시간 정도가 지난 후에도 울려댔고, 근무 교대를 하던 한 전경이 집어 들었다.

"여보세요."

[너, 누구야?]

대뜸 소리를 지른 상대방에게 장난기가 발동한 전경이 대답했다.

"서울 지방경찰청 소속……."

딸깍!

일방적으로 전화가 끊기자 혀를 찬 전경이 동료에게 말했다.

"씨발 놈, 졸라 싸가지없네. 찾아주려 했더니."

"왜?"

"새끼가 소리부터 지르더라고. 누구야! 이 지랄을 하더라고. 그래서 친절히 말해 주는데 끊어버려?"

"허, 새끼. 갑부 아들 넘인가? 잘됐다. 그거 줘봐. 미국에 유학 간 친구 놈한테 전화나 해야 되겠다. 지금 시간이면 거긴 저녁쯤 됐을라나? 넌 어디 할 데 없냐?"

"이 새끼가 경찰에."

으드득 소리가 날 정도로 이를 간 안진영은 전화기를 집어 던졌다.

강변에 있는 별장 안이다. 이십여 명의 부하를 데려온 그는 안에 다섯 명을, 밖과 숲에 나머지 부하들을 배치시켜 놓았다.

이곳에서 강철민과 마약 조직 간에 이어진 연결 고리인 성삼천을 끊으려고 했었다. 약삭빠른 그놈이 눈치를 채고 경찰에 신변 보호를 요청한 것이다.

"이거, 회장님께 뭐라 보고를 하지?"

아무리 증거가 없다지만 그가 자백을 하게 되면 시끄러워진다. 검찰 조사가 진행이 되고 매스컴에서 떠들어대면 일도그룹의 이미지가 손상되어 타격을 입게 되고 주목을 받게 되는데 강철민의 입장에서는 득이 될 게 하나도 없었다.

고위층에 손을 써 무마야 하겠지만 건수만 보이면 눈이 뒤집혀 가리지 않고 처먹는 그놈들에게 들어갈 돈도 만만치 않고 조직의 전반적인 사업이 위축된다.

"철수한다."

신경질적으로 말한 안진영이 거치적거리는 소파를 걷어차고는 발걸음을 옮겼다.

연달아 두 번을 놓친 것이다. 대금을 관리하는 양지용의 집은 텅텅 비어 있었고 성삼천은 경찰에 자수를 했다.

그까짓 돈이야 그룹 전체로 보면 새 발의 피였지만 성삼천은 달랐다. 그놈은 꼭 잡았어야 하는데 일이 더 꼬여 버렸다.

제9장

이합(離合)

이합
離合

　　　　김포로 가는 다리를 막 건너는 차 안에서 김막동
이 오지훈에게 뜬금없이 물었다.
　　"태경이 어느 정도 위치에 있는지 생각해 본 적 있냐?"
　　"뭘 말유?"
　　"이 대한민국에 우리 같은 놈들이 몇 명이나 될 거 같냐?"
　　"많겠지. 내 친구 놈들은 다 그런데."
　　입맛을 다신 김막동이 한심한 듯 쳐다보았다.
　　"그래, 좋기도 하것다, 친구 놈이 다 건달이라."
　　"뭐, 형은 안 그러우?"
　　"하긴 나도 그렇긴 해. 학교 동기에 어릴 때부터 어울린 놈들이 다
그런 놈들이니."
　　"근데 그건 왜 물어? 승호는 잘 알겠다."

열린 창을 통해 구리구리한 냄새가 들어오자 김막동은 창문 버튼을 눌렀다. 창밖에는 바둑판 모양의 논이 보였고 바쁜 일손을 놀리는 농부의 모습이 한 폭의 민속화 같았다.

김대경을 따라 일산에 들어와 처음으로 농사 짓는 모습을 보았다. 시선을 더 멀리하자 김포의 아파트 군이 논 위에 솟아 있는 듯했다. 어딘지 모르게 부조화를 이루는 모습이었다.

김막동이 지나가는 투로 말을 던졌다.

"짭새 자료에 의하면 전국적으로 4백여 파에 조직원이 1만2천여 명이라더라."

"1만 2천?"

오지훈은 놀란 듯 말했으나 김막동은 핀잔을 주었다.

"갸들이 조사한 거에서 적어도 두세 배는 더 많다는 소리야. 아니지. 니네 막내가 키우는 동생이 몇 명이냐?"

"글쎄, 세네 명은 될걸."

"그 꼬맹이들도 2, 3년 후면 정식 조직원이 될 거고, 대충 감이 잡히지?"

"졸라 많네. 우리 애들이 한 3백 명은 되지 않우? 난 상당히 큰 줄 알았는데 중간 정도나 될라나?"

일산과 파주의 주변 변두리를 정리하면서 쓸 만한 인재를 받아들여 몸을 불렸다.

"새꺄, 그보단 위지. 변두리 놈들하고 우리하고 같냐? 일산이면 서울이다, 서울. 옛 말에 건달은 크려면 서울로 가야 한다는 말이 있다."

웃음기가 가득한 얼굴로 오지훈이 맞장구를 쳤다.

"그럼그럼. 세종대왕께서 한글을 만드시면서 하신 말씀이지. 교과

서에도 있지 않우?"

"이놈이! 큭! 하하하!"

"안녕하십니까, 형님!"

여섯 명의 사내가 일제히 허리를 숙이며 룸의 중앙에 당당히 앉아 있는 김막동과 오지훈에게 인사를 했다.

김막동은 고개를 끄덕이고, 오지훈은 답례를 하며 말했다.

"그래, 오랜만이다. 모르는 얼굴도 있군."

그러자 몸에 잔뜩 힘이 들어간 오종석이 한 발 나섰다.

"사장님, 오종석입니다."

"녀석. 알어, 임마. 내가 식구 얼굴도 모르는 줄 아나?"

지금은 다섯 명의 부하를 거느린 어엿한 대리의 직급을 가지고 있지만 오종석은 태경회로 뭉치기 전에는 조직의 막내였다. 일산을 접수하면서 능력을 인정받아 부하를 통솔하게 된 것이다.

"제가 소개를 드리겠습니다."

"아니, 직접 듣지."

김막동이 턱짓을 하자 굵직한 입술에 눈이 가는 사내가 배에 힘을 주고는 말했다.

"오함마입니다."

한 사내가 간단히 이름만 밝히고 곧이어 중간에 있던 사내가 입을 열었다.

"말씀 많이 들었습니다. 유민재입니다."

"호오, 자네가 유민재였군."

김막동은 호기심이 가득한 얼굴이다. 유민재는 실질적으로 부천을 움직이는 브레인이었다. 태경회의 임승호와 비슷한 역할을 하고 있었다. 차례로 소개가 끝나자 김막동이 부드럽게 말했다.

"모두 반가우이. 이리들 앉게."

"감사합니다."

조직의 위치로 보면 유민재를 비롯한 사내들은 중간 보스로 태경회의 부장, 과장급 정도였다. 그러나 사내들은 막내둥이가 된 것처럼 각듯했다.

"사장님, 저는 이만 나가보겠습니다."

자리를 마련한 다리 역할을 한 오종석은 자신의 위치에 있을 자리가 아닌 걸 알았다.

"밖의 애들하고 같이 한잔하고 있어라. 수고했다."

"감사합니다."

오종석이 나가고도 이십 명이 들어갈 룸을 건장한 일곱 명의 사내가 가득 채우자 어색한 분위기가 이어졌고, 피식 웃은 오지훈이 술병을 들어 한 순배 돌린 후에야 긴장한 분위기가 가라앉았다.

"형님들, 불쑥 찾아뵙자고 해서 죄송합니다."

유민재가 입을 열었고, 김막동이 가볍게 받아주었다.

"하하, 괜찮아. 자네들 같은 인재들과 만나는 것은 즐거운 일이야. 우리 형님도 막내들과 가끔 술을 하신다네."

자칭 흑호파란 거창한 이름을 부천은 일산에서 태경회와 같이 작업하면서 많이 친숙해져서 그들의 인연을 어느 정도 알고 있었다.

하늘에서 뚝 떨어진 빅보스 김대경이 단신으로 순식간에 사대 보스를 동생으로 삼고 일산을 근거지로 삼았다. 태경회의 조직원들 사이에서 김대경은 우상이었고, 그의 실력을 극진파와의 전쟁을 통해 직접 보았기에 더욱 믿음과 신뢰가 대단했다. 구역이 안정되고부터는 막내까지 챙겨 태경회는 단단한 차돌처럼 뭉쳐 있었다.

"저희가 뵙자고 한 것은……."

유민재가 본론을 꺼내려 하자 숨을 죽인 네 사내는 귀를 세웠다.

"형님들 때문에 저희 흑호가 위태로워졌습니다. 책임을 져주십시오."

"허허, 위태롭다? 그리고 책임을 져달라?"

김막동은 인상이 구겨진 오지훈의 다리에 손을 얹고는 계속해 보라는 듯이 쳐다보았다.

"저희가 실수를 했습니다. 일산에 같이 있는 게 아니었는데."

"이 새끼가! 지금 뭐 하자는 수작이야? 왜! 한번 뜰까?"

버럭 소리를 지른 오지훈이 일어나려 했지만 김막동의 제지에 엉거주춤한 자세가 되었다. 그때 낮지만 차가운 김막동의 말소리가 들렸다.

"유민재 넌 바닥부터 다시 배워야 되겠다. 여기는 대갈빡을 굴리는 놈들이 설칠 곳이 아니야. 그따위 짓이 우진만한테는 통했을지 몰라도 우린 아니야. 내가 예전부터 데리고 있던 동생들은 지금은 나보다 형님을 더 따른다."

칼잡이답게 싸늘한 미소를 지은 김막동이 부천의 사내들을 훑어보며 말을 이었다.

"난 말이야, 그 모습이 보기 좋아. 내가 형님한테 느낀 모습을 동생들이 보고 있는 거니까. 왜 우리가 형님을 따르는 줄 아나?"

김대경을 생각하자 표정이 싹 바뀌며 그의 얼굴에 자부심이 가득했다.

"남자다, 진짜 남자. 강하면서도 약한, 끈끈한 정이 있는 남자란 말이다. 머리로 생각하는 게 아니라 가슴으로. 여기가 뜨거운 남자. 알겠나?

손가락으로 가슴을 찌르는 김막동의 강한 눈빛을 받지 못하고 유민재는 고개를 숙였다. 최대한 이득을 얻으려고 준비해 온 말이 머리 속에서 얽혀 버렸다.

"받아주십시오!"

밑도 끝도 없이 불쑥 한마디를 던진 오함마가 벌떡 일어나더니 홀로 나와 무릎을 꿇었다.

"큰형님을 모시고 싶습니다!"

스페셜룸이 쩌렁쩌렁 울렸다. 그의 말에 용기를 얻었는지 유민재를 비롯한 나머지 세 사내도 옆에 같이 했다.

"받아주십시오."

부천은 바닥부터 흔들리고 있는 상태였다. 특히 김포 쪽에 나온 부하들이 심했는데, 태경회와 안면을 트고는 같이 하는 자리가 많아지자 자연스럽게 비교가 되었다.

같은 처지에 막내까지 안정적인 수입을 올리는 모습과 자신의 재산을 털어 부하들에게 나누어 주어 뒷바라지를 해주는 김대경에게 마음이 흔들리기 시작한 것이다.

몇푼 안 되는 용돈 때문에 부모를 연상케 하는 노점상이나 소점포에 자릿세를 뜯는 자신들이 싫어졌다. 건달의 길에 들었을 때 꿈꾸던 장면은 이게 아니었다. 고급 양복에 벤츠를 몰고 다니며 옆에는 미녀를 끼고 있는 모습, 휘황찬란한 네온싸인이 도는 영업장의 어엿한 사장을 그렸었다.

배운 게 없고 길을 잘못 들어 여기까지 왔지만 누구나 성공한 모습을 그린다. 교도소에서 늙어가는 미래를 상상하는 사람은 없다.

발을 들여놓아 늘어나는 별만큼 실상을 깨닫게 되었어도 미련은 남아 있었다. 그 기대가 태경회에로 옮겨가기 시작했다. 저기라면, 저기라면……

짧은 머리의 사내들이 일제히 머리를 숙이고 있자 오지훈은 더욱 어깨에 힘이 들어갔다. 탁월한 선택을 한 자신이 대견스럽게 느껴질 정도였다. 그러나 그의 입에서 나오는 말은 반대였다.

"지금 너희 보스를 배신하겠다는 말이냐? 건달은 의리다."

"의리를 보았기에 느끼고 싶어 이러는 겁니다. 솔직히 말씀드려 의리라는 말은 없어졌습니다. 자신의 잇속을 채우기 위해 동생들의 배를 곯리면서 정당화하기 위한 말로 쓰여질 뿐입니다."

유민재는 잔머리를 굴리지 않기로 했다. 낭만 건달의 모습을 그리는 영화나 책의 모습은 어불성설이다. 보스는 언제 타 조직이나 밑의 동생들에게 뒤통수를 맞을지 몰라 전전긍긍하면서 온갖 안정 장치를 걸어놓는다.

이인자가 힘을 키워 머리를 치고 올라가는 것은 흔한 일이 되어버렸다. 일부러 중간 보스들끼리 견제를 시키고, 한쪽이 너무 커버리면 싹을 잘라 버린다.

회칼이 등장한 70년대부터 선배의 대우는 사라진 지 오래다. 오직 힘이 이 세계를 지배한다. 유민재가 고개를 들고 말했다.

"동생들은 보복이 무서워 아직 이탈을 하지 않지만 이미 마음은 떠나 있습니다. 저희도 마찬가지입니다. 저희만의 독단적인 행동이 아닙니다. 동생들과 상의했습니다. 믿어주십시오."

김막동은 결연한 의지가 담긴 유민재를 똑바로 쳐다보고 있었고, 유민재 또한 이번엔 시선을 피하지 않았다. 한참을 눈싸움을 하는 것처럼 서로 시선을 맞추다가 김막동이 고개를 끄덕였다.

이는 태경회에서 조장한 바도 있었기 때문이다. 임승호의 머리에서 나온 계획으로 김대경도 모르고 있었다.

오종석의 연줄을 활용해 부천과의 접촉 빈도수를 높였다. 마치 익은 감이 떨어지기를 기다리는 심정이었는데 그 결실이 눈앞에 있었다.

"쩝! 쩝!"

입맛을 다시는 오지훈의 눈길이 한곳을 좇고 있었다. 강아지가 꼬리는 흔드는 것처럼 살랑살랑 엉덩이를 흔들어대는 여인이 움직이는 곳으로 그의 고개도 따라 돌아갔다.

그러다 여인이 홱 고개를 돌려 쳐다보면 딴청을 피웠다. 옆에서 그 꼴을 지켜보던 조민재가 소리를 죽이며 웃었다.

"큭큭큭!"

"왜 웃어, 임마?"

"하하하! 형답지 않게 왜 그러우?"

수저를 내려놓은 조민재가 음흉한 미소를 지었다.

"쟤가 맘에 드는 것 같은데, 떡새란 형이 그게 뭔 꼴이유. 그냥 하던 대로 해."

"뭘?"

"그냥 먹어버려."

"밥이나 처먹어, 마."

"에이, 한만이가 그러던데, 일단 속궁합을 맞춰보고 시작하는 커플도 있대. 형 그거, 마징가제트 다리만한 거 한 번 맛보면 달라질걸.”

마음이 동한 오지훈이 정색한 얼굴로 바짝 붙었다.

“정말 그럴까?”

“세게 한번 눌러줘. 한 열댓 번 홍콩 보내주면 콜이지. 흐흐흐.”

“그래도 형님 집인데…….”

“아따, 큰형님이 형 장가가겠다는데 쌍수 들어 환영할 일이지 뭐라 하시것소.”

덩치 큰 두 사내가 쏙닥거리며 음흉한 미소를 짓고 있을 때 그들을 슬쩍 쳐다본 최연정은 한심한 듯 혀를 찼다. 그리고는 집안을 청소하던 걸레를 던져 놓고는 식탁으로 다가왔다.

“야! 너!”

놀란 사내들이 최연정에게 시선을 돌렸고, 그녀의 손가락이 오지훈을 가리켰다. 그리고는 이어지는 그녀의 말에 점점 눈이 커졌다.

“침 흘리지 마! 난 큰오빠 거야. 스머프 반바지만한 게 넘볼 걸 넘봐야지.”

열여덟 살부터 화류계에 발을 디딘 최연정은 화려한 경력의 소유자로 잘 나가던 새끼 마담으로 있다가 성삼천의 눈에 띄어 들어앉게 된 여인이었다. 사내들의 음흉한 시선을 느끼지 못할 여인이 아니었다.

“이년이.”

“흥! 니네들 밥은 이제 없는 줄 알아!”

찬바람을 일으키며 최연정이 몸을 돌려 버리자 어느새 안주인 행세를 하는 그녀의 태도에 기가 찬 오지훈은 입만 벌리고 있었다.

눈물, 콧물을 짜며 성삼천에 대해 털어놓던 그녀는 김대경이 부드럽게 대해주자 금세 분위기를 파악하고는 따라가겠다고 나섰고, 얼굴을 보인 김대경은 그녀의 처리를 고심하다 받아들였다. 아직은 정체를 노출시킬 때가 아니었기 때문이었다.

저택에 들어온 최연정은 3일 만에 돌변하였다. 좋게 말하면 환경에 적응이 빠른 것이고, 오지훈의 입장에서는 간이 배 밖으로 나온 꼴이었다.

김대경의 뒷수발을 들겠다고 나서질 않나, 이제는 김태수의 간호까지 맡으려 하고 있었다.

한바탕 쏘아준 최연정이 핸드폰을 들었을 때는 당황한 표정이 역력했다. 그리고는 이층으로 뛰어올라 갔다.

마침 복도에 나온 김대경을 본 그녀는 시선을 내리고는 전화기를 내밀었다.

"사장님요."

"사장? 아!"

성삼천의 전화였다. 김대경은 차분히 전화기를 들었다.

"어쩐 일이신가, 먼저 전화를 다 주고?"

인천의 연안부두는 황해의 섬으로 운행하는 여객선과 수백 척의 어선이 정박하고 있고, 유원지로도 유명하다. 서울에서는 가장 가까운 일몰 관람 장소이기도 하며 근처에는 종합 어시장이 있어 그날그날 싱싱한 어패류가 들어와 회센터와 포장마차가 즐비하게 늘어서 있었다.

조민재를 대동한 김대경이 '바다와 어부' 라는 가게에 들어선 것은 자정이 넘은 시간이었다.

눈에 띄는 건장한 청년 둘이 들어서자 손님들의 시선이 몰렸다가 조민재의 험악한 인상을 보고는 얼른 시선을 돌렸다.

왁자지껄하던 가게 안이 순식간에 조용해졌다가 다시 활기를 찾을 즈음 김대경은 왼편 구석에서 뚫어지게 쳐다보는 눈길을 느끼고는 그들을 향해 다가갔다.

앞자리에 털썩 앉은 김대경은 입을 열지 않고 성삼천만 쳐다보고 있었다. 숨 막히는 긴장감이 흐른 후에 성삼천은 소주병을 들었다.

"한잔하지?"

김대경이 고개를 끄덕이며 잔을 받았다.

"이리 젊을 줄은 생각도 하지 못했소. 대단하구려."

"고맙다고 해야 하나?"

"후후, 글쎄. 패장이 무슨 말을 하겠소."

벌컥 한입에 술을 털어 넣은 김대경은 잔을 넘겼다. 성삼천은 쓴웃음을 지으며 잔을 받았다. 김대경이 낮게 말했다.

"당신을 찾으려면 고생깨나 할 줄 알았는데 의외로군."

"그건 나도 마찬가지요. 이리 순순히 나올 줄은 생각지 못했소. 배포가 크다고 해야 하나? 어쨌든 반가운 마음도 드는구려. 한 가지만 물어봅시다. 약장사를 하려는 거요? 이미 알고 있다시피 난 얼굴 마담에 불과하오. 지금쯤이면 벌써 내 자리를 다른 놈이 차지하고 있을 거요."

김대경의 얼굴에 가는 미소가 지어졌다. 성삼천은 백기를 든 것과 진배없는 모습이었다.

"오해를 하신 것 같은데, 그 일은 내가 가장 경멸하는 일이오. 국가와 국민의 정신을 좀먹는 따위의 거창한 이유는 아니오. 개인적인 일이지. 그 선상에 당신이 걸려 있었던 거고."

"개인적인 원한이란 말이군."

"그 정도로만 알아두시고, 용건을 들어봅시다."

그러자 깊게 숨을 들이킨 성삼천이 고개를 똑바로 세워 김대경의 얼굴을 바라보았다.

"흐음, 쪽팔리는군."

멋쩍은 웃음을 짓고는 말을 이었다.

"졌소. 그리고… 거래를 합시다."

"거래라……. 내가 당신한테 건질 게 있나?"

"물론. 이 바닥에 5년을 있었소. 당신이 원하는 것이 나올 만하지 않겠소."

어느 조직이든 직책에 따라 역할이 있다. 참모는 참모대로, 수장은 수장대로 그에 걸맞게 활동 영역을 가지고 있는 것이다.

김대경이 물었다.

"당신은 나한테 무엇을 바라오?"

"자금과 밀항. 나와 동생들이 외국에서 정착할 정도면 되오. 이번 일로 꽤 부자가 되셨을 테니 그리 어려운 부탁은 아니오."

일도의 눈을 벗어나기 힘들다는 것을 알고 있는 성삼천은 적의 적 김대경에게 모험을 걸었다. 자신은 하수인에 불과하고 김대경이 입맛을 다실 정보를 가지고 있었다.

성삼천과 시선을 부딪치던 김대경이 불쑥 물었다.

"작년 용산 사건에 개입한 놈들이 누구요?"

"용산이라면… 흠, 온길호가 관련되어 있소."

"온길호?"

"비상의 사장이오. 우린 판매만 했소. 그 당시는 중국의 조직에서 물건을 받는 날이었을 거요. 그 거래선은 나도 정확히 모르오. 강철민은 그런 사람이오. 오픈을 시키지 않는 놈이지. 온길호는 물건을 받아 넘기고 나는 그것을 파는 역할이오."

성삼천의 말에는 거짓이 없었다. 그가 강철민에게 쫓기고 있다는 입장이라는 것은 김대경도 알고 있었다. 정보력이 태경을 뛰어넘는 한성회에서 들은 정보였다.

"한 가지 더."

"아직 당신의 가부를 듣지 못했는데 너무 빼먹는 거 아니오?"

"신촌에 대한 일도 알고 있소?"

"제가 진행했던 일입니다."

수장들의 대화여서 숨죽이고 있던 사내가 대답을 하였다. 김대경은 말을 한 사내에게로 시선을 옮겼다.

"당신이 유인환이군."

사내의 고개가 끄덕여지는 것을 보고는 김대경의 시선이 다시 성삼천에게 향했다.

"내가 요즘 골칫덩어리가 하나 생겼는데 당신이 해결해 주었으면 하오."

김대경이 제안을 받아들인 거라 여긴 성삼천은 굳은 표정을 풀었다.

"할 수 있다면."

"여자 문젠데,"

"여자?"

"당신도 잘 아는 여자요. 최연정이라고."

"안녕하십니까?"

장신의 말쑥한 정장 차림의 사내가 인사를 건네자 박만호는 조금 놀란 표정이 되었다.

"허, 못 알아볼 뻔했네. 반가워. 이리 앉지."

경찰청 앞에 있는 순대국집 안이었다. 조서를 꾸미느라 몇 날을 밤을 지새운 박만호는 전화를 받고는 한걸음에 나왔다.

사내가 웃는 낯으로 앉아도 여전히 신기한 듯 위아래를 뜯어보았다.

"다행이야. 좋아 보이는구먼. 그래, 요즘 형은 어떤가?"

"그만그만 합니다. 피곤해 보이시는군요."

"뭐, 우리 일이야 다 그렇지. 요즘 꽤 큰 건수를 올려서 말이야."

말을 하는 그는 피곤한 기색보다는 즐거운 듯한 기색이다. 이번 일로 일 계급 특진은 떼어놓은 당상이었다. 그것을 떠나서 일의 보람을 느꼈다.

"축하드립니다."

"하하, 자네한테 그런 말을 들으니 더 기쁘구먼. 그래, 요즘은 무슨 일을 하고 있나?

"반장님과 비슷한 일을 합니다."

"응?"

무슨 말이냐는 듯이 박만호가 의문의 눈빛을 던지자 김대경은 슬쩍 웃었다.

"혹시 형과 저의 얘기를 아십니까?"

"그래, 고 반장한테 들었네. 요즘 보기 힘든 인연이야."

"제가 세상에 나온 게 3년이 조금 넘습니다. 솔직히 말씀드리면 아직도 사회에 적응이 안 됐습니다."

박만호도 수긍을 하였다.

"그랬을 게야. 훗, 나도 가끔은 딴 세상에 살고 있는 기분이 들 때도 있다네. 너무 빨리 변해, 세상이."

"여러 사람이 같이 사는 방법을 배울 때는 재미있기도 합니다. 그런데 어쩔 때는 그냥 산골에 박혀 아무것도 모르고 살았어도 좋았을 거란 생각이 들기도 하죠. 모르면 모르는 대로, 알면 아는 대로 힘들더군요."

넉넉한 미소를 지은 박만호는 순대국이 나오자 소주 한 병을 시켰다.

"반주 한잔?"

"예."

그리고는 몸을 틀어 가게 앞을 바쁘게 지나가는 사람들의 모습을 보았다.

"그게 인생이라네. 각자 고민을 안고 살아가는 것이지. 평생 행복하게 살았다는 사람이 있다면 난 믿지 않아. 떵떵거리고 저 높은 곳에서 우릴 아랫것처럼 여기는 놈들도 지놈들만의 머리 아픈 일이 있지. 나한테는 별일 아닌데도 당하는 입장에서는 죽고 싶은 생각이 들 수도 있어. 훗훗, 그런 게 사는 재미가 아니겠나? 평탄한 인생은 따분할 거야."

독백을 하는 것처럼 주절거리던 박만호는 김대경을 바라보았다. 김대경은 정색을 하고 있었다.

"아직은 반장님의 말씀에 고개를 끄덕일 입장은 아닙니다. 저는 형과 행복하게 살았으면 했으니까요."

"아, 내 말은……."

"알고 있습니다. 그 정도 눈치는 배웠습니다."

분위기를 바꾸려는 듯 박만호는 잔에 술을 채우더니 단숨에 비웠다.

"크으! 좋다! 이게 사는 맛이야!"

“여기.”

숟가락으로 국물을 떠 먹는 박만호의 눈앞에 봉투가 내밀어졌고, 그 손을 따라 올라간 시선은 김대경의 얼굴에 꽂혔다.

“뭔가?”

“십억입니다.”

이제는 숟가락을 내려놓고 자세를 바로 한 박만호의 눈빛이 강해졌다.

“십억?”

“저와 비슷한 분들이 많더군요. 국가의 지원으로는 병원비 대기도 힘듭니다. 그분들을 위해 써주세요. 제가 드리면 이상하게 생각할 거고, 저보다는 반장님이 현직에 계시니 어느 분이 더 급한지 잘 아실 거 아닙니까? 나라를 위해 일하다 다친 분들입니다. 그 가족이라도 먹고 살아야 하지 않겠습니까?”

거금을 선뜻 내놓는 김대경의 얼굴은 변함이 없었다. 그에게서 아무것도 읽지 못한 박만호는 낮게 말했다.

“내가 평생을 경찰에 몸담아도 벌기 힘든 큰돈을 자네는 2년 만에 내 앞에 놓았네. 설명이 필요하다고 생각지 않나?”

“위자료를 받았다고나 할까요? 좀 전에 말씀드렸습니다. 반장님과 비슷한 일을 한다고.”

박만호의 눈빛이 더욱 강해졌고, 반대로 김대경은 이제 느긋한 표정이 되었다.

“제가 적응하기 편한 곳도 있더군요. 단순 명쾌하게 해답을 보여주는 곳 말입니다. 형이 누우면서 형을 위해 살겠다고 맹세한 접니다. 그리고……”

김대경은 스스로에게 맹세하듯 말을 이었다.

"이젠 당하고만 있지 않습니다. 당하면 당한 만큼, 아니, 그 이상을 돌려줘야지요. 지금까지 넘치도록 남의 손에 이끌려 그놈을 위해 살았습니다. 더 이상은 아닙니다."

"흠."

그리고는 대뜸 말했다.

"강철민, 아시죠?"

"……."

"거물입니다. 이제는 저도 그 정도는 압니다. 제가 잡습니다."

놀라 치켜뜬 눈으로 봉투를 한 번 쳐다본 박만호가 숨을 들이켰다.

"그럼?"

"그 돈은 그놈들에게서 가져온 돈입니다."

"허허!"

정계와 재계에 상당한 영향력을 행사하는 강철민이었다. 심증을 가지고 있어도 그에 대해 조사해 보겠다는 말을 꺼내기가 힘들었고, 명확한 증거가 있다 해도 그에게는 유아무야 덮어버릴 힘이 있었다. 그전에 먼저 옷을 벗어야 할지도 모르지만.

그의 행적이 표면에 드러나면 인상을 구길 세력가가 한두 명이 아니다. 비록 개혁을 외치고 있지만 한순간에 해결하기는 힘들다.

독재자나 한 세력이 오랫동안 군림한 나라는 비리가 종횡하게 되고, 거기에 혜택을 입은 기득권 세력들은 집권층을 형성하여 개혁을 바라지 않는다. 그들의 입장에서는 밥숟가락을 내놓으라는 말이었다.

비록 잘못이라는 것을 깨달아도 기호지세(騎虎之勢)다. 스스로에게 자기 최면과 같이 정당성을 부여한다. 다 나라와 국가를 위해서라며 거기에 따른 권력과 부는 부수적으로 따라온 거라 말을 하는 것이다.

경찰이라면, 아니, 공무원이라면 높은 곳에서 전화를 한두 번은 받아보았을 것이다. 그때마다 쓴 소주를 들이키며 화를 달래고 어느덧 시간이 흐르면 그 흐름에 편승을 하게 된다.

이는 권력의 시녀를 만들려는 정치권의 역할이 더욱 컸다고 할 수 있다. 말 그대로 전화 한 통이면 지옥과 천당을 오갈 수 있는 때가 있었기 때문이다.

자신과 비슷한 표정이 된 박만호에게 김대경은 명함을 꺼내 내밀었다.

"일산에 있습니다. 태경회를 이끌고 있습니다."

"태경회……. 들은 기억이 나는 것도 같은데. 조직인가?"

"그렇게 부르지 말았으면 합니다. 형 이름에 먹칠을 하는 기분이 드는군요. 반장님이나 형을 아는 분들께서 눈살을 찌푸릴 일은 하지 않습니다."

"폭력 단체 결성이야."

김대경은 변함없이 당당하게 말했다.

"회사를 만든 겁니다. 폭력은 약을 만드는 놈들한테만 썼습니다. 반장님도 놈들을 잡을 때는 저와 그리 다르지 않던데요. 그 쇠파이프 든 모습, 멋있었습니다."

"끌끌, 보았나?"

박만호의 말투는 어느새 처음과 같이 부드러워져 있었다. 김대경 또한 큰형을 대하듯 편한 모습이었다.

"진급 턱을 쏘셔야 합니다."

"그러지. 그래."

짙은 미소를 지은 김대경이 은근히 말했다.

"그 전화, 제가 드린 겁니다."

그때서야 말뜻을 알아들은 박만호는 감탄하였다.

"허! 자네가? 허허허, 이거 제대로 코를 꿴 것 같다는 생각이 스치는구면."

봉투를 깊숙이 찔러 넣고 사무실로 들어온 박만호는 자신의 가슴에 십억이라는 거금이 들어 있다는 사실이 믿기지 않았다.

덩치만 큰 어린애로 여긴 김대경이 저리 변한 것도 놀랄 일이고, 자신보다 앞서 나간다는 사실도, 다른 한편으로는 할 수 없이 조직 세계에 몸을 담은 것 같아 죄책감도 들고, 형의 일을 스스로 해결하기 위해 뛰는 모습에서 측은하고 미안했다. 자신들은 아직 실마리도 찾지 못해 흐지부지되었던 사건이었다.

"휴, 보스라……."

그 결말을 잘 아는 박만호다. 좋게 끝을 맺는 이들을 보지 못했다. 그중에서 제일 성공한 인물이 이한성과 강철민 정도를 들 수 있을 것이다. 시대의 변화에 따라 변신과 변신을 거듭해서 살아남은, 어찌 보면 특출한 인물들이었다.

밤의 조직이 완전히 없어지지 못한다는 것은 주지의 사실이다. 소탕을 해도 썰물 빠지듯 나갔다가 어느 순간 돌아보면 밀물처럼 들어와 있다.

체계적인 조직이 갖추어져 있는 곳이 사건이 적은, 아이러니가 있기도 하다. 하이에나가 몰려드는 것보다는 한 마리의 사자가 자리를 틀고 있으면 더 조용한 것이다.

그것을 잘 알기에 큰 사건을 저지르지 않으면 눈 감아주며 상부상조를 할 때도 있었다. 흉악범이 뒷골목으로 숨어들면 그들이 바닥을 훑어 찾는 것이 더 빠르다.

"휴우! 미치겠군. 에라, 모르겠다."

전화기를 든 박만호는 신호가 세 번 가자 컬컬한 사내의 음성을 들을 수 있었다.

[여보세요.]

"아, 고 반장. 나 단속반의 박만호요."

[아이구, 반갑습니다. 소식은 들었습니다. 승진을 하신다고요. 축하드립니다.]

"하하, 고맙소. 다 반장 덕분이오."

김대경과 알게 되었으니 맞는 말이다.

[하하, 제가요? 무슨.]

"내가 진급 턱을 내려고 하는데 시간 있으시오?"

[그럼요. 술자리라면 마다할 제가 아니지요.]

약속을 잡은 박만호는 전화기를 내려놓고는 담배를 꺼내 들었다. 가끔 담배를 보면 경찰이란 직업의 직업병이 아닌가 하는 생각이 든다. 요즘 신세대 경찰들은 금연을 많이 한다지만 그는 끊을 생각이 절대 없었다.

담배를 입에 문 박만호는 서류 뭉치를 들고 피곤한 기색으로 들어오는 사내에게 말했다.

"어이, 이 형사! 자네 동기 중에 반신불수가 된 친구가 있다고 했던가?"

"요즘 손님은 많우?"

"많긴요. 죽을 지경입니다. 회사에 입금하기도 힘들어요. 전에는 이삼만 원씩은 들고 들어갔는데, 휴우, 요즘은 마누라 얼굴 보기가 미안해서."

국내의 경제 상태 변화에 가장 민감한 것 중 하나가 택시다. 서민들은 작은 돈이라도 아끼기 위해 사소한 것이라도 지출을 줄이기 위해 노력한다. 택시를 타다가도 다소 불편하더라도 버스나 지하철을 타고 다닌다.

술기운이 올라온 고성우는 차창 버튼을 눌렀다. 택시는 막 난지도 매립장 옆을 지나고 있었는데, 악취는 나지 않았고 매립장이 마치 토성을 쌓아 올린 모습이었다.

택시 기사의 말이 이어졌다.

"경제가 어려운 것도 좋고 다 좋은데 이런 어려운 시기에 정치하는 놈들이 뇌물을 처먹었다는 소리를 들으면 이 나라에 살기가 싫어요. 염병, 금 걷기 운동할 때 우리 아들 돌반지도 다 갖다 주었는데 그놈들은 다른 나라에 살고 있나? 지 새끼들끼리 주고받으며 국민들 피를 빨아 먹고 있으니 원. 에잉!"

정치권에 막대한 자금이 들어가면 그건 그대로 비용으로 포함되어 국민들에게 떠안겨지게 된다. 회사는 수익 창출의 집단이기에 손해 보는 짓은 하지 않는다.

기사는 한층 더 목소리를 높였다.

"그 어떤 새끼였더라? 예전에 청문회할 때 있잖습니까? 직원들을 머슴이라고 했던 놈. 높으신 양반들은 서민을 그놈처럼 생각하나 봐요. 우린 좆 빠지게 고생해도 집 한 칸 마련하기가 쉽지 않은데 몇십억, 몇

백억, 몇천억, 매일 억억억 소리만 나오니 진짜 억억할 일입니다."

우리 나라가 OECD에 가입을 하고 선진국의 반열에 들어섰다, 아니
다 말들을 해도 뒤를 돌아보면 아직도 배를 주리는 아이들이 있고 생
활고에 자살을 선택하는 사람들이 있다. 뉴스에서 한번씩 그런 사건을
터뜨릴 때마다 서민들은 상대적 박탈감을 느끼게 된다.

입을 연 기사는 비평가가 되어 사회의 전반적인 부조리를 쏟아내었
고, 택시는 어느새 밀집한 아파트 군을 향해 들어섰다.

"바하마에 가신다고 하셨죠?"

"아, 예."

"거기 소문이 짜해서 손님들이 바글바글합니다. 전엔 논에서 일하다
꼬쟁이 입고 오는 아줌마들이 가는 데인 줄 알았는데, 강남에서 원정을
온다니까요. 거기 사장, 돈 많이 벌 겁니다. 저기 보이네요. 사람들이
모여 있는 곳입니다. 다 왔습니다. 친구 분을 깨우세요."

바하마 클럽에 들어온 박만호와 고성우는 눈이 휘둥그레졌다. 평일
인데도 수백 석의 자리가 빈 곳을 찾아보기 힘들 정도로 성황을 이루
고 있었다.

"안녕하십니까? 저희 바하마를 찾아주셔서 감사합니다. 죄송하지만
잠시만 기다려 주시겠습니까? 지금은 자리가 꽉 차서. 혹시 아는 웨이
터 있으시면 말씀해 주십시오."

줄 무늬 정장을 입은 웨이터가 공손히 그들을 맞으며 말했다. 그러
자 박만호가 나섰다.

"특실을 예약해 두었다는데."

"아, 몰라뵈어 죄송합니다. 기다리고 있었습니다. 이리로 오시죠."

바하마는 가운데 천여 평의 홀과 좌우에, 그리고 이층까지 룸이 있었다. 웨이터를 따라 룸이 즐비한 복도를 걸어 한 룸에 들어갔다. 샹들리에에 대리석으로 치장된 룸은 웬만한 특급 룸싸롱은 저리 가라였다.

"허, 형님, 무리하시는 것 아닙니까?"

일차로 돼지 껍데기를 먹었던 그들은 형, 동생 사이가 되었고, 나이나 직책이 높은 박만호가 형이 되어 있었다.

"괜찮아. 오늘은 편하게 놀아보자고."

"술값이 장난이 아닐 텐데."

"걱정하지 마. 여기 사장이 다 낼 거야."

깜짝 놀란 고성우가 박만호를 뚫어지게 쳐다보았다.

"예? 지금 접대를 받으러 온 겁니까?"

"이 사람이 나를 뭘로 보고. 좀만 기다려 봐. 동생도 아는 사람이니까."

다소 불편한 기색이던 고성우는 최고급 양주와 탐스런 안주가 세팅이 되자 더욱 미간을 좁혔다. 그리고는 박만호에게 한마디를 하려던 차에 나가는 웨이터들의 인사를 받고 들어오는 사내를 보고는 입을 벌렸다.

"오랜만에 뵙습니다."

고성우는 오늘 놀라는 일의 연속이었다. 벌떡 일어선 그가 손을 쳐들었다.

"너, 너!"

"설마 몰라보시는 건 아니겠죠?"

"대경이!"

김대경이 맞은편에 앉으며 위스키 병을 들 때까지도 고성우는 벌린 입을 다물 줄을 몰랐다. 생각지도 못한 장소에서 의외의 만남이었다.

"받으시죠."

"이게 어떻게……? 설마 네가 여기 사장이냐?"

어떻게 된 일이냐는 고성우의 시선을 받은 박만호는 딴청을 부렸고 김대경은 짙은 웃음을 지었다.

무언가 머리에 스치고 지나는 생각에 고성우는 상체를 세우며 버럭 소리를 질렀다.

"그럼 일산이? 너였어? 이럴 수가!"

관할 구역은 아니지만 일산에 변화가 있었다는 것쯤은 알고 있었다.

하지만 그가 포함되어 있을 줄은 상상도 하지 못했다. 2년이나 연락 이 끊어져 걱정을 하던 차에 김태수도 병원을 옮겼다는 소식만 들었던 것이다. 그를 본 것이 계보를 가지고 갈 때가 마지막이었다.

"이놈! 도대체 무슨 짓을 하고 있는 거냐! 태수는?"

와락 인상을 찌푸린 고성우를 진정시키려는 듯이 김대경은 웃음을 달고는 잔을 들 것을 재촉했다.

"제 잔 받으세요. 시간은 많습니다. 천천히 얘기하시죠."

최고급 시설이 되어 있는 특실은 밖의 떠들썩한 소음이 전혀 들어오 지 않았다. 거친 고성우의 숨결이 가라앉는 소리까지 들릴 정도였다.

"네 얘기를 들어보자."

정막을 깬 고성우에 이어 잔잔한 김대경의 목소리가 룸 안을 채웠 다.

"이미 반장님께 말씀을 드렸습니다. 그놈들은 제 손으로 잡는다고. 전 지금 그 일을 하고 있는 겁니다."

"내가 보증하지. 이 어깨에 하나 더 잎사귀를 추가한 게 대경이 도움이었네."

박만호가 판매상 소탕 작전에 대해 언급을 하며 김대경을 거들어주었다. 진급이 그의 덕이라는 소리도 함께.

"형님, 지금 무슨 말씀을 하고 있는 겁니까? 태수 동생이 이 꼴이 되었는데 잘했다는 겁니까? 너 이놈, 지금 조직 생활을 하는 것이냐? 태수를 무슨 낯으로 보려고."

말을 하면서도 의아했다. 2년도 안 되는 시간이다. 그 정도 가지고는 똘마니를 벗어나기도 힘들다. 그런데 지금 있는 곳이 특실이고 사장이란 말을 들었다. 아무리 전쟁을 벌여 공을 세웠다 해도 힘든 일이었다.

"너, 뭐냐?"

"뭐라니요?"

"여기 사장이 너냐?"

"아닙니다. 동생이 합니다."

입을 떡 벌린 고성우는 왠지 김대경의 웃는 얼굴이 낯설어 보였다.

"후후, 너무 놀라지 마십시오. 반장님 앞에서 조금 민망한 말이긴 해도 인생이 그런 거 아니겠습니까? 한 치 앞도 모르는."

김대경은 자신이 말해 놓고는 쓴웃음을 지었다.

"오늘은 그냥 편히 쉬시다 가십시오. 형님과 저를 보살펴 준 은혜에 조금이나마 갚아드리려 자리를 마련했습니다. 그리고 형님은 제가 모시고 있습니다. 걱정하지 마세요."

김대경이 신호를 보내자 문이 열리면서 눈에 확 띄는 미인들이 들어왔다.

곧 김대경은 나가고 한 순배 술이 돌기 시작하자 정색하고 있던 고성우의 얼굴이 조금씩 풀렸다.

20여 년을 정치판에서 뒹군 양태만은 산전수전 다 겪었다 자평하며 웬만한 일에는 눈썹 하나 까닥하지 않는 사람이다. 격동의 세월을 잔머리 하나로 넘겨왔으며 본능적인 위기감이 뛰어나 변신에 변신을 거듭해 중진 의원의 위치까지 올랐다.

그런 그가 오만상을 찌푸리며 온길호를 잡아먹을 듯 노려보고 있었다.

"이봐, 온 사장. 일을 그따위로밖에 처리하지 못하나?"

"허, 의원님, 도통 무슨 말씀을 하시는지."

"샐 구멍이 없었단 말이다, 경찰 쪽은."

말을 끊고는 벌컥 냉수를 들이킨 양태만은 거칠게 잔을 내려놓았다.

"일도 제대로 처리하지 못하면서 질질 흘리고 다니시는구먼. 강 회장에게 내 섭섭하다고 전하게."

"도대체 무슨 말씀을……."

"아침부터 상쾌한 전화를 받았네. 언 놈이 오십억을 내놓으라 하더구먼. 의원 직을 계속하고 싶다면 말이야. 오십억대 의원 직이라……. 난 말이야, 국가에 봉사하는 마음으로 감투를 쓴 사람이야. 이까짓 금배지에 미련이 없단 말이다."

온길호는 속으로 혀를 찼지만 대놓고 말할 수는 없었다. 지난 선거에 행동대를 지원해 준 게 자신이었다.

돈 봉투에, 은제 수저 세트, 상대 의원 유언비어 살포 등 온갖 잡일을 다 해주어서 뻔히 알고 있었다.

선거판에서 법정 선거 비용만 쓰는 사람을 아직 보지 못했다. 빚까지 얻어가며 돈을 쏟아 붓는 것이 현실이었다.

의원도 공무원이라 월급이 뻔하다. 빚까지 얻어 돈을 뿌리고 나라에 봉사할 사람들일까? 어불성설이다. 금배지를 달면 그 이상의 대가가 돌아오기 때문에 수단과 방법을 가리지 않고 뛰어드는 것이다. 정치판만큼이나 지저분한 곳도 없다.

온길호가 씩씩대는 양태만을 보았다.

"의원님, 진정하시고 차분히 말씀해 주십시오."

"흠, 처음엔 아들 일로 시작을 하더구먼. 그러더니 그린벨트 일을 꺼내 들었어. 강 회장도 잘 알고 있는 일이야."

온길호도 들은 적이 있는 것 같았다. 그린벨트로 묶인 지역을 풀어 주고 사전에 매입한 강철민이 막대한 차익을 남겼다.

이런 거래는 흔한 일이었다. 농지를 사들여 소작을 내주고 기다리면 몇 년 지나지 않아 용도 변경이 되는 것이다. 그 차익은 고스란히 남겨 먹고 정치권에 기름칠을 한다. 땅 투기로 기반을 닦은 일도 측에서는 숨 쉬는 일보다 쉬운 일이었다.

논밭이던 강남이 이리 변할 줄은 20여 년 전에는 상상도 하지 못할 일이었다. 그 기반 위에 일도가 성장을 했지만 말이다.

"매우 상세히 알고 있었어, 그 과정을. 내가 아니면 어디서 새겠나?"

"저… 송구스러운 말씀입니다만 그 일은 저도 알고 있습니다. 정치권에서 이미 나왔던 일이 아닙니까?"

"상세히 알고 있다고 말했네, 그 과정을 전부. 이건 달라."

의원들이 공수표를 디미는 일은 흔한 일이지만 이때만큼은 일도도 상당히 긴장했었다.

"휴우! 그래, 뭐라고 하셨습니까?"

"시간을 달라고 했네. 내일 아침에 다시 전화가 오기로 했어."

"잘하셨습니다. 이젠 제가 알아서 처리하겠습니다."

서류에 파묻혀 있는 안진영은 고개도 들지 않았다.

"내버려 둬."

"예?"

곁눈으로 온길호를 쳐다보는 안진영이 귀찮다는 듯이 말했다.

"벌써 귀가 어둡나? 신경 쓰지 말라고."

"그래도 저희가 개입된 일이라……."

"지금 그딴 일에 신경 쓸 겨를이 없어. 그 돼지새끼도 처먹을 만큼 먹었으니 뱉을 때도 되었어."

당황한 건 오히려 온길호였다.

"그러나 일이 잘못되기라도 하면."

"왜, 양가 놈이 기자 회견이라도 할 거 같나? 하지도 못할 놈이고 그 놈이 지랄거려 봤자 기사 한 줄이나 날까?"

그러면서 안진영은 사무실 가운데에 있는 탁자를 가리켰다.

"저 신문들 봐라. 연일 폭로전이다. 빨갱이부터 수백억대 뇌물까지 종류도 다양해. 무슨 말인지 알겠어? 내년 선거를 대비해 벌써부터 염병들을 떨고 있는 거야. 거기에 양가 놈이 떠들어 봤자 우리한테 돈 달라는 소리밖에는 안 돼. 아니지. 제 무덤을 파는 거지. 지 아들놈이 마약 처먹고 맞아 뒈진 것은 기삿거리가 되겠다."

고개를 돌려 뻣뻣해진 목을 푼 안진영이 말을 이었다.

"신촌 일을 저지른 놈들은 계속 찾고 양가 놈 일은 무시해. 아! 그리고 최수남은 올라왔나?”

“모텔을 잡아주었습니다.”

“자리잡을 때까지 도와주고, 중국에서 배가 떴으니깐 신경 바짝 세워. 성삼천이 아직 행방이 묘연하다. 그놈이야 거래선을 알지는 못하지만 그래도 조심해야 돼. 나가 봐.”

깊숙이 허리를 숙여 인사를 한 온길호가 나가자 안진영은 전화를 들었다. 강철민에게 진행 상황을 보고하기 위해서였다.

양태만에게 작업을 하는 것이 그였다. 이 일은 강철민과 자신만이 안다. 조직의 오너와 비밀을 공유하는 일은 특별한 존재가 된 것 같은 기분이 들어 절로 흥이 난다.

그는 금액을 올려도 되지 않을까 하는 생각이 언뜻 스쳤다. 차액은 자신의 몫인데. 하지만 입맛을 다시고는 금방 고개를 저었다. 사소한 일에 목숨을 걸고 싶지 않은 것이다.

임승호가 입을 다물자 김대경은 몸을 편히 의자에 기대고는 바둑판 모양의 천장으로 시선을 돌렸으나 초점을 잡지는 않았다. 요 근래에 생긴 버릇으로 깊은 생각에 잠길 때의 모습이었다.

“흠, 양태만…….”

혼잣말을 뱉으며 그의 얼굴이 살짝 찌푸려졌다. 반가운 이름이 아닌 것이다. 온길호를 미행하던 중에 양태만이 등장했는데 밀담의 내용은 알지 못했다.

“양태만에게도 애들을 붙여. 대충 내용이 짐작이 가도 정확히 알아봐야겠지.”

“조치를 취해놓았습니다.”

김대경은 희미한 미소를 지었다. 일산을 접수하며 받아들인 이들이 자신의 기대보다 더욱 능력이 뛰어났고 잘 따라주었기 때문이다.

"음, 아예 이 참에 손대는 김에 강철민이 영향력을 행사하는 정치인들을 파악해 두는 것도 좋을 거야. 차 부장에게 연락해서 도움을 받도록 하고."

한성회의 차명훈은 이한성의 직속 부하로 태경회와 통하는 선이 되어 있었다.

"부천은 어떻게 되어가나?"

"조금 시간이 걸려야 할 것 같습니다. 우리가 개입되어 있는 흔적을 남기지 말아야 합니다. 결과적으로는 알게 되겠지만 짧은 시기에 영역을 확장해서 주목을 끌 입장이 아닙니다."

"그들만으로 할 수 있을 것 같나?"

"전력으로만 보면 삼 대 칠 정도로 열세입니다. 그러나 우리가 힘을 보태주면 수치는 무의미해집니다. 변수는 우진만이 언제 알아채느냐는 것인데……."

그때 인터폰이 울려 임승호는 입을 다물었다.

[사장님, 서유나 씨가 찾아왔습니다.]

"없다 그래."

[출타 중이라 말씀을 드렸는데 막무가내로 들어가려 난동을 부리고 있어서.]

인터폰 선을 타고 뾰쪽한 여인의 고성이 들리자 김대경은 혀를 찼다. 서유나의 목소리였다.

[야, 김대경! 빨랑 안 나와! 너 이 자식, 걸리면 죽어!]

김대경의 인상이 와락 구겨지자 엷은 웃음을 지은 임승호가 조심스럽게 말했다.

"만나주시죠. 비서들과는 인사를 나눌 사이가 되었답니다. 직원들 사이에는 형님이 버린 여자라는 소문도 돌고 있습니다."

"허!"

김대경의 앞에 앉은 서유나는 생판 다른 모습이었다. 탁자 위에 놓인 주스 잔을 만지작거리며 고개를 푹 숙이고 다소곳이 앉아 있었다.

시원한 향이 희미하게 풍기는 서유나를 쳐다보던 김대경은 쓴웃음을 지었다. 그들은 5분 동안 한마디도 없이 이 상태를 유지하고 있었다.

그는 그녀의 검은 생머리와 흰색 정장이 잘 어울린다는 생각이 들었다. 풍경화를 감상하듯 턱을 괴고 시선을 주다 자세를 바로 하며 말했다.

"걸렸어. 어떻게 할래?"

"예?"

"걸리면 죽는다며. 죽일래?"

놀란 표정에서 정색으로 다시 풀썩 웃은 서유나의 표정 변화가 재미있게 느껴졌다.

"말 좀 예쁘게 할 수 없어요?"

"응?"

"입만 열었다 하면 죽을래 살래. 다른 말은 들은 기억이 없어."

목소리까지 깔며 말투를 흉내 내는 서유나는 또다시 새침한 표정이 되었다. 감정 표현이 익숙하지 않은 김대경으로서는 신기할 뿐이었다.

"용건?"

"용건? 이봐요, 어린 오빠. 말을 그렇게 짧게 하면 말을 만드신 분이

얼마나 화가 나겠어요. 벙어리도 아니고 말이 쓴다고 닳는 것도 아닌
데 만날."

"용건!"

"어머! 봐봐. 소리만 빽 지르고. 칫! 내가 당신을 만나러 와주는 걸
고마워할 줄은 모르고. 나 아니면 누가 당신 같은 남자를 보러 와? 흥!"

손으로 이마를 짚은 김대경이 낮게 말했다.

"허어! 서유나 씨, 무슨 일이오?"

"배고파요."

재벌 그룹 여식의 어이없는 말소리가 들리자 김대경은 멈칫하고는
몸을 돌려 서유나를 보았는데, 고개를 숙인 채 자신을 쳐다보는 그녀의
볼이 약간 달아오른 모습이었다.

김대경은 자신도 모르는 사이 한참을 그녀를 쳐다보고 있었다.

상쾌한 바람에 머릿결이 흩날리자 서유나는 콧노래가 절로 나왔다.
일산으로 출근하기 시작해서 하루가 멀다 하고 태경빌딩을 찾아가 출
근부에 도장을 찍었다. 김대경을 본 건 몇 번 되지 않는다.

원래 그리 자주 자리를 비우는지 만나는 것을 거부하는지의 여부를
떠나서 높은 자존심에 상처를 입었다.

그리고 어제 드디어 처음으로 데이트를 했다. 달랑 밥만 먹고 헤어
지긴 했지만.

"흥! 깡패 주제에."

그 과정을 생각하니 갑자기 기분이 상했다. 그래도 금방 기분이 풀
어져 카 스테레오의 볼륨을 높였다. 내렸던 시선을 다시 올리더니 고
운 얼굴에 주름을 만들며 브레이크를 밟았다.

"뭐예요?"

표독한 소리를 들은 사내들이 무표정하게 그녀의 스포츠카로 다가왔다. 산 중턱에 위치한 집에서 대로로 들어가는 초입쯤이었다.

"서유나 씨?"

"그런데요?"

"길을 막아 죄송합니다. 몇 가지 물어볼 일이 있어서 말이지요. 여기."

뒷주머니에서 지갑을 꺼낸 사내는 불쑥 지갑을 내밀었다. 경찰이라는 글자가 큼지막하게 새겨 있는 신분중이었다.

"신촌 경찰서 강력 2반 조길상 형사입니다."

"지금 출근해야 돼요."

"잠시면 됩니다. 양진성 씨 아시죠?"

조길상이 빠르게 말을 붙였다.

"3월 7일 헤라클럽 주차장에서 중태에 빠진 상태로 발견된 양진성은 병원에 옮긴 지 두 시간 만에 사망했습니다. 클럽 직원들의 진술로는 그 당시 서유나 씨와 피해자가 같이 있었다던데."

"지금 심문하는 거예요? 그 뭐지? 영장인가? 그거 보여주세요. 아님 변호사에게 말하세요."

"사실 확인만 하면 됩니다."

"몰라요. 몇달 전 일을 어떻게 일일이 다 기억해요? 클럽에 가면 스쳐 가는 사람이 한두 명이에요. 그중 하나였나 보지요. 헤라에 간 기억도 안 나는데……."

대차게 말을 하였지만 그녀의 심장 박동은 점점 빨라졌다.

불안하게 눈동자를 돌리는 그녀의 모습을 놓칠 만큼 조길상은 어수

룩하지 않았다.

"협조, 감사합니다."

서유나를 순순히 보낸 그는 동료에게 이를 드러내며 웃었다.

"이번엔 제대로 짚은 것 같은데, 어때?"

멀어져 가는 빨간 스포츠카에서 두 사내는 눈을 떼지 않았다.

〈제1권 끝〉